中国工业历史往往浓缩在无数工人的个体生命里。

——题记

国家工人

李振娟 —— 著

黄河出版传媒集团
宁夏人民出版社

图书在版编目（CIP）数据

国家工人 / 李振娟著 . —— 银川：宁夏人民出版社，
2023. 10

ISBN 978-7-227-07879-1

Ⅰ . ①国… Ⅱ . ①李… Ⅲ . ①长篇小说 – 中国 – 当代
Ⅳ . ① I247.5

中国国家版本馆 CIP 数据核字（2023）第 230880 号

国家工人

李振娟　著

责任编辑　陈　浪　闫金萍
责任校对　赵　亮
装帧设计　王敬忠
责任印制　侯　俊

 黄河出版传媒集团　宁夏人民出版社　出版发行

出 版 人　薛文斌
地　　址　宁夏银川市北京东路 139 号出版大厦（750001）
网　　址　http://www.yrpubm.com
网上书店　http://www.hh-book.com
电子信箱　nxrmcbs@126.com
邮购电话　0951-5052104　5052106
经　　销　全国新华书店
印刷装订　宁夏银报智能印刷科技有限公司
印刷委托书号　（宁）0027888

开本　720 mm × 980 mm　1/16
印张　19.5
字数　228 千字
版次　2023 年 12 月第 1 版
印次　2023 年 12 月第 1 次印刷
书号　ISBN 978-7-227-07879-1
定价　58.00 元

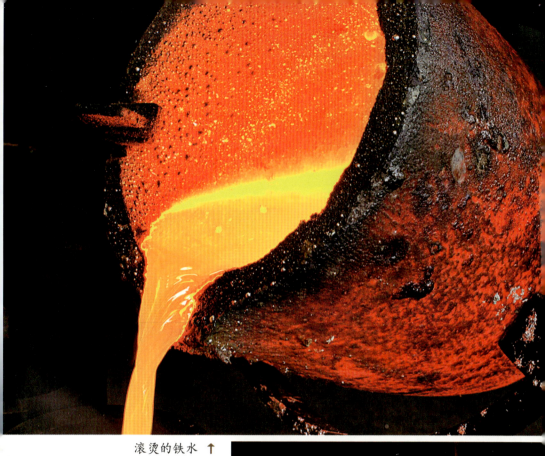

滚烫的铁水 ↑
磷生铁浇铸 →
阳极糊成品 ↓

阳极糊厂房 ↑
电解槽启动 →
夜间设备点检 ↓

电解槽扎固 ↑ 　　　　　电解槽边部加工 ↑

铝板锭 ↑

6063铝合金模具 →

铝锭装车发运 ↓

时代的佐证

薛青峰

真实是非虚构写作的良心。在宁夏，李振娟工业题材非虚构文学创作，具有唯一性。她的创作打破体裁范式，叙事伦理冷静而客观，与现实生活保持零距离，与社会体制、经济机制、工人生存保持同步。题材的敏感性、现实语境、现实主义创作原则等因素，使得工业非虚构创作与作者及工友们身处的安身立命的生存现状，以及社会正在发生的变革保持同频共振，这给作者的书写带来极大挑战。李振娟勇敢地迎接了这个挑战。

这几年，我一直关注李振娟工业题材文学创作。今年，我阅读了她的工业非虚构作品《国家工人》。李振娟的文字干净流畅，质感好，有一种绵柔而坚韧的品质在文字间行走，格外入心。归纳起来有两点收获：一是作者文字中流淌出来的创造力不断使我得到审美愉悦；二是作者的洞察力特别敏锐，记述的人物形象感人，雕像一样站在眼前。只这两点，李振娟的工业题材创作就值得研究。

文学之心的漾动紧随时代。有移民，就有移民文学。要么作者自身是移民，书写自己的生活；要么身处移民生活现场，置身其中，思考写作。李振娟的工业移民题材创作属于后者。

历史上移民潮现象很复杂。一般而论，大量的移民迁徙，来自战争遗存，也来自自然灾害的逃难。每个时代，都有移民潮。新中国成立，以建设新工业基地和国防建设为圆心，向周边辐射，涌现多次从东部发达地区流向西部落后地区的移民潮，许多新型城市在西部崛起，比如，被誉为"军垦之城"的新疆石河子、"钢铁之城"的四川攀枝花、"卫星之城"的甘肃西昌、"石油之城"的黑龙江大庆……把对李振娟散文作品的研读归置在"移民文学"视野内，是由于在宁夏，工业题材叙事是缺席的。李振娟的《国家工人》给予我一个提醒：乡土记忆，在情思体验和文学生态方面都是保险稳固的，是遥远的温暖时光。而工业题材必然涉及社会变革、体制改革和利益分配等社会问题，是现在进行时，具有反思性。这需要一种担当精神，需要一种直面现实的勇气。《国家工人》的陌生化和恢宏感具有一种崇高性，这是乡土文学写作无法比拟的独特文学品质。

要说清楚李振娟的工业题材写作，还必须先说她的乡土题材写作。从生存环境的"文化空间"来讲，她的文学创作起始于童年少年时代中卫黄河岸边的乡土叙事，记录故乡的天景山、七星渠，记录故乡的人情世故、民俗风物，赋予故乡的日月山河以紧贴大地的审美想象。可以肯定地下个结论，乡土叙事是李振娟写作的基础，这部分作品很出色。新世纪前十年，李振娟一心扑在黄河岸边的故乡，创作出乡土散文集《月亮的回音》。

她的身份转换为青铜峡铝厂工人后，抒写也向工业叙事转换。从写作的"地理坐标"来看，李振娟创作从乡土题材转身工业题材的心灵气质告诉我，她心里保持着对养育几代人的工厂的忠诚，她的表达性格和叙述思想弥散着过往岁月的厚重气息。正如她提起《国家工人》创作缘由时所说：我不是怀旧，我是要记得。

我确信，李振娟的文字不仅仅是一个人的记忆，更是一个时代的佐证。

宁夏工业不像东北，有旧中国的老工业底子。宁夏的工业基础薄弱，1958年宁夏回族自治区成立时，现代工业一片空白，国家发出三次开发大西北的号召，从沿海经济发达地区迁来许多知名企业，来自祖国四面八方的大量工业移民踏上这块荒凉的土地。

李振娟在《国家工人》中写道："在一座工厂生活久了，血脉融入工厂，根也扎在工厂，祖籍渐渐模糊成遥远的记忆，工厂终成故乡。"置身工厂，又是一名写作者，这是生活给予的厚爱。李振娟正是以这样的双重身份，以青铜峡铝厂为观察点，以三线建设、国企改革和经济体制转型为背景创作出《国家工人》这样具有时代性的工业非虚构作品。通过记录现实生活伦理上的时代印记，面对历史、今天以及未来的"金话筒"，她确立了自己高度个性化的写作方向，树立起一面醒目的工业题材文学创作旗帜。

《中华人民共和国简史》这样记载："正当中国面临严重困难的时刻，1960年苏联突然单方面废除了与中国的全部经济合作项目协议，不仅撤走全部援华专家，带走援建图纸、计划、资料，停止供应物资设备，而且逼迫中国偿还主要因抗美援朝购买武器形成的债务。"为了解决全国工业布局不平衡的问题，加强三线建设，防备敌人入侵，"中央作出了在三线地区开展以战备为中心大规模建设工业、交通、国防、科技设施的重大战略决策"，三线建设在这样的历史时刻拉开了帷幕。我国的"两弹一星"就是在这样的历史背景下创造的奇迹。

青铜峡铝厂是20世纪60年代中期开发大西北时，冶金部在宁夏平原中部建设的工厂，当时代号为304厂，后更名为青铜峡铝业集团有限公司。当年，一批抚顺301厂、贵州302厂、山东501厂等地的电解铝冶炼专家响应三线建设号召，奔赴大西北，在宁夏黄河西岸创建了构筑全国八大铝厂格局之一的青铜峡铝厂。

20世纪90年代初，李振娟于青铜峡铝厂技工学校毕业，成为一名产业工人。进厂上班不久，市场经济大潮汹涌卷来，工厂开始改制。二十多年来，她亲历工业改革阵痛。在《国家工人》中，她叙述第一天上班的情景，汇入工人上班的自行车海洋中，心情无比喜悦。中国是自行车王国。对国营大厂上下班的自行车流的描述，确实是那个时代的真实写照。她还在书中称颂炼铝工人是铝业基地的灵魂：

在60℃的高温下，他们头戴披肩帽，面戴防护罩，身穿白色劳动布工作服，脚穿长毡靴，手戴翻毛皮手套，浑身上下只露出两只黑眼睛，正坚守在电解槽旁专心工作着。你也无法想象他们热成什么样。如果光着膀子干，他们一定挥汗如雨，可穿戴厚重劳保服的他们，连挥汗都是奢侈的——他们的汗还没等挥出来，就被电解槽炙热的火焰烤干了。你可能会怀疑在这样的环境下他们能不能扛得住，这没什么可怀疑的。他们很少有倒下的，也没有逃避的，全都坚守在分配给各自的电解槽边，手持铁钎认真地观察、巡视、加阳极糊、捣炭块、量槽温、出铝。银亮的铝水不断地从电解槽底流出，又不断地被通向大铝包的真空泵抽走，他们厚重的工作服也不断地湿了干、干了湿。来过电解厂房的人会说电解工不是人干的，可是厂房的一角，那些摘下防护面罩，大口喝上几碗凉开水，就知足地咧嘴笑的电解工尽是活脱脱的年轻小伙子。

这段文字描述了电解铝冶炼的整个流程。我从内心深处发出对铝业工人的敬意，并向作者致敬：李振娟为读者塑造出产业工人的集体群像。我可以触摸到三线人的满腔热血和深情。这样的场景描述不知要比那些书写自我情感的文章震撼人心多少倍。这样的文字有如合金，掷地有声，接着地气。李振娟工业题材非虚构写作是其创作上的突破和升华，为我们做出范例。

李振娟还写道，铝锭的原材料氧化铝粉是通过包兰铁路从山东、郑州等地的矿山运来的，还有海运来的进口原料。工厂改制成立铝电公司，跟随国家"一带一路"倡仪步伐，工厂在几内亚设立专门开采铝土矿的分厂。几内亚位于西非西岸，西濒大西洋。这里资源丰富，有"地质奇迹"之称。铝矾土贮藏总量约400亿吨，居世界第一位。巧妇难为无米之炊。而铝土矿正是我国电解铝企业生产所需的"米"。2020年疫情在全球蔓延，开采的矿石通过海运抵达回国，但工人们因为疫情都没有回国，有的工人已经在高温的非洲坚守十几年。

对于非虚构写作，李振娟在过滤熟悉生活时，具有提升生活的独特视角。在本书《最后的队列》一文中，她先让工厂在兴旺时期举办各种活动的队列在读者眼前亮相，然后笔锋陡然一转，描述工厂拉闸停产那天，工人们列队走出工厂大门回家待岗的情形。工人们列队整整齐齐跨出工厂大门的那一步，仿佛足足用尽工人的一生。产业工人庄严而悲壮地跨出的"那一步"，有如一把利剑，刺痛读者的心。

李振娟笔下的中国工人让人难忘。支援三线第一批创业者吴怀德与魏惠云夫妇，电解工杨勇，高压电工刘士民，技术尖子孙永浩，灯光球场上的篮球队主力何力、宋培刚……历史记住了这些为工业发展做出贡献的普通工人的名字。

青铜峡铝厂是宁夏重工业的支柱产业。20世纪中叶建厂，21世纪上半叶衰落，浮沉半个多世纪。工厂由盛到衰，这个话题实在太沉重。记录这个工厂的兴衰史，关乎千万名工人的生存现状。我能感觉到作者落笔时的惆怅与忧郁，字字力重千斤。

李振娟见证了我国电解铝工业在计划经济时代的辉煌和市场经济体制下衰落的全部历程。她在书中反复记录中国历年的铝锭产量：

> 20世纪80年代厂里80千安上插自焙电解槽系列各项指标创下全国同类槽型最高水平，在铝工业发展史上写下浓墨重彩的一笔；1992年体制与市场碰撞，电解铝产能由20世纪70年代末的36万吨发展到109万吨，首次突破100万吨大关；1992年至2001年产能从109万吨迅速发展433万吨，跃居世界第一。
>
> （《落叶》）

这些看似枯燥的数字，是工厂昔日辉煌在作者心中留下的挥之不去的印记。

企业长青是每一个工人的愿景。然而，时代的飓风猝不及防，工人能掌握机器的命运，但无法掌握自己的命运。

2004年，国家调整产业政策，严格环境治理制度，电解铝冶炼首次被确定为限制性发展行业。先后建设于20世纪60年代、80年代，曾为厂里创造巨额财富、赢得广泛声誉，对我国电解铝工业发展做出杰出贡献的一期80千安、二期106千安上插自焙阳极电解槽系列已进入暮年，工艺技术落后，环境污染严重，能耗居高不下，国家明令到2005年底必须关停。这意味着两幢电解厂房就此沉寂，2000多名职工下岗失业。

（《一再转身》）

　　李振娟用朴素的公文式的语言交代工厂改制的背景，书写工人失去岗位时的茫然心情，落笔有泪，字字悲悯。失去赖以生存的岗位后，工人的叹息要比往常的欢乐深重而高大。这也是《国家工人》一书中最让人动容的地方。

　　空压站是李振娟的工作岗位。空压站机房里的轰鸣声高达80分贝，这样的工作环境是对工人意志的考验。《远逝的机器轰鸣声》一文紧扣"远逝"展开叙述，详尽记录了班组长宣布机房机器全部关停时工友们心理上的失落感。老师傅张兴国悄悄进了机房，留给读者一个"微驼的背影"。文章从上班前吃豆浆油条写起，直到关停以后多年，机房玻璃上挂满蜘蛛网，历史的尘埃飘落在作者心间。从班组机器轰鸣到关停后机器的冷寂冰凉，文章浓缩了青铜峡铝厂一个普通班组五十年的运行史。那种轰鸣声是夜班与白班交接的过程，是繁忙、纷乱、紧张的脚步声，是响不迭的电话铃声，是其他车间不断呼叫"增压"的声音。"偌大的机房，轰鸣的机器和沉默的操作工，一对多么互补的组合，而我，就是多年以后的他们……"，"我越来越分不清空压站和家的概念"——爱厂如家，这是工人对工厂深厚感情的真实表述。

昔日的辉煌是连年产值攀升的数据，是灯光球场上酣战的篮球赛，是联谊会上的青春舞曲，是远去的三线工业移民的生活图景，是中国重工业建设起步时期产业工人的奋斗史……现在，一切都沉寂下来了。国有企业改制浪潮滚滚而来。重组、分流、转岗，这些陌生而尖锐的名词，猛烈地撞击在工人的心头。"我们会就此丢掉铁饭碗吗？""我们会扔掉手中的技术吗？"那个时代，工人以厂为家，每个工人都会发出这样的疑问。

青铜峡铝厂是标准的移民工厂，大半个世纪过去，剩下的都是往昔岁月的回忆。

我陪陆师傅说着话，不知不觉走上山顶。陆师傅站在山顶亭阁前遥望南边的厂公墓，久久地不发一言。他默默地注视着那些隆起的大大小小的坟茔，与那一个个长眠地下的昔日老伙伴一同看夕阳。等最后一抹红彩从天边消失，他才回过神来，慢慢地下山。

（《山顶公园》）

作者感叹：

我们这艘在银色海洋乘风扬帆半个多世纪的铝业巨轮，已风烛残年，无力承载过多的负累。曾带给我们无上优越感的种种福利，只能作为沉甸甸的"包袱"被忍痛甩掉：福利分房取消、子弟学校交给属地教育局、职工医院划归属地管理……如今，住房贵、上学贵、看病难，微薄的工资，即使拨烂算盘也难以为继……我们一直当作大树安心依靠的工厂真的老了……

（《一再转身》）

创作《国家工人》，是第一代、第二代开发大西北的拓荒者对李振娟的深情呼唤。李振娟说："在每一个三线人心里，无论世事如何变幻，留下青春、血汗和生命的工厂，它的一砖一瓦、一钉一铆都早已融入血液，化成一种三线人特有的大厂情怀。"《国家工人》就是要告诉工厂后辈，你们的父辈曾经在一个叫作青铜峡铝厂的地方度过了丰饶的一生。李振娟更是要用《国家工人》致敬工厂："仅你消逝的一面，足以让我荣耀一生。"

在《国家工人》一书中，李振娟的笔触常常会不由自主地落到"五村"——青铜峡铝厂以南三公里处的公墓。青铜峡铝厂四个社区依次是一村、二村、三村、四村，在青铝人心里，厂公墓也是家园的一部分，被称作"五村"。对李振娟和她的工友们来说，去不去厂公墓看望已故师傅和工友，是判断厂里人对工厂有没有感情的一个标准。墓地是安顿工人心灵的地方，也是思考由死向生的地方。《国家工人》书写的不止于个人感情，作品呈现着广阔的人文关怀。当年留在青铜峡铝厂的三线移民最后归宿都在"五村"。李振娟的文字是送给天堂前辈们的安魂曲。

读李振娟的《国家工人》，心中的滋味很不好说，但还得实话实说。她笔下的人物胸襟宽广，对照我自己，实觉汗颜。那时，我插队返城，死活不愿进工厂当工人。李振娟的文字，让我的脑海中映现着《谁是最可爱的人》，想着鲁迅关于民族脊梁的问题。无疑，《国家工人》一书萦绕着一个核心，即产业工人对经济社会发展所做的贡献是用分分秒秒来计算的，是用生命来度量的。在重工业基地，过早地透支体力，许多工人英年早逝。我能感受到作者书写这些阴阳两隔的刻骨思念时，心有多痛。

《国家工人》中，作者在行文时总在反复叙述："电解铝产能依然在扩张，2012年达2700万吨，产能过剩35%，行业亏损面93%。2013年，国家首批淘汰落后产能企业名单出炉，电解铝行业赫然在列。2014年10月，120千安预焙阳极电解槽系列拉闸停槽。"

这不是文法上的重复，这样的重复是一个时代落幕时埋在心头难以言说的伤痛。工厂老了，创业者也老了。此后不久，她的师傅王汉明回到工厂为自己选墓地。这是惊心一笔。表达这样的忧伤需要克制与理性，李振娟做到了。她只是轻轻地一笔交代，往事的浪潮拍击心岸。

农业是基础，工业是命脉。七十多年来，在共和国的工业现代化发展进程中，老三线工人为工业的基础建设做出了巨大贡献。属于他们的时代已远去，但祖国铭记着他们，他们的青春与血汗必将镕铸在祖国现代化的长城中。

2023年2月2日

目录

一　戈壁烽燧

阳光坦坦荡荡地照下来，遍野的沙蒿镀了层金光，显出一派雍容的贵气。满目的骆驼刺，反射着具有金属质感的威武光芒——经年的历练，它已做了这茫茫戈壁的王。

七月的毒日头不依不饶地炙烤着荒原，才翻过了三座山，我就喝干了军用水壶里的水，站在山头上淌汗喘气。远远地，看到前方山峰上的大土墩子，不消说，就要回到厂里了。

20世纪80年代的一天，我们举家随父亲"农转非"踏进三线电解铝工业基地——青铜峡铝厂时，我就对着这座大土墩子注视了很久。平生从未见过这么大的土墩子，又高高地矗立在山巅上，且无论春夏不论寒暑，总是纹丝不动地矗立在那里。很长一段时间里，它仿佛一本厚重的史书，沉甸甸地占据着我的心。直到在厂里学会了普通话，走惯了沥青路的一天，围坐在厂东大门对面的家属院前，听一位老工人技师指了指不远处青铜峡黄河西岸的大土墩，神情庄重地说："那，不是一般的土墩子，那是明朝时期修建的烽火台，曾历尽战火，现在顶上狼烟熏过的黑印子还在。"

此后，每天清晨出门，我都会站定，痴痴地朝东望上一会儿。

饱含古国沧桑的烽火台，它的亘古，它的神秘，它的静默，让我很快收拾起零散的心情，端庄地开始新的一天。

出生在乡村的我，在泥土芬芳中度过了整个童年。搬入工厂之前，我成天关心的是老院子里储满古老传说的老槐树，深秋黄叶落尽后，那曲虬的树杈又多了几个喜鹊窝；惦记院门前的小溪，雨后的鱼群会不会此起彼伏腾跃得水花四溅；比较翩跹在土豆花海里的蝴蝶，到底是花蝴蝶的舞姿优美还是白蝴蝶的舞姿优美……

举家搬到工厂后，厂房、高压线、大烟囱、沥青路、电解槽、铝锭、铸造机……由陌生到熟悉再到亲切，它们散发出来的金属气息逐渐取代了乡村的泥土气息，一点一点融入我始于工厂的青春。在厂里，我经常会看到下班后仍然穿着劳动布工作服的工人，三三两两勾肩搭背有说有笑地下馆子；骑着老旧自行车上班的老厂长，神色凝重，若有所思，过往的工人向他行注目礼也浑然不觉；留着飒爽短发的青年女工，穿行在沥青路上，洒下一串爽朗的笑声。静谧的夜晚，我时常回味着这些情景，枕着远处厂房传来的时远时近

↑ 青铜峡黄河西岸明长城古烽燧

的机器轰鸣声，酣然入梦。

一个人的时候，我会漫步到工厂东大门驻足眺望古烽燧——天空辽远，淡云优游，没有飞鸟，也没有昆虫。天空下面的戈壁上没有绿树，也没有青草，一片荒芜。掀动衣袂的风吹过去就没了踪迹，丢失了。茫茫荒原，唯有这座古老的烽燧，寒来暑往，饱经风霜，无言地诉说着岁月的沧桑。

与站在村口眺望田野时那种甘露沁心的清冽不同，在工厂的东大门口眺望古烽燧，西部边塞的浑厚、苍凉、辽远，会让我心中顷刻涌上一股难言的怆然，眼前浮现出丝绸古道、迤逦驼队、骁勇马帮……庸常的日子里，只消驻足朝它望上一会儿，俗世里钝化了的心很快被激活，涌动起散发着金属光泽的诗歌和梦想。

那时每逢周末，我们几个要好的技校同学都会相约一起去爬山。我们背着双卡录音机，带着军用水鳖、茶叶蛋，走向戈壁深处的山脉。录音机里回放着《海阔天空》《一路上有你》《忘情水》《大约在冬季》《水手》《同桌的你》……歌声在山脉间回荡，男生站在高高的山峰上情不自禁地对着山谷吼唱，唱到动情时顺山脉飞奔而下，引得女生笑得前俯后仰。有的同学干脆不管不顾，在平坦的山腰随着奔放的旋律跳起迪斯科，摇头甩胯，沉醉不已。歌声、笑声、嗒嗒的舞步声，唤醒了沉睡千年的戈壁荒原。

尽兴了，疲惫了，该返回了。翻过几座山，到了最后也是最高的一座山时，烽火台就矗立在我们面前了。此时，夏日午后的太阳暑热不减，我们舔着干裂的嘴唇，仿佛奔向甘泉般疾步朝烽火台斜切下的一片阴凉走去。每次爬山回来，我们都把烽火台当作一个驿站，在它凉爽的背阴里缓缓劲、歇歇脚，整理一下行囊，简单地道别后各自回家。那些闪光的日子，在少男少女的心里，满满的都是情愫和憧憬，再也装不下他物，一次次误把这座承载着历史烟云的烽燧当作歇脚处。

技校毕业后，作为一名三线工厂子弟，跟所有三线工厂子弟一样，我没有太多的迟疑就循着父辈的足迹回厂里上班了。头一个月发工资，买自行车，买皮鞋，买皮包。自此，每天穿着皮鞋，背着皮包，骑着自行车，开始了我的工作生涯。

工厂方圆十里，跟村庄一样，处处都是熟人。休息的日子，我会打扮一新，到公园、广场、柏油路上溜达，遇见熟悉的大妈大婶一通嘘寒问暖，遇见要好的小姐妹一遍遍诉说心事。若是获了先进评上优秀，厂里的无线广播会播放好几天。这样的时候，心里就美滋滋的，真想把那光荣的日子永恒定格。

起初的那些年，每天充实地工作，逢年过节全家人聚在一起包饺子。至于工资，心里是没有多少概念的，那时干部工人都拿得差不多，住的都是厂里分配的六十平米砖混家属楼，都是骑自行车，夏天吃小白菜，冬天吃大白菜，过节吃厂里发的米、面、油、肉和鸡蛋。

记得刚参加工作不久后的一个春节，分厂工会主席组织各车间工人代表给分管我们车间的副厂长张厂长拜年。要去厂领导家，我心里是忐忑的，一路上想象着厂领导家的高门槛、气派的门楣、考究的摆设，不免心生敬畏。临近午饭时间，我们到了张厂长家，我怯怯地打量一下，心里顿然放松了，原来张厂长家和普通工人家没什么两样，也是两室两厅的砖混家属楼，房间里摆放着几样古朴的木制家具，一台二十英寸的彩色电视机。最出乎意料的是，张厂长家餐桌上端上来的居然也是一大盘普通职工家饭桌上的大烩菜，香浓的热气正冒着。"嗬！这正好，赶得早不如赶得巧。来来来，大伙儿一起吃，一起吃！"系着围裙的张厂长热情地招呼着。张厂长夫人更是忙不迭地沏茶斟酒，俨然邻家大叔大婶。我的疑虑顷刻打消，八个人围坐在一起大快朵颐起来。大家吃着喝着聊着，张厂长如数家珍地讲着厂里历年的国家级、省部级劳动模范和那些获得国家技术专利的项目，讲到动情处眉飞色舞："你说吴升升那家伙，一个瘦高个，饭量也不大，咋就那么大精力，能耐大得很，把一区的电解槽子捣鼓得灵便得很，尽出双零铝，在伦敦交易所吃香得很！"一高兴，大伙儿酒杯就频频地碰了起来，已分不清哪是厂长哪是工人。

那时，我对外面的世界不大了解，每天对着工厂东大门外的古烽燧望上一会儿，联想一下古国风云战场硝烟，就回到宁静如水的日子里。反正要终老在厂里，就像父辈，生老病死厂全包了，所以并不曾担忧未来的日子。

多年以后，我有了家有了孩子。此时，市场经济呼啸而来，房价翻倍，物价飞涨，孩子的择校费飙升，而各地民营铝厂雨后春笋般涌现出来，很快产能过剩，铝价下跌，效益连年亏损，工人工资持续下降，生产线被迫拉闸停产。每个月精打细算，微薄的工资仍然难以为继。三线工厂子弟、国家工人，这曾经让我自豪、让我衣食无忧的身份，而今提及，恍然如梦。

随工厂浮沉三十年，再眺望这座古烽燧，我有一种想对它倾诉的渴望。那是一个阳光尚好的秋日，我踩踏着沥青路边的落叶静静地向它走去。三十年了，烽火台还是初见时的样子。近处，是戈壁、山脉；远处，仍是戈壁、山脉。远远近近都是黄土、沙砾、骆驼刺，偶然遇见一两株马兰花，瞬间点亮眼眸。三十年过去了，戈壁草木荣枯，工厂世事变迁，我也从亮丽青春走到沧桑中年，而古烽燧依然巍然屹立，不可动摇，一如英雄的梦想。

从我踏进工厂，它就屹立在那里启示我脚踏实地地劳动、生活。三十年后的今天，历经国有企业几番改革，工厂沧海桑田，我们的命运也浮浮沉沉。而今，古烽燧仍旧那样静默地注视着工厂，注视着密如织网的高压线、鳞次栉比的厂房，注视着年华老去的我们……

遥想半个世纪前，西北这片戈壁，如同西北大地上所有的戈壁一样，黄土，沙砾，时断时续蜿蜒着残破的明长城，或东或西散布着古烽燧，精瘦的羊只，机警的马蛇子，漫无目的四处飘荡的风——眼前的这座古烽燧和戈壁上所有的古烽燧没有两样。若不是那时在这里建成这个工厂，我的父辈、同辈、晚辈们的目光又怎会相继眺望它六十年之久，直望得它四周的戈壁也通了我们的情意，有了慈祥的面目和温暖的色彩……

它屹立在这里五百多年了，任岁月剥蚀，风霜浸染，风化了棱角，脱落了表层，与戈壁黄土的颜色融为一体。站在它矗立的位置俯瞰工厂，我们的工厂微小成了一片灰色海洋，厂房、烟囱、高压线、管道、家属楼都小成了一个个点、一条条线、一段段面。曾经完成一次次国家工业建设使命，曾经培养出一个个技术精英、劳动模范，曾经的勋章和丰碑，那一声声劳动的号子，那一串串熟悉的名字，都沉淀在这片小小的灰色海洋里……

神驰间，阵阵凉风过耳，不知不觉，晚霞已从西边涌了过来，浩瀚的戈壁一片金红。极目处，金红的戈壁与彤红的天际融合在一起，消解了天地间所有忧患。这一刻，瑰丽的晚霞镀在古烽燧上，站在工厂东大门的方向回望，它仿佛一尊古老的雕塑，庄严，厚重，永恒。

二 葬我于工厂脚下

一座工厂的历史往往浓缩在无数工人的个体生命里。

早已把血液融入工厂的父亲，在他心里，这座20世纪60年代中期他们响应国家三线建设号召、从四面八方来到西北戈壁用一砖一瓦建成的工厂的历史，就是他作为一名老三线人、一名工厂创业者二十岁进厂至今半个世纪的人生过往，就是他和他那一拨工友，我唤作叔叔的童兴泰、杨生平、赵建才、叶发忠、刘平……他们从最初住"干打垒"、睡大通铺、吃没有油水的大白菜、侍弄三天两头阳极大漏糊的无底电解槽，到举家搬进厂里福利分配的新楼房、80千安上插自焙电解槽系列，在全国铝行业同类槽型中技术领先、效益倍增，借各种名目发钱，先后被评上劳模的岁月变迁，以及他们每一家相似而又有差别的日子、各家或子承父业留在厂里或拗劲挣脱出去的子女。

而今，世事变幻，沧海桑田。当年波澜壮阔的三线建设作为祖国西部工业摇篮，已升华为一种工业精神，属于老三线人的时代早已远去，父辈和工厂一起进入暮年。曾风餐露宿，历尽艰辛，身体过早垮掉的他们，逝去的已长眠于工厂脚下的公墓；在世的，在伤痛、困厄中安心地守在工厂里，每天围在家属院南墙根儿谈古论今。

老工厂昔日的辉煌一去不返，但我一刻也放不下它。我只能在三线工业时代残暮将尽前，循着父辈一路跋涉的足迹，用拙笔记录工厂历史的一角，以慰藉在这片热土上奋斗终身，以及如我一般被它哺育着的工业人的心灵。

我对工厂最初的认知源于父亲，与工厂血脉相连的根性也源于父亲。因此，记录工厂，就先从我的父亲说起吧。

2017年五一，跟往常过节一样，我照例领儿子回厂里。自2012年把儿子送进省城上学（工厂效益下滑，子弟学校划归属地，教师多半调往省城，高中停办，初中班级缩减大半）去陪读，我在城里一直不习惯，待不住，一到节假日就带儿子回去。这次临行头一天，母亲打来电话说哥哥的工友送了一只大公鸡，活的，等我们回去父亲现宰，叫我们早点儿动身。

第二天一大早，我就迫不及待地领儿子往回赶。开一个半小时的车就到了。虽是过节，且是我们工人自己的节日，厂里却冷冷清清的，昔日干净整洁的沥青路上到处是塑料袋、果皮、枯叶。一进家属院，一股胶皮烧焦的刺鼻气味扑面而来，家属楼前的空地上正燃着几堆火，焚烧胶皮，整个大院里乌烟瘴气。我赶紧拽儿子进家门。正在厨房忙活的母亲说："如今厂里不景气，那些困难户从垃圾场捡来废电缆，烧掉胶皮卖铜丝，换几个油盐钱。都是给光阴逼得。"我听后心情随之沉重起来。

一见到外孙，父亲马上撂下手中正剥的蒜，拉起外孙的手，笑呵呵地问这问那，满脸的皱纹都舒展开了。高兴劲一上来，父亲就要抽烟，似乎唯有这样，才不至于手足无措。哥哥边责怪父亲抽烟，边自己也点上一根。稀罕一阵外孙，父亲问哥哥：

"这几天厂房咋样？"

"350（千安电解槽系列）倒是没停，但生产的铝锭越多，亏损就越大，没辙。"哥哥皱着眉头说。

父子俩话题自然而然地转到铝业行情上。

"（电解铝）产能过剩原因主要是2002年以来咱们国家冒出几家大型民营铝厂，全国电解铝产能一下飙到4467.3万吨，光山东魏桥铝业一家就727万吨。"哥哥焦虑地说。

父亲默默地抽着烟，没有言语。哥哥又说："铝价都跌破一万四了，（炼铝）成本就一万五，这行情叫咱们日子咋过？"

"愁啥，咱厂是三线国营老厂、老铝业基地，不管咋样，国家总会有办法，不会丢下咱们不管。"无论外面和厂里怎么变，父亲这句话永远不会变，仿佛从二十岁一进厂他就吃了定心丸。

哥哥一听宽慰很多，舒口气，掐灭烟头起身进了厨房。不大工夫，厨房里飘出鸡肉的浓香，母亲喊着开饭了。说话间，凉的热的上了满满一桌。一家人乐融融地吃起来，所有的忧患都暂且放在一边。

那时，父亲穿一身泛旧的四兜中山装，骑一辆老式"永久"，一路轻踏慢踩，不时地抬头仰望办公楼前方的猎猎红旗和厂房上空的大烟囱，脸上永远挂着淳朴而踏实的笑容。下班慢悠悠地回到家，坐在油漆剥落的茶几前，拿出厂里新发的茉莉花茶泡上一杯，惬意地呷起来。要是家里正好有人闲着，他就津津乐道地讲起厂里的新鲜事——像20世纪60年代所有端"铁饭碗"的国家工人那样，父亲总是那么悠然自足,周身洋溢着优越感。

父亲是厂里电解一车间的一名天车工。那时候,倒班轮到休息,他就会带上我们几个到他的工友家串门。他们时常围坐在老茶几旁喝茶、闲谈,话题永远离不开电解天车:咋样快速辨别地面人员的违章指挥;换极打壳时,高速操作的害处;吊运重物到半空,突然停电,如何应对……天南地北的口音里满是对技术的求索和真知灼见。

那时,在我心里,电解天车坐落在厂房顶上,用它吊运重物时下面都有专人动手出力,父亲只是高高在上驾驶它。我常给小伙伴们炫耀:"我爸是开天车的,开老高老高的天车。"

直到后来,我从厂里技校毕业分配到班组上班,才知道父亲的不易。第一次走进父亲所在的80千安上插自焙槽电解厂房,一股热浪夹杂着烟尘扑面而来,我被呛得倒退几步。眼前一长排电解槽犹如一片片燃烧的火海,把厂房炙烤成一个大蒸笼。槽膛上方升腾

↑ 青铜峡铝厂80千安上插自焙槽电解厂房

的烟气不断地向厂房上空弥散，横跨在房顶的天车被湮没在烟雾中……原来，父亲一直置身这"火海"上方，不舍昼夜地开天车打壳、加阳极糊、出铝……搁在我，别说开天车干活，就是坐在上面什么也不干，连熏带烤的，就已经受不了。真不知道父亲这么多年是怎么熬过来的。伫立在厂房门口，注视着这"人间炼狱"，想起父亲过早斑白的鬓角，我心里一酸，眼泪涌了出来。

"爸，您转岗吧！干电解太苦了，这样下去，身体早晚会垮的。"我试图说服父亲离开电解厂房。

"怕啥？那么多干电解的都干得好好的，没有人当过逃兵。比起创业那会儿，这已经好得很了。"父亲笑着说。

二十岁进电解厂房开天车，父亲一干就是三十多年。其间有几次调转轻松岗位的机会，他都放弃了。母亲为此常取笑父亲："离了你，电解厂房怕是没人开天车了，这铝就不出了！"

"若是干电解的都想图舒坦，这铝还真没法出。"父亲正色道。

母亲知道父亲的倔脾气，无奈作罢，不再言语了。

2003年，父亲退休了。

按理说辛苦大半辈子，退休安享晚年是好事，可父亲成天坐卧不安，丢了魂似的。不久，厂里招收仓库看守（退休职工优先），父亲不假思索地去了。他又穿上那身中山装，骑上老"永久"，看守老仓库了。

2016年，父亲年近古稀，按厂里规定，彻底退休了。

他仍旧穿着那身中山装，背着手，在厂区沥青路上边溜达边仰望鳞次栉比、新旧不一的厂房和大烟囱，脸上始终挂着20世纪60年代国家工人特有的那种神气。

作为一名老三线工人，20世纪60—80年代是父亲最光荣的日子。"那时候，啥事都是咱们工人说了算，派活是咱们，画考勤是咱们，发粮票是咱们，每年厂里评劳模还是评咱们。后期分配来的那些年轻人，每天老早到班上，给咱们把水打好、茶泡好，张口闭口李师傅长张师傅短地叫着，对咱们尊敬得很！"只要说起那个年代的事，父亲顿时两眼炯炯，尽管都是已经说过不知多少遍的旧事，但每回说起，都那么自豪，都会自顾自甜蜜地笑上一会儿，点上一支烟悠悠地吸起来，似乎属于他的时代并未远去。

　　而今，父亲忙于三件事。

　　第一件事是坐在厂门口目送工人上下班。每天早晨厂广播一响，父亲就起床，与以往上下班一样准时赶往厂大门。不同的是，他不再骑自行车，而是步行。到了厂大门的大槐树下，他就蹲下来目不转睛地望着工人们三三两两地跨进厂大门，一个也不愿错过。就像母亲所说："门神一样守在厂门口。"

　　第二件事是和老工友聊天。上下班时间一过，厂门口冷清下来，父亲起身背着手离开。到了家属院，他并不着急回家，而是绕到南墙根的水泥台边。这里正围着一圈他的老工友，他们有的蹲着，有的站着，有的坐着，脸庞都晒得黑红黑红的，正用五十年不变的天南地北口音谈论得热火：铝业行情、"两会"、象棋……父亲熟稔地凑过去。要是碰上叫不上名字的，他就会主动介绍自己："我是一车间天车班的。"工厂大，几十年没碰面不奇怪，但一说哪个班组的，马上就晓得，话题很快转移到五十年前的老电解厂房里。

　　第三件事是看讣告。父亲除像上班一样每天准时到厂门口和家属院南墙根"报到"，还有一件事就是到家属院门口看宣传栏里贴的讣告。干一辈子电解铝冶炼，工人们的寿命大多不会太长，这一点父亲心里很清楚。讣告上的亡者，他不一定熟悉，但一看名字就能想起生前在哪个厂房、干什么工种。一旦又有"老电解人"的名字出现在讣告上，他就背着手疾步走向厂殡仪馆，直到跟随送葬队伍把老工友埋进厂公墓才回家。

1968年10月，青铜峡铝厂建成后首次招工，父亲作为一名"老三届"，与第一批招收的三百多名年轻人一样，在响彻天南地北的"备战、备荒、为人民"，"好人好马上三线"的口号中，怀着"扎根边疆，建设祖国"的远大理想，从四面八方汇集到这里，准备大干一番。

"风吹石头跑，地上不长草。一年一场风，从春刮到冬。"无论远眺还是近观，坐落在戈壁腹地的工厂，终年都是黄沙漫漫、砾石遍地。等他们卸下行李安顿下来，真切地看到工厂时，顿时被这满目的苍凉怔住了。

然而，个人的情绪很快就被时代的豪情感染。全国四百万人背井离乡、跋山涉水，奔赴大西南、大西北深山峡谷、戈壁荒野的时代壮举鼓荡着这些年轻人的心，他们暗暗攥紧拳头，再苦再难，也要扎下根来，干出样子。

1969年3月，阳极系统试车。阳极糊顺利出糊才能确保电解系列按期投产。原设计阳极糊生产流程为自动配料、连续混捏，该技术在国内尚无先例，不能马上投入使用。为确保万无一失，厂里临时改用老式间断混捏锅生产。这便需要人工送料。父亲他们一拨年轻工人铆足劲干上了。他们从一百多米远的沥青库将沥青扛运到生产车间，再抬送到混捏锅中。当时，回转窑供料系统尚未投入运行，他们便扛着沥青向大窑投料。下料口沥青浓烟滚滚，他们的

↑ 青铜峡铝厂建厂初期地貌

脸被熏烤得红肿蜕皮，刺痒难耐。但作为三线建设者的他们，抱定"有条件要上，没有条件创造条件也要上"的革命信念，咬紧牙关，没日没夜地扛沥青，顶着浓烟投料，直到各项碳素参数达标。终于，在1969年4月5日阳极糊车间生产出第一锅阳极糊，为电解投产铺平了道路。

通电投产前夕，上海起重机厂制作的拔棒天车尚未到位，投产再遇瓶颈，厂里决定自制"土拔棒天车"。电解车间机电连的工人们发挥聪明才智，以五十吨天车为动力设备，在天车的小车上焊接四条上下轨道，将从贵州铝厂买来的一台减速机固定在平台的支架上，由天车副钩带动支架上下运行。改装后的"土拔棒天车"具备扭转、提升等拔棒功能，解决了生产拔棒难题。为试制安装"土拔棒天车"，他们发扬"一不怕苦、二不怕死"的三线精神，以钢铁般的意志，日夜奋战，曾创下九天九夜连续工作的纪录。

1970年8月21日，电解车间一厂房内外，群情振奋，在一阵热烈的鞭炮和欢呼声中，前四十四台电解槽通电焙烧，标志着304厂一期工程80千安铝电解生产系列正式投产。历尽艰辛和苦难，一代人的梦想终于实现。

至此，一座大型电解铝工业基地在大西北黄河之滨诞生了。

父亲虽然已经七十一岁，平时总忘事，但对创业初期的点点滴滴都记得一清二楚，仿佛就发生在昨天：

厂房离食堂统共二里路，走到半道上，我被狂风刮得迷了路，竟然走到沿山公路上。等折身返回食堂，嘴里早已灌满沙子，得漱半天口才能吃饭。你们想象一下那时的风沙该有多大。

怎么办？只有种树。

每年开春，厂里买来树苗、草籽，大伙儿一休息就去种。种好了，没事就去看，瞅着它们生根发芽，他们打心眼里高兴。

起先，来自东北、山东、广州、北京、贵州、上海、湖南、四川、内蒙古、陕西等地的工友，操着各地口音，说话听不懂，得重复好几遍，着急了就会喊起来。不论哪儿来的，大伙儿都住六十人一间的"干打垒"、睡大通铺。白天拥挤都不算啥，难挨的是晚上。大伙儿都倒班，你上班他下班，一晚上进进出出，木门吱吱呀呀响个不停，瞌睡轻的被吵醒好几回，睡不上个囫囵觉。

刚从"低标准，瓜菜代"熬过来三五年光景，吃饭，只能勉强糊弄饱肚子。大伙儿干的都是力气活，胃口又好，都盼着下班能吃顿好饭。可每月供应的二十八斤粮食，得精打细算才不至于饿肚子，这顿多吃二两，下顿就只能吃个半饱。

就这样，我们1968年来的比1964年来的先遣队好多了。起先基建工程要的毛石、红砖，咱宁夏不够，得从包头用火车调运。把毛石、红砖送到包头火车站还得七十公里，当时没有汽车、拖拉机，就在当地组织一支马车队运送。他们去的那拨人几个月轮流回来一次，脸晒得黑红黑红，头发长得老长，都快成野人了。

1969年4月5日阳极糊车间正式出糊后，建设工程加快步子。1970年初，电解车间一厂房，以及配套的整流所、铸造部、空压站、阳极糊成品库先后建成。一厂房是电解一线工程，共有88台电解槽，需吊装设备6300多台（件），安装设备总重量达2000吨。当时这些设备多为非标准件，加工尺寸不标准，该修理的修理、该改进的改进后才能吊装。投产期限是定死的，一天也不能拖。厂里一声令下，大伙儿打破工种界限豁上去，全部投入到"修、配、改"百日大会战中，昼夜连着干。

刚开春厂里风大、酷冷，咱们一人一件仿军用棉袄（厂里发的），赶往现场时穿在身上，在现场困得不行时盖在身上打个盹。有时候赶工期，干脆连天连夜干，食堂送来稀的吃稀的、送来干的吃干的，往往饭送来脱不开空吃，得空时早就凉了，在我的印象中没吃过几顿热饭。豁出去干了三个月，电解槽顺利安装，任务完成。人一松劲就动弹不成。有的工人干脆卧在厂房墙角睡着了，咱也不去打搅，就让他们睡足了再回家。

刚投产都是摸索着干。第三个年头，阳极拔棒大漏糊、电解质含炭，加上无底槽受热膨胀，总高上抬堵塞管道，净化设施只好停掉，原本烟熏火燎的电解厂房便黑烟滚滚，熏得人睁不开眼。要是再遇上跑电解质，更是遮云蔽日，眼前一片麻黑。厂里当时流行一句顺口溜："马路翻浆围墙倒，质量低劣产量少。"

流血流汗建成的工厂，投产时喧天的锣鼓声和大伙儿的欢呼声还响在耳边，怎能眼睁睁看着它走下坡路？那段日子没日没夜忙改造。管钳、扳子、焊枪、螺丝刀在大伙儿手中各显神通，苦干加巧干，把无底电解槽改成有底槽，将电解车间改回二层楼式，改进阳极糊的沥青油和焦炭配比……只个把月，电解生产便恢复正常。

每回一说到刚投产的那段日子，母亲就会想起祖母到厂里看望父亲的情景：

→ 投产初期，80千安电解铝厂房电解工作业场景

你奶奶特地从老家搭车到厂里看你爸。老人家踮着小脚进了厂房，看见儿子穿得破破烂烂，落满黑灰的脸上汗水胡乱流

淌，冲出一道道印子，只白着一口牙齿，比叫花子还寒碜，就抹着眼泪说："我儿比种地可苦多了。"你奶奶回去后，几宿没合眼。

俗话说："牛皮不是吹的，火车不是推的。"说出来你们可能不信，那时，我们确确实实地推了一节又一节火车皮。现在，那段历史早已被拍摄成黑白照片，载入咱们国家三线电解铝工业创业史。

一提起父亲推火车，母亲就忘不了那十个寒冬：

三九天戈壁滩上刮过来的风，刀子一样硬，出门不大工夫，头发眉毛全结冰。我每年给你爸缝一双羊皮手套，戴到开春就磨烂了，你爸推了十年火车，戴烂十双羊皮手套。那年头，一双羊皮手套顶一袋大米哩。

关于推火车皮，《青铝志》的附录里有这样一段记述：

建厂初期，电解生产每天需要大量的氧化铝和其他原料，都需要火车运送。当时厂里没有自己的火车头，铁路运输部门因运力紧张，时常将火车皮甩到厂里的专用线上，火车头就开走了。电解生产需要的氧化铝、阳极糊生产需要的焦炭，有时已到停工待料的地步。于是，料罐车一来，厂里便召集百十号工人，在整齐的号子声中，将一节节车皮从两公里外的岔道推到厂里指定的位置。

↑ 20世纪70年代，青铜峡铝厂工人齐心协力手推火车

还有抱铝锭。起初，厂里的铝锭不是像现在用龙门吊轻轻一提就装进火车皮这么简单，它是靠人一块一块装上火车皮的。

母亲一直觉得父亲很幸运，干那么苦的活，没造下病。

父亲的身体还算硬气。他们一起抱过铝锭的好几个工人都落下腰疾，稍微干点力气活就痛得不行，成了一辈子的顽疾。

有关装铝锭，《青铝志》附录是这么记述的：

> 1973年以前，厂里一来拉运铝锭的车皮，厂高音喇叭一声通知，大伙儿不管哪个车间、啥工种，捋起袖子一起上阵，力气大的多抱一块，力气小的少抱一块，只听叮叮咣咣，装铝锭的声音此起彼伏，不大工夫车皮就装满了。

电解生产步入正轨后，父亲的心思全放在电解天车上，就是一个"两耳不闻窗外事，一心只顾开天车"的痴人。人家逢年过节跑领导家套近乎、混脸熟，他无动于衷，就知道闷声干活。领导下来检查，人家又是敬烟，又是说好话，变着法儿给领导留个好印象，他心如止水，该干啥还干啥。我常怪父亲，一个"老三届"学霸型高中生，恢复高考，咋也得考个大学本科。父亲微微一笑，说："我上大学，你们四个加上你妈，还有你奶奶，一家六口要吃要喝要花钱，就靠村里那三亩地，日子怎么过？"我不以为然："那就凭您一个'老三届'高中生在厂里也能混个一官半职呀。"父亲说："不能总想着钻头觅缝往上爬，丢了做人的本分。"

一个厂，一个岗，一辈子。父亲安于这样的人生，勤勤恳恳地把分内的活儿干好，生老病死厂里都包了，任何时候心里都不慌。在这个献了青春献终身、献了终身献子孙的老三线人心里，他的四个子女回厂里接过他手上的接力棒才是正道："回厂里多好，只要你们好学肯钻，脚踏实地拿下一门技术，就能吃一辈子硬气饭。"

在父亲的耳濡目染下，我和哥哥从学校毕业后，顺理成章循着

↑ 20世纪70年代，青铜峡铝厂工人合力往火车皮上装铝锭

他的足迹回厂里上班。而两个弟弟大学毕业已不包分配，都在外面找工作，即使厂里发布招聘信息，他们也不理会。十多年里，他们一路辗转，不停地跳槽，换了不少工作。

父亲不明白现在的年轻人，怎么动不动就换单位，动不动就转行。他时常不无忧虑地对两个弟弟说："今天到这个单位，明天又到那个单位，你们终了到底算哪个单位的人？今天干这行，明天干那行，你们最后究竟算干啥的？终究是水上漂的浮萍。"

四个子女里，让父亲感到欣慰的是，哥哥最终扎根厂里，成长为一名优秀的电解工艺工程师，成为一个名副其实的铝二代。"350千安电解槽系列李工是李师傅的大儿子，如今是350千安的'大拿'了。"每逢听到厂里人夸他的大儿子，父亲那老实木讷的脸上，表情很快生动起来。

也因此，父亲最亲近他的大儿子，每回家里有什么事，他都和哥哥商量。他们的话题永远离不开工厂：厂房、车间、电解槽、天车、氧化铝、铝锭……他们一个说，一个听，永不厌烦。他们时常坐在一起吸烟，喝茶，想事情。即便一句话不说，你也能感觉到他们多年父子成工友的那种默契。

2001年，国有企业改革洪流汹涌而来。一夜之间，工厂改叫公司，简朴的办公楼换成气派的写字楼。厂长唤作董事长，工资变成年薪，金额神秘如同传说。曾经与工人并肩骑自行车上班的干部坐进小轿车，油门一踩，彻底和灰头土脸的工人拉大了距离……

父亲无法理解这个荒谬的世界。

父亲退休后返聘到厂里看仓库，仍旧一身中山装，一辆老"永久"，钟表一样准时上下班。他仿佛新时代的绝缘体，依旧活在属于他的20世纪60年代的三线老工厂里。

想老厂房了，父亲会去看看。

2004年，80千安上插自焙槽电解老系列寿终正寝。厂房上空的大烟囱没了气息，一口空空的黑洞茫然地望着天空。厂房顶上横跨的天车凝固在工厂的一个历史瞬间，周身蛛网密布。一台台废弃的电解槽，古墓尸骨一样陈列一排，寂然无声。父亲站在老厂房门口无言地望着，仿佛在凭吊埋葬他青春的墓园。

回厂里时间总是过得很快，跟父亲、母亲、哥哥一起说着厂里的事，一天很快过去。5月2日一大早，父亲又要去殡仪馆，我诧异地问："爸，您咋又跑殡仪馆？这两年您跑得越来越勤，亡人您认不认识呀？"

"上月7号走的是原先一车间出铝工王建华、19号走的是一车间电解工周华贵，都是一起进厂的。"

"爸，你们那一批老三线人现在都好吗？"

"三分之一埋了，三分之一住院，剩下三分之一暂无大碍。"父亲淡淡地说。

是的，父亲已进入暮年。

这次家人正好都在，我当着一家人的面郑重地问起父亲将来的后事。

"进祖坟，和我爷我奶在一起吧？"

父亲不吱声。

"我们几个都在银川买了房子，进银川公墓，给你们扫墓也方便。"

"不去。我和你妈哪也不去，就埋在五村！"父亲不容置疑地说。

"铝业行情一再下滑，您看工人内退的内退，辞职的辞职，原来一万多人的大厂，现在连原先一半人都不到了。"

"我当然不能左右行情，更不能拦住要走的人。可厂里光景再不济，总还有我们这拨守着。"父亲口气很硬。

"咱厂要是有一天倒闭了呢？那时厂子都不在了，你们却荒凄凄地埋在这里。"

"就算有那么一天，只要我们老三线人埋在这里，在地下守着，它就不算完全消失。"任我们怎么苦劝，都不会动摇父亲的决心。

父亲这拨老三线人，肩负着振兴民族铝业、报效祖国的使命，双脚一踏上西北这块苍茫的土地，就立志要干出一番名堂。他们于20世纪60年代建设的一期80千安上插自焙电解槽系列，经过创新发展，20世纪80年代各项技术指标创下全国同类槽型最高水平，"QTX"牌铝锭商标驰名中外，在我国电解铝工业发展中立下显赫功勋，他们也屡次被评为劳动模范，戴上大红花站在领奖台上，实实在在地尝到作为一名国家工人的荣耀。

半个世纪过去了，父亲早已分不清厂和家的概念，不论在哪里，他张口闭口"我厂怎么怎么的"。如今他仍收藏着当年干活时戴过的一双补丁摞补丁、辨不清颜色的帆布手套。他时常会将它握在手心抚摸一会儿，就像把那段炽热的青春岁月又握在手里。

自21世纪初，电解铝冶炼行业几经变革，产能过剩，行情遇冷，三十年辉煌终成过往。三线建设已成历史，中国工业奠基时代也渐行渐远。我们的老工厂不知还能支撑多久，父亲却执意将来要埋在工厂脚下。我们做儿女的，不忍心把父母留在这座将来或许不复存在的老工业基地，但这是父亲——一个叫作李兴家的老三线人、一个老铝业人的心愿，我们只有成全。

三　风骨

1965年的一个夏日，当火车的鸣笛响起，伴随着一片离别的哭声，一列开往大西北的绿皮火车从颇具俄式风格的抚顺站出发了。

车厢里坐着的是一批抚顺301厂电解铝冶炼专家。他们响应国家三线建设号召奔赴大西北，其中就有魏惠云的丈夫、电解铝冶炼高级工程师吴怀德。专家们都带家眷，移居三线腹地。在厂组织的号召下，魏惠云没有犹豫，和其他家眷一样，带着儿子跟随丈夫登上了西去的火车。经过三天三夜的颠簸，他们连人带铺盖卷被卸在位于西北戈壁腹地的青铜峡火车站。

一起从抚顺来的工友刘香梅总也忘不了刚到青铜峡铝厂的情景："一眼望去，没边没沿的戈壁，尽是黄沙、砾石、骆驼草，天空也是荒的，连只鸟都瞧不见。到了住的地儿，几间旧仓库里临时搭起大通铺，五六十人一间，挤挤挨挨，侧个身都费劲。最难挨的是晚上，一夜一夜的西北风呼呼地刮，搅得人心里发毛，睡不上一个囫囵觉。"

在抚顺过惯安生日子的家属们嚷嚷着："比想象中还要砢碜，啥时候才能熬出头！"

魏惠云轻叹道："厂子才开始建，总有好起来的一天。只要一家人在一块儿就好。"

创业者们风餐露宿，遍尝艰辛。两年后，一座大型电解铝工业基地在大西北黄河之滨诞生。

投产头几年，电解生产不稳定，阳极拔棒大漏糊，原本烟气弥漫的电解厂房黑烟滚滚，又熏又呛。吴怀德在已投产三十余年的抚顺301厂自焙阳极电解槽系列干了近十年，妥妥的电解槽大拿，专治病槽。那段日子，他带领工人加固槽壳、改造短路口、把无底电解槽改成有底槽……在烟雾弥漫的厂房，一个个三十出头的汉子忙得满脸黑灰，只白着一口牙齿，活像卖炭翁。没日没夜地忙活一个多月，八十八台罹患各种疑难杂症的电解槽康复了，生产走向正规，一块块合格的铝锭码进库区。

此后几年，吴怀德更忙了，要预防这些先天不足的电解槽再生病，只能时刻盯着，他上班几乎一直守在烟熏火燎的电解槽前。而此时，从东北转战西北，在充斥着烟尘、氟化物、强磁场的电解厂房劳碌十多年，癌细胞已无情地吞噬他的肝脏……

弥留之际，魏惠云含泪紧握着丈夫的手。吴怀德喘着气说："将、来、建、辉、上、大、学、一、定、要、读、有、色、金、属、冶、金、专、业……"说罢，他抖索着手，从枕边拿出一个油渍斑驳的笔记本，吃力地递给老搭档周立强，便永远地闭上了双眼……

周立强翻开本子，上面详细记载着每台电解槽的"体征"、常见故障和排除措施……

吴怀德走了，魏惠云的心碎了。她把自己关在屋里只是哭。刘香梅端来饭，她不吃，说只想一个人静静。刘香梅只好把建辉领到自己家照顾。

"那会儿可着一股热劲儿来大西北支援三线建设，这才多会儿，好端端儿一个人没了，好端端的日子成这样，待在这嘎达只会叫人伤心，不如回抚顺，建辉也嚷嚷着要回去找姥姥。"魏惠云边哭边收拾行李。

一听魏惠云要走，周立强赶来劝阻："惠云，俺们可都是支援三线调到这嘎达的，你就这样回抚顺，工作咋整？301厂还能接收你吗？丢了工作你和建辉吃啥喝啥？再说，怀德已安葬在这嘎达，你就这么扔下他一走了之？还有怀德最后留下的那句话，让建辉以后上大学专攻有色金属冶金专业。就是要让娃儿将来能为三线厂添一把力。你不能说走就走哇！"

老厂长得知后亲自给魏惠云做思想工作："小魏同志，我恳请你留下来。咱们电解铝这行当，没有质检员把关，这铝它就没法出。咱们厂质检部真正的行家里手，就你们301厂来的仨女同志，你又是骨干，你走了，咱们这生产怎么搞？眼下就是请示冶金部再调过来一个像你这样的质检能手，也不赶趟儿呀！"

魏惠云听了半晌不言语，默默地放下行李，摩挲着建辉的头说："俺们不走了，在这嘎达好好儿待下去，厂里还有好多叔叔阿姨和小伙伴呢。"

七月的太阳毒辣辣地刺下来，铺天盖地的铝锭垛子反射出耀眼的光芒，偌大的铝锭库被映成一片银色海洋。一身褪色的工作服，一顶鲜红的安全帽，脸上永远挂着与国有企业气质相吻合的庄严神情——魏惠云正头顶烈日，穿行在炎热得有些虚晃的银色海洋里巡检一捆捆铝产品：轻而延展性好的P1020铝锭、坚硬的A356.2铸造铝合金锭、耐蚀的6063铝棒……她熟悉这些铝产品如同熟悉自己的呼吸。

谁能想到当初逢人没开口泪先流、一心要回抚顺的魏惠云已成了一个地地道道的青铝人。

"怀德刚去世那阵，得亏厂长苦苦挽留，不然惠云早带儿子回抚顺了。"

"惠云真够硬气的，一个人又拉扯孩子，又上班，这十多年工作还处处跑在前头，从厂里投产出第一包铝到今儿，她经手的铝锭从没有过残次品。"

"可惜怀德，他带着大伙儿垦荒拓土近十载，咱厂电解铝工业这棵树苗刚发芽，还没有等它开枝散叶，就匆匆走了。"

"要是怀德不走那么早，凭他的能耐，现在咋也是副厂长。唉，惠云没有当副厂长夫人那个命哪。"

吴怀德的过早离世，让东北老乡和电解车间的工友们久久无法释怀，他们心里更放不下的是吴怀德仍生活在厂里的妻子魏惠云和儿子吴建辉。

→青铜峡铝厂铝锭库

20世纪70年代末，最早到厂里支援三线建设的那拨人，大都当了厂里的干部。每逢春节，有的干部回东北过年，就把家门钥匙留给家尚在农村的工人，让他们的家属和孩子来厂里团聚。

有一年我们也到一位回东北过年的干部家和父亲团圆。那时我刚记事，第一次喝一拧开关就哗哗流淌的自来水、第一次用电灯、第一次走不扬尘土的沥青路……而今，对工厂家属院最初的新鲜感已淡去，那年父亲携我们全家给魏惠云阿姨拜年的情景却总是浮现在眼前。

"回去代俺向亲友们拜个年，俺和儿子要留在厂里陪怀德一搭儿过年。"东北老乡约魏惠云阿姨一起回老家过年，她谢绝了。当年一起创业的那些伙伴就到魏惠云阿姨家拜年。

大年初四，父亲拎了年货带我们去魏惠云阿姨家。一进门，屋里已经来了几个人，都是电解厂房的老伙伴，见面一片热络。他们每人倒上一杯酒，先郑重地对着吴怀德叔叔遗像敬三杯，然后落座。

饭桌的正中央空着一个座位，桌前摆着一碗米饭、一双筷子。魏阿姨和儿子坐在空座位两边，我们围着魏阿姨一家坐了一圈。那天的饭菜很丰盛，有小鸡炖蘑菇、东北扣肉、排骨炖豆角、黏豆包、蒸饺……都是我从来没有吃过的东北菜。但大家并不着急动筷子，每个人脸上都很沉重。半晌，魏阿姨颤声道："我们娘俩多亏各位师傅照顾才熬过来。今儿过年了，没啥拿得出手的，做几样家乡菜，大伙儿快趁热吃！"

大家默默地倒上酒，举杯对饭桌正中央空座位说："怀德，如今咱们88台（80千安上插自焙）电解槽生产都达标了，综合交流电耗已接近13800千瓦时/吨。今儿过年，咱们干了这一杯，一起乐和乐和！"碰完杯，魏惠云阿姨眼含热泪，端起空座位前的酒杯，忍泪微笑着说："来，我替怀德干了……"

多年以后，每当想起那顿饭，想起魏惠云阿姨含泪带笑的神情，我心里依然会泛起一阵酸楚。

20世纪80年代，厂里的80千安上插自焙电解槽系列各项指标创下全国同类槽型最高水平，在铝工业发展史上写下光辉一笔。随后二期上马，电解铝产能达八万吨，与国内先后建成的另外七座铝厂，共同开启我国电解铝工业历史上最为瑰丽的一段历程。

电解铝产能大了，质检任务也繁重起来，质检班的"娘子军"越来越忙。拂晓，大地还在沉睡，铸造车间已忙得热火朝天，远远地就听见机器的轰鸣声。

车间里亮如白昼，房顶整齐排列的深照灯把机器照得通身发光。天车正在半空小心翼翼地吊运铝水包。隆隆作响的铸造机旁，清一色蓝色工作服、红色安全帽的铸造工手持工具忙着浇铸。热气升腾的铸造机周围，不时地出现几个穿灰色工作服的娇小身影。她们就是厂里每天跟铝产品"亲密接触"、为它们的质量保驾护航的质检员。

丈夫去世后，魏惠云强忍悲痛，把精力和心血都倾注在质检工作中。才三十多岁，她的头发已经花白，脸上也爬上了细密的皱纹，但一双眼睛依旧明亮睿智。此时，魏惠云不声不响地将精致锃亮的不锈钢铝液取样勺伸入炙热的混合炉，轻舀、慢端，稳稳地取出莹亮滚烫的铝液，一滴不漏地盛放在取样模具里。片刻，待样品冷却，砸上这批铝液的熔炼号，并登记在记录本上，然后将两个平行样，一个送化验，一个留下作备查样……一系列检验程序有条不紊，娴熟到位。

那年，班组承担了国储铝锭质检任务。魏惠云把儿子托付给邻

← 青铜峡铝厂质检部女工工作现场

居照顾。三个月里，她带领班组成员一头扎进铸造生产现场，为一块块、一捆捆铝产品检斤、贴标签、手工抄号，每天忙活十来个小时……多年躬身质检现场，她练就"一手清、一眼准"的功夫，带领"娘子军"经手数万吨铝产品，全部合格，圆满入库。

魏惠云"火眼金睛"的声名渐渐在厂里传开了。

一晃十多年过去。

20世纪90年代初，魏惠云他们最早这批三线人已献完青春，步入不惑之年。建辉也该上大学了。

"妈，我想报考市场营销专业。现在已是市场经济，学出来将来好下海创业。"个子高出母亲一头的建辉，一脸自信，满怀憧憬地说。

"如今厂里效益老鼻子好了，听妈劝，你正经八辈报个电解铝冶炼专业，学通透，回厂里有的是你施展腿脚的地儿，就甭想着到外面嗝瑟了。"

建辉拧头不吱声。

魏惠云晓得儿大不由娘，就正色道："干啥呀不听话？你上大学读有色金属冶金专业，学成回厂，这可是你爸临走留下的话。妈的话你不听，你爸的话你总得听吧？"

一提父亲，就像孙悟空见了如来佛祖，建辉立马乖顺了。他低下头，恳切地说："妈，那我就报一所理工大学，读有色金属冶金专业。"

大学毕业，建辉回厂，到二期106千安上插自焙电解槽系列，当了一名电解铝冶炼工艺技术员。

这期间，在市场经济大手的推动下，各行各业雨后春笋般发展起来，铝锭一时成了抢手货。厂里效益翻倍增长，工人腰包鼓起来，福利分房，一年涨两次工资，数不过来的月奖、季度奖、半年奖、年终奖……

"瞧，听你爸的话没错哈，厂里现在多得劲儿，多少人抢破脑壳进不来哪！"儿子赶上厂里的好时光，魏惠云打心里高兴。她望着挂在厂里新分配的楼房客厅墙上怀德的遗像，想，若怀德在天有灵，一准也笑开怀了。

"建辉，你要好好儿干，厂里能有今儿的好光景不容易。俺们这一辈过几年退休，你们可要拿出硬本事顶上去。"

炙热的电解厂房里，在父辈手把手的传帮带下，建辉不几年成长为一名电解工艺工程师，像父亲当年那样，专门攻克电解工艺技术难题。那曾英气白净的脸上濡染了一抹戈壁沧桑，越发像个男子汉了。

这时，魏惠云也到了退休年龄。

第一代三线人耗尽气力，步入人生暮年。

20世纪90年代末，魏惠云退休了。然而，一起退休的第一批老三线人竟没有一个人回老家，甚至都不曾提起这事。他们依旧守在厂里，他们要看着捧过他们接力棒的子女把厂子干得越来越红火。

随着第一批老三线人告别挥洒半生汗水的岗位，21世纪初，第二批、第三批……来自天南海北的老三线人相继退休。

退休后，魏惠云她们不约而同地聚集在生活区广场。

夕阳渐沉，广场中央那座创业之初建造的"鲲鹏展翅"巨型石雕披上一层金色余晖，愈发庄重。七点一到，高分贝的音响响起："红岩上红梅开，千里冰霜脚下踩，三九严寒何所惧，一片丹心向阳开……"她们每晚像上班一样准时来到广场，排列成一片，舞动起来。

她们一同沉浸在20世纪60年代的老歌曲里，在舞步中回味着当年抛洒在厂里的热血青春、一同经历的欢笑歌哭，已分不清哪些是东北人、河南人、山东人……哪些是当地人。

↑ 青铜峡铝厂生活区中央标志性建筑"鲲鹏展翅"巨型石雕

她们有着相似的面容，仿佛工厂东部戈壁高矗的古长城烽燧，饱经风霜，却安之若素。

如今，已经七十岁的魏惠云还学会了上微信。她关注了铝业行情公众号，每天醒来第一件事就是打开微信看铝业行情，要是涨了，就高兴，跌了，则忧心忡忡，每天的心情随着铝业行情的涨跌，忽晴忽阴。他们还建了微信群，群里的名字前面标注了（支援三线建设）第一批、第二批、第三批……群里的话题永远是那些年在厂里一起经历的那些事，哪一年的哪场生产大会战、哪一年的哪次劳动竞赛……都不知说过多少遍了，仍津津乐道，似乎永远说不完，永远说不够……

今年清明扫墓，我们遇见给丈夫祭扫的魏惠云。蒙蒙细雨中，她撑着一把伞，指着厂公墓邻近厂区那一片坟头，用已不纯正的东北话给儿子介绍，这座坟里是抚顺来的哪位叔叔、那座坟里是沈阳来的哪位阿姨……她平静地诉说着老工友的生前往事，就像给儿子介绍家里的客人。在她心里，不管世事怎样流转，那一串熟悉的名字一直都在，她要让儿子也铭记这些名字。

她已把这片墓园当成老家。

"魏阿姨把悲苦的一生，坚强地撑了下来。"我叹道。

"老三线人的骨头是硬的。"父亲沉默了一下，幽幽地说。

此刻，我倾听着不远处或远或近的机器轰鸣声汇成的工业交响曲，心底涌上一股难言的悲怆。

细雨很快打湿了我的眼眶。我向魏惠云和长眠地下的三线人深深地鞠了一躬，转身与父亲下山了。

四 落叶

在一座工厂生活久了，血脉融入工厂，根也扎在工厂，祖籍渐渐模糊成遥远的记忆……工厂终成故乡。

在老一辈创业者心里，这座1964年他们响应国家三线建设号召从四面八方会集西北戈壁，人拉肩扛、战天斗地建成的与当时301厂、501厂、302厂、303厂、305厂、306厂、307厂一同构筑全国八大铝厂格局的电解铝工业基地——304厂，是他们的终生成就、一世荣光，任何时候说起，都要两眼炯炯地把它的声誉历数一番。

我师傅王汉明是厂里正式投产后招收的三批工人里第一批中的一员，他被分配到动力分厂水分车间当了一名空压工。与所有老一辈创业者一样，王汉明师傅自进厂第一天起，就把厂当家，在厂里成家立业，生儿育女，生命的根须一点一点扎入工厂……

他们一同见证了我国电解铝工业在计划经济时代的辉煌和市场经济体制下衰落的全部历程——20世纪80年代厂里80千安上插自焙电解槽系列各项指标创下全国同类槽型最高水平，在电解铝工业发展史上写下浓墨重彩的一笔；1992年体制与市场碰撞，电解铝产能由20世纪70年代末的36万吨发展到109万吨，首次突破100万吨大关；1992年至2001年产能从109万吨迅速发展至433万吨，跃居世界第一；2004年，电解铝冶炼首次被确定为限制性发展行业。

自2004起，电解铝工业行情进入寒冬……

彼时，在厂里奋斗三十多个春秋，迈入花甲之年的他们，怀着深深的忧虑和不舍，黯然退休。他们唯有将工厂复兴的希望寄托在儿女身上。王汉明师傅他们照顾孙辈上学（工厂子弟学校划归属地，高中停办，厂里的孩子大多送到省城、县城读书），让这些铝二代一心工作，再现工厂昔日辉煌。

但，电解铝产能依然在扩张。2012年达2700万吨，产能过剩35%，行业亏损面93%。2013年，国家首批淘汰落后产能企业名单出炉，电解铝行业赫然在列。2014年10月，120千安预焙阳极电解槽系列拉闸停槽。至此，电解铝行业三十载璀璨风华不再，一代铝业人的期冀终究落空。工人亦从昔日"领导一切"的阶层跌下"神坛"，沦为让人们怜悯的社会底层。

王汉明师傅回到厂里的第一件事，就是约昔日伙伴到坐落在工厂南部脚下的公墓选定生命最后的归宿地。然后，他们安然地围坐在厂东大门的向阳地带，晒着太阳，说着班组往事，忆念逝去的岁月。

十月天气，戈壁西风渐紧，工厂四处衰草离披。作为一个铝二代，我只能在三线工业残幕尚未落尽、老三线人还没被工业历史长河湮没之际，记取他们在工厂的人生过往，让我和如我一样被他们哺育过的铝业人，永远葆有他们留下的温暖和力量。

十年前我还年轻，看到比我大一轮的表姐三天两头回老家和发小聚会，就连话题也由教我如何穿搭、如何保养皮肤变成老家祖屋、多年不见的闺蜜……我就纳闷儿，原本是城市白领一族的表姐一直都喜欢繁华都市和浪漫远方，她这是怎么了？

"姐你不是一直都爱城市的风光嘛，如今咋又倒着往回活呢？"

"人到一定年龄自然就会回归。等到我这年龄，你也一样。"

我当时满脑子都是没边没沿的梦想，对表姐的话不以为然。而十年后已过不惑之年的今天，当我睁眼闭眼都是厂里那些手把手教会我技能的师傅、一起走过青春的工友时，表姐这句话开始在我耳畔萦绕。

最初的那些工友们互相惦念起来。得空我就回厂里找他们。大伙儿聚在一起，三十年前的班组回来了，青春韶华回来了，中年危机、生存忧患……都暂且放下了。

2018年12月的一个周末，我又回到厂里。年底了，以前几个要好的工友提议到从前常在一起吃饭的老馆子聚一聚。一听我师傅王汉明也来，还不到约定时间我就急切地往老馆子赶。一路上，二十多年前的时光在脑海电影镜头般回放。

← 师傅在机房教徒弟

我技校毕业分配到动力分厂水风车间空压站当了一名空压工。"小李，王汉明王师傅以后就是你师傅，你跟着王师傅好好儿学，要眼勤、手勤、腿勤、嘴勤、脑子勤，把咱们空压机一整套学透，好早点儿独立上岗。"班组长讲话的当儿，我怯怯地瞅了王师傅一眼：瘦，有筋骨的那种瘦，脖子上青筋鼓突，黑中带灰的脸庞，额头上皱纹纵横交错，再配上庄重的表情，坐在那里就是一尊活古雕。我估摸王师傅至少五十多，离退休不远了，也教不了我几天，我的畏惧感随之退去。

刚脱掉校服穿上劳动布工作服的我，和所有初来乍到的新工人一样，进了机声隆隆的班组就晕头转向，只晓得拿把螺丝刀跟在师傅后面装样子。这天，跟着师傅在机房点检完所有空压机，进值班室坐下，不大工夫，机房里响起尖锐的鸣叫声。我师傅一把推开厚重的隔音门，一个箭步冲到2号空压机储气罐前，敏捷地打开排气阀，前后不到一分钟，鸣叫声戛然而止。师傅麻利的身手看上去完全是一个正值壮年的人，与初见他时的"古雕"形象形成鲜明对比。后来和工友说起，才得知他只有三十九岁，只是长得老相。我暗笑自己打错如意算盘，一日为师，终身为父，往后还得乖乖儿跟着师傅学。

回忆着初见师傅的情景，我自顾自地笑着，不觉已到老馆子门前，里面已传出阵阵兴奋的谈笑声：

"好几年没见，苏扬的分头终于换成板寸，不容易啊！"

"老喽，留分头那是年轻人的专利，咱这些半拉子老头还是板寸利索。"

"吴瑞祥头发咋一下白了这么多？"

"还不是让我家那小子给愁得！现在厂里不景气，他老子我为供他上大学，烟戒了不算，难不成还要戒饭？"

....

在机器轰鸣声达八十分贝以上的空压站干久了，大伙儿个个都是大嗓门，说起话来像吵架，引得邻座的人频频回头打量。

我紧挨师傅坐下。师傅的耳背似乎更严重了，动作也迟缓许多，坐在那儿只是木讷地笑，一句话都没有。

上一次见师傅是五年前，他刚退休不久，在银川的大女儿家小区里揽了种草修草的绿化活儿。"退休闲得发慌，趁着和你嫂子进城照顾外孙的当儿，找点活儿干，心里踏实。"师傅弓身在草坪里拔草，说话的当儿，一直没闲着，两只手左一下右一下，一会儿工夫清理出一大片草坪，完全是一个"老把式"。他把拔掉的草归整成一堆，扯过袖子擦把汗，蹲在草坪旁和我说起话：

"小李，你可能不晓得，自2001年你调出咱们空压站这些年，班组一连串地变化着。厂里改制后打破铁饭碗，咱们工人活儿难干，工资还动辄拿不全。

"光阴过得快得很。咱们班组长退休都快十年了，也在银川接送孙子上下学。我临退休前，班组又进了三个年轻娃娃，说是哪个职业学院毕业的，说的都是网上的话，咱听不懂。"

那时，师傅说话跟他拔草一样，很利落。然而才过去五年，他原本花白的头发，几乎全白；仍是那么瘦，但已瘦得没有筋骨，脖子上的皮肉松垮下来；神情疲乏、木然，饭桌上的热闹也没法让他活泛起来。

师傅老了，仿佛一台使尽气力的老机器，默然无声。

我给师傅夹了一些软和易嚼的菜，他慢慢地吃着。

我问道："师傅，您这次回厂里就不去银川了吧？"

"不，不去了。外孙大了，上下学不用我和你嫂子接送。"

"这下好了，往后您就可以安心待在厂里养老了。"

师傅听后舒了口气，脸上也活泛了一些。

对待机器，师傅有他的一套道理："咱们这些空压机就像家里吃奶的娃娃，须臾离不开大人操心。饿着了，它们没力气动弹；冻着了，冷却水管道会裂，还会降低润滑油温度，额外损耗机器零部件；热着了，排气温度会过高，烧坏轴承……伺候它们吃饱穿暖了，还得把机房打扫干净，勤开窗户通风，有个好环境，它们才能健健康康地运行。"

平日里，师傅进机房巡视、点检，我拿把螺丝刀跟在后面，望着他干活的样子是一种享受：他听一听气缸声响，摸一摸冷却器温度，看一看各仪表指针位置，有条不紊地把机器挨个儿检查一遍，站在机器旁，用慈祥的目光注视着它们。机器似乎也很受用，经他一侍弄，就运行得平平稳稳。

"把机器当成自家娃娃来操心。"干活时，我常常琢磨师傅这句话，空压机在我心里就变得重要起来，开机、停机、拆装气缸阀门……我格外用心，操作技能掌握得很快。

二十年多年来，师傅先后带出来不下十个徒弟，有的已被车间其他技术岗位选调过去，留下的也都能独当一面。

20世纪八九十年代是师傅他们这些创业者最好的岁月。说起厂里过去的辉煌历史，师傅时常如数家珍：1978年改革开放后，国民经济步入快速发展轨道，各行业对电解铝的需求剧增，1982年中央确立"优先发展铝"方针。此时，咱厂经过近二十年艰苦创业，已完全掌握80千安上插自焙电解槽系列生产技术，生产、生活设施齐全，职工人数近3000人，但电解铝产能仍是3.2万吨，扩大产能，加快发展成为工厂的当务之急。1983年4月，二期工程（106千安上插自焙电解槽系列，产能5万吨，总投资3.53亿元）开始筹建，1985年4月3日正式开工。来自祖国四面八方的数千多名建设者会集在施工现场，众志成城，昼夜奋战，经过两年零五个月的艰苦奋斗，1987年8月15日二期工程通电投产。二期扩建后，电解铝产能达8万吨，效益翻了一番；90年代厂里的效益更是像正月里的社火——红火极了……每回说起这些，师傅的黑脸膛就笑成一朵瘦菊花。那个年代，当一名铝业工人是光荣的，不管走到哪里，腰杆子都挺得很直。

1992年以来，市场经济大潮风起云涌，我国电解铝工业开始大踏步向世界铝工业强国迈进。1992年到2002年的十年间，电解铝产能从109万吨迅速发展546万吨，跃居世界第一位。2004年，国家调整产业政策，电解铝冶炼首次被确定为限制性发展行业。

电解铝行业昔日风光不再。

闲下来，大伙儿坐在班组值班室谈天，师傅一腔子难肠："如今市场放开了，到处建铝厂，氧化铝粉价格涨了，电价涨了，铝价却跌下来，卖，亏损，不卖，积压。咋样都不成……"

工人的工资仿佛拉闸的机器，停在那里，一动不动。而物价却如汛期的潮水，一涨再涨，一碗牛肉拉面从一块五涨到六块。以前每天把拉面当早餐，而今只能盼着每月发工资吃一碗改善一下伙食。班组的单职工家庭，有的已吃不起菜……

此时，工作三十五年临近退休的师傅头发花白，腰弯了，手脚也有些迟钝。眼望着大伙儿生计越来越困难，他心里着急，工余干脆种起了菜。待到夏秋之交蔬菜渐次成熟，他上班时自行车后座从来不会空着，他把土豆、西红柿、黄瓜、豆角、大白菜等用蛇皮袋装好，绑在自行车后座上，一袋一袋捎到班组分给大伙儿补贴伙食。"厂里临近水源的后山，荒着也是荒着，开挖出来种点菜捎给大伙儿，省一个算一个。"师傅说。

"每台机器都是一个孩娃，都要照顾得熨熨帖帖。"三十五年过去了，在师傅眼里，一台台即将进入暮年的机器仍是一群孩娃，他每天用苍老的双手探摸冷却水温度，发花的眼睛查看气缸温度计度数，有些背的耳朵倾听气缸声响……

他仍把我们这些已过不惑之年的晚辈当作贪玩的小年轻："你们这些年轻娃娃，瞌睡多，白天一定要睡好觉，上夜班才能熬得住；熬到半夜困乏时，要多走动，到外面吹吹凉风；下夜班记着吃顿清淡饭再睡觉……"

"师傅这次回厂里就不走了，咱们明天去师傅家坐坐。"师弟周永峰提议。第二天下午，我和师弟拎上师傅爱喝的砖茶一起去看望师傅。师傅永远闲不住，刚回来就挖出院里的一块空地，"老胳膊老腿的，跑不动后山了，就在院子挖一块菜地吧。"一辈子都自己种菜吃的师傅，在哪都要挖一块菜地。当年分配家属楼，原本是创业者的师傅工龄长，二、三层黄金楼层挑着住，但他执意要了一层，就为着有这个小院能种菜。把地翻一遍，师傅放下锹，喊我们进屋喝茶。我和师弟清理干净院里的干草枯叶，随师傅进了屋。在酽茶浓烈的苦香中，师傅说起他在厂里近半个世纪的岁月往昔：

"我们这一批是1970年厂里正式投产招工进厂的，比起先遣队和头一批进厂住仓库大通铺的老大哥老大姐要好得多，一来就住进

'干打垒'平房，食堂饭菜也有了油水。

　　"咱们空压站是直接为电解一线服务的，电解厂房打壳、出铝，铸造车间清理出铝包，卸料站卸料（氧化铝粉）……样样离不开压缩空气。从电解槽通电那阵起，咱们空压机就随之启动起来，跟电解槽同步运行，昼夜连轴转，永不停息，而且始终得有4台空压机（20立方米）正常运转，才能保障80千安（上插自焙电解槽系列）生产用风的0.6兆帕压力。

　　"那时，我们一群小伙子大姑娘，在80分贝以上噪声的机房里操持这些铁疙瘩，说话听不清，全靠扯开嗓门喊，几个月下来，个个练就一副大嗓门。别看你赵大姐、冯大姐她们在班组一天到晚吼来吼去，当年刚进咱们空压站，可都是慢声细语的腼腆姑娘。"

　　师傅耳背，我们担心他听不清回应，就频频点头称是。师傅喝了口酽茶，接着说：

　　"最早那会儿，咱们值班室可没有双层中空玻璃窗户，更没有隔音门，值班室和机房一样吵，窗台放一杯水，一直抖个不停，满杯子都是波纹。我们几个岁数大的耳背和头疼的病根就是那会儿落下的。"

　　说到这儿，我想起已退休多年的老班组长和早我师傅两年退休的魏师傅，也同样耳背。以前总以为他们是干很多年后慢慢听不清的，不承想年轻时就落下病根。他们或许不曾想过，错过人间许多美妙声音的青春，也是人生的一种缺憾。师傅似乎并未看出我对他们的痛惜，正说着空压站的噪声，话锋一转，又说起厂里投产初期的情况：

　　"刚投产那阵子，电解生产不稳定，用风（压缩空气使用）不固定，二十四小时值班室电话随时响起，一会儿要求提高风压，咱们忙不迭地开机增压；一会儿二级气缸安全阀又超压报警，紧跟着跑去打开排气阀减压。从早到晚，报警器电锯拉铁一样尖锐的鸣叫声钻心钻脑，下班回到家脑子里还嗡嗡作响。

"投产第三年，阳极拔棒大漏糊、电解质含碳，加上无底槽受热膨胀，总高上抬堵塞管道，净化设施只好停掉，电解厂房上空动辄冒起黑烟，大团大团的'蘑菇云'把天空都遮黑了。那段日子，紧挨在电解厂房的空压站成天被罩在黑烟里。你们知道，咱们空压机爱干净，它靠的是电动机带动皮带轮运转，电动机运转离不开润滑油，而润滑油里钻进粉尘就会变脏，降低润滑效果，导致空压机气缸阀门温度升高，空压机性能就降低了，使用寿命就会缩短。咋办？我们只能紧闭窗户，半个钟头擦一次空压机、拖一次地，把粉尘污染降到最低。一个班次下来，空压机是亮堂的，而我们的人就跟烟囱里拉出来的一样黑，只白着一口牙齿。

"1978年改革开放后，厂里组织工程师出国取经，学习上插电解槽生产技术，回厂就地派上用场，生产设备和工艺管理都先进了，当年就扭亏为盈。厂里的好日子来了，开始改善生产和生活设施，不久，咱们空压站值班室安装了隔音窗户和隔音门，大伙儿每天上班忙完机房的活儿，就能在安静很多的值班室歇劲儿。

"2号空压站作为106千安（上插自焙电解槽系列）配套辅助生产系统，也是又敞亮又先进，机房装有3台100立方米空压机、2台40立方米空压机，都是齿轮传动的，噪声小了不少，不像咱们已运转二十年的20立方米皮带传动空压机，噪声大不说，到年头就得换皮带。"

说起1987年建成的2号空压站，师傅一脸歆羡，师弟就问："师傅，您当年三十来岁，年轻力壮，又有丰富的空压机操作经验，您咋没去2号空压站？"师傅笑了笑，接着说：

"咱们1号空压站那14台空压机，我都侍弄了近二十年，对它们每一台的习性都摸熟吃透了，哪一台一级气缸压力容易超压，哪一台安全阀经常失灵，哪一台注油器不灵敏……它们机身每个部位的状况我心里都一清二楚，把它们撂下走了，我不放心。

"那是1987年夏天，正赶上厂里产销两旺、铝锭供不应求，电解生产用风量也跟着增加，连备用空压机都闲不下来。可咱们3号空压机一级气缸排气压力稍不留神就超过2.2兆帕（额定压力1.8~2.2兆帕），报警器就狠劲响，这不消说，准是二级气缸进气阀漏气。电解生产一点不能耽搁，只有停机，马上打开二级气缸盖，拆下进气阀，重新换阀片。大伙儿立马在近50℃、100分贝噪声的机房忙活起来，汗不住地淌，也顾不得擦，一心想着抢时间把它尽快启动起来。可换阀片是个细致活，阀片安放在阀座上的位置差0.5毫米都不行，装阀片时手上不能有汗、手不能抖，心里再急都要稳住。屏住呼吸，等一组气阀装好，空压机再次顺利启动，人就瘫坐在地上不得动弹。"

转眼间，师傅已退休十多年，而我们的1号空压站也早已随着老电解系列拉闸停槽而关闭。可无论工厂如何变革，老班组在与不在，空压机那熟稔的隆隆轰鸣声都回荡在师傅心里。整整三十五年，从青春到白发，那里承载了他太多的笑与泪。

听师傅讲着老班组的事，再想想如今的老班组早已寂然无声、落满尘埃。我和师弟都不由得叹息着，师傅看出我们的心思，但仍沉浸在过去的岁月里不愿出来，我们就继续听他讲下去：

"那时厂里正红火，成倍地盈利，每年给国家上缴巨额利润。显著的效益名动咱们国家有色冶金系统，1986年中央领导人视察电解一线时慰问电解工那阵，我们几个正趴在机房窗台上伸长脖子朝沥青路对面的电解厂房瞅，有的电解工都激动得流下热泪。

"我们这些老职工也尝尽甜头：一年涨两次工资、福利分房、免费看病、孩子免费上学，还有数不过来的月奖、季度奖、半年奖、年终奖和米、面、油、带鱼……到20世纪90年代初你们这拨小年轻进厂上班时，我们都已搬进厂里新盖的家属楼，挨家挨户都安装了电话。有的双职工家庭，还置办了家庭影院、买了摩托。大伙儿都觉得日子越来越有奔头。

"那些年，周边的人都眼红咱厂的工人，很多人挤破头抢着进咱厂，但招工名额有限，大学生都不一定能进得来。我索性让儿子考了咱厂技工学校，毕业直接就分配到厂里上班了。"

说到这儿，师傅点支烟吸起来，沉默了会儿，似乎还在思量当年让儿子子承父业当一名铝业工人的决定是对还是错。

"小李，你说说这些年这改制改的，总厂改成股份公司、厂长改叫总经理后，咱们分厂也改成部门，分厂厂长改叫经理，工人都别扭得叫不出口。而咱们工人呢，原本都叫职工，都改成员工。

"还有同工同酬，这点倒是改得好，同一个工种老工人和年轻工人工资差别不大，能调动你们年轻人的积极性。你们那一拨勤快听话，钻劲又大，后来咱们这拨老了，快退休那几年，班组爬高上低倒管网阀门、盘车、拆卸气缸阀门、清废油池这些力气活全仗你们年轻力壮的撑着。

"但这一改，大伙儿死工资拿不成了，变成绩效工资，干活多少、上班表现、考勤啥的都要考核。工人在岗时刻被盯着，难受、难干。以前上夜班大伙儿轮流值班还能睡几个小时，后来不允许了，小年轻白天玩性大，上夜班熬不住打个盹，给查岗的逮住都要通报、罚款。"

"师傅，咱厂是老三线厂、国有工厂，得听国家的，国有企业改革，咱厂就得跟着改革，各个国有企业都一样严。"我劝慰道。

"2004年铝业行情开始下滑，师傅他们那一拨退休时，虽然都不舍得，但咱们这些铝二代都能独当一面，他们也没有什么不放心的。师傅还说，否极泰来，咱厂用不了几年又会火起来。他鼓励我们要踏实苦干，把厂子撑起来。他们退休就负责帮咱们照顾孩子，给咱们解决后顾之忧。"师弟说。

"可是师傅他们已经等了十四年，咱们国家电解铝产能过剩都已超过35%，仍没有等到行情上涨的迹象。"我忧虑地说。

师徒三人说话间，不知不觉两个钟头过去，师傅的儿子王瑞下班回来了，手里捏着一份文件。"周哥、李姐好！"他礼貌地打声招呼，挨着我们坐下，"咱厂的日子以后会越来越难，铝冶炼在宁夏属于'引导逐步调整退出的产业'。这是工信部刚发的文件。"说着，王瑞读起文件："2018年11月23日，工信部发布《关于〈产业转移指导目录（2018年本）〉的公示》。该目录对《产业转移指导目录（2012年本）》进行了修订，对全国三十一个省区市产业进行了重大调整，对或鼓励发展、或调整退出、或不再承接等情况进行了详细说明……其中，青铜峡铝业属于引导逐步调整退出的产业。"

王瑞读罢文件，师傅捏烟的手不住地颤抖，苍白的烟灰纷纷散落在茶几上……

一千个老三线人的三线建设记忆，就是一千种百感交集的人生。

20世纪60年代至今半个世纪里，作为一名三线工厂创业者的王汉明师傅，也曾历经"工人阶级领导一切"的无上荣光，在我国市场经济改革浪潮的冲击下，电解铝行业三十载辉煌成为过往，他的人生也从此黯然退场。

岁月在希冀与落寞的交织中流逝。半个世纪过去，戈壁山风吹旧了时光，吹皱了王汉明师傅。当年喊着号子生产大会战的情景犹在昨天，转眼他已满头白发。

而今，王汉明师傅和当年所有曾风餐露宿、历尽艰辛的老三线人一样，照顾孙辈长大，完成各自的事情，落叶归根，不约而同地回到厂里，回到这片留下青春爱恋、承载欢笑歌哭的热土，在回忆和怀念中，度过人生的最后时光。

五　山顶公园

遍布西部沟沟壑壑的每一座三线工厂里，都有一片绿树摇曳、鲜花朵朵的园林，每一片园林里都承载着无数三线人一生的悲欢离合。

"大伙儿打着背包背井离乡来咱们这山沟，出了厂房就是满眼风沙，全厂荒秃秃地连个乘凉的地儿都没有，这咋叫大家安心干工作？"工人下班没地方去，成了老厂长的一个心事。厂里便在投产不久处处用钱的当儿，精打细算省出一笔钱修建公园，让大伙儿的心早日安顿下来。

山顶公园是名副其实地建造在光秃秃的山顶上的。上岁数的人常说，当年修公园，相当于拿十元的票子在荒山上往出来铺。

园子是一片风水宝地，种树活树，种花活花。顺道进去，满园花红柳绿，湖畔少女般清新可人的垂柳，石径两旁细碎花朵如点点繁星般缀满枝头的洋槐，高处精巧的亭阁，山腰错落的岩石，低处起伏的幽谷……一步一景，百转千回，乡路般柔软着游子的心。

最热闹的当数公园平缓地带的向阳花坛。花坛里种满向日葵，一片喜洋洋的向日葵托着金灿灿的花瓣，向着太阳笑弯了腰。一群孩子抬头望着向日葵且跳且叫。花坛周围的小花池里，玫瑰红得娇艳，菊花黄得清雅，丁香紫得浪漫……各色花朵你美我也美，争着抢着把园子绽放成一片汹涌的花海。但这里山高地偏，开得再热烈的花儿也少有蜜蜂来采，倒是顽皮的孩子围在一起对着花儿指指点点，欢笑不已。

大自然是孩童的天然摇篮，再腼腆的孩子，一进山顶公园，就会丢开大人的手，撒起欢子。我们这些工厂子弟都是在山顶公园长大的。大人一上班，我们就到公园玩耍。那时，我们最亲近的大人，除了父母就是园丁。

我和小伙伴们一进山顶公园便不假思索地直奔花坛。我们拿出家里大人在车间工闲为我们制作的小锹、小锄、小铲，煞有介事地东挖挖、西铲铲，每回当我们忙乎得正起劲时，就会有一个戴草帽、系大围裙的大胡子男人赶过来劝阻："哎哎！小朋友，快放下、快放下，要耍土跟我来，别弄乱园子。"

↑ 青铜峡铝厂倚势而建的山顶公园

小伙伴们都怕大胡子，你看看我，我看看你，谁也不愿跟他走。他转身的当儿，铁蛋一个劲儿地使眼色让我们溜走，怎奈小伙伴们舍不下这片园子，耷拉着脑袋一番挤眉弄眼，仍站在那里一步不愿动。

大胡子很快看穿我们的心思："嘿，小朋友，要不这样，你们把手里的家伙都收拢放一边，咱们在园子里做游戏，咋样？"

我们很听话地把小锹、小锄、小铲放一块儿，围着花园蹲了一圈。

日头渐渐地偏西。蹲在花园不让采花，又不让铲土，我的手闲得发慌，索性把它埋进土里、拿出来，再埋进去、再拿出来，如此反复，任两手刨出来的一把把湿土随风干彻，四处飞扬。这当儿，我悄悄地打量起大胡子。他蹲在花园旁，小心翼翼地察看每一朵花儿，如同端详自己的孩子，眼里满含怜爱。在花园中央的一簇月季前，他时而眉头紧锁，时而展露笑容，仿佛在倾听花儿的絮语。一阵轻风拂过，他浓密的大胡子似一团劲草，随风飘动。

铁蛋刚才还和丁丁亲密地搭着肩膀看小人书，转眼两个人就虎着脸摔起跤来。大胡子连忙从兜里掏出一把大白兔奶糖，摸摸铁蛋的头，拍拍丁丁的肩膀，把糖分给他们："小家伙，好好儿地怎么打起架来，淘气鬼！给，拿着，吃糖，要耍好好儿耍，别闹了哟。"说着，又把我手上的土拍干净，把糖果塞给我，笑道，"你个小妮子，看弄得满身是土，都快成小泥人喽。吃个糖，再别扬土了，好生待着，忙完这阵我送你们回家。"

我们吃着糖果消停下来，大胡子接着瞅花儿。

"陆师傅，你整天黏在花坛旁，瞧你都快成花痴了。"一位女园丁过来打趣道。

"可不，花儿自己不会开口，要摸透它们的性子，就得和它们打成一片。"大胡子的目光从花朵上收回来，笑着说。

"说实在的，咱厂投产十多年，效益一路火起来，每年给国庆、厂庆、劳动节增色添彩，少不了你侍弄的那几千盆花。"女园丁正色道。

"陆师傅是懂花人，他对花儿的习性，比对自己的身世还要熟悉，光手记就一大摞，我借来正摘抄哩：牡丹喜肥，耐旱，怕积水；大丽花喜凉爽，不耐旱，不耐涝；海棠喜阳光，耐旱……"另一位青年园丁默诵着，眼里亮得发光，满是对前辈的敬佩。

此时，花儿都安静下来，不比美也不争俏，乖巧地聆听大胡子和园丁谈笑。

太阳斜斜地照过来，花坛里的向日葵在园子里拉出长长的影子。我数羊一般数着那些或疏或密的影子。数着数着就忘了，渐渐地打起盹来。

"嘿，嘿，快醒醒咯！"不晓得过了多久，我在大胡子的呼唤声里醒来，揉揉惺忪的睡眼，发现小伙伴们都在花池边东倒西歪地睡着了。大胡子喊喊这个，摇摇那个，半天才连哄带劝把我们叫醒。铁蛋眨巴眨巴眼睛，咂咂嘴，头歪在大胡子怀里又睡着了。大胡子干脆把铁蛋背起来，叮嘱我们几个拿上小锹、小锄、小铲，领着我们回家了。

在我们工厂子弟的记忆里，那一个个悠长的夏天，总有明晃晃的阳光和漫山的花朵，还有大胡子。

多年以后，工厂老去，父辈和工友一个个长眠于厂公墓……历经更多人世创痛的今天，我睁眼闭眼都是有大胡子的花园，那时，园子里风轻云淡，阳光金灿灿地暖在身上，父辈和工友们一个都没有少。

就在此时，生存的艰辛和委屈又乌云般压下来，泪眼迷蒙中，小花园又清晰地浮现在我眼前……这一刻，我只想回去，回到生命的原初，徜徉在那片母体般温暖的花园里。

山顶公园的东边，有一片白杨林。小时候，那些大拇指粗的小白杨比我们高不了多少，林子一眼就能望得到头。我们常常进去玩耍，只是小白杨树干太细，树枝也稀稀拉拉的，既不能荡秋千，也无法藏猫猫，我们便绕着一棵棵小树一通追逐嬉闹后跑出林子。十多年过去，碗口粗的白杨已高耸入云，茂密的树冠把林子遮得严严实实，遮成一个大秘密。树林成了气候，我们这拨工厂子弟也到谈婚论嫁的年龄。

那个年代的爱情仿佛是羞答答的夜来香，只在暗处开放，只在不易察觉的地方吐露芬芳。看电影是最普遍的约会招式。小伙子早早地到售票窗口买好电影票，兜里揣上瓜子、话梅，躲在一个角落左顾右盼。心爱的姑娘一露面，那甜蜜而慌乱的时刻就盼来了……

有了白杨林，我们的爱情便有了比电影院更浪漫的地方盛放。

那是一个八月的黄昏，班组技能考试没过关，被师傅训了一通，我闷闷不乐地向山顶公园走去。进了公园，我东游西逛，隔着漏窗乜斜几眼绿得起劲的龙爪槐，捡起一把石子朝荷花池里吐泡泡的金鱼抛投，猛拍几下手吓跑池塘边柳树上的喜鹊。我就这么无心地游荡着，师傅的吼骂声渐渐地被抛在脑后。走着走着，到了白杨林边，我的腿脚有些酸软，便坐下来顺势靠在一棵粗壮的杨树上仰头望天。西边的火烧云时浓时淡优美地变幻着姿容，变着变着，就变回灰白的云朵，天色暗下来，我的目光转向身后的白杨林。

"簌簌、簌簌……"无风，几棵白杨却摇晃得厉害，我警觉地支棱起耳朵。

树林里传出一个女孩轻浅的呢喃："咱俩一起上电大多好，你把机械工艺学通，我好好儿钻电气技术。"

"那毕业咱俩就订婚？"男孩紧接着追问。

"瞧你急得，还没给我爸妈说呢，还得好好考验你。"

"唉，那要等到啥时候才能娶到你？"

…………

这声音好生耳熟。工友们的面容在我脑际一一掠过。哦，想起来了，男的，是车间钳工余海涛。女的，我想想……陈娜，没错，是车间电工陈娜。他俩竟然偷偷地谈起对象！要知道，平日里在人前他俩从不搭话，那天我跟陈娜说起余海涛，她还躲躲闪闪的，装作不认识，隐藏得可真够深的。我正暗自唏嘘，那几棵白杨又摇晃起来……

树林里透出的浓烈甜蜜，醉了星空，醉了月亮。我有些微醺，心里暗暗种下一朵玫瑰，起身悄悄地走了。身后的树林沐浴在圣洁的月光中，飘散着秘而不宣的柔情。

这片回荡我们青春恋歌的树林，有人给它起了个含情带梦的名字："情人林"。每当夕阳西沉的时候，在山顶公园遛弯儿的厂里人就会绕开它，把它整个儿留给一对对小"鸳鸯"。

"情人林"安放着我们足以记取一生的绮梦。

大半个世纪过去，当年和心上人在"情人林"那一回回滚烫的对视、心颤的触碰、无尽的缠绵……那一幕幕美妙时光仿佛就在昨日，转眼我们都两鬓染霜，年华不再。

而今，"情人林"早已褪尽少女的羞赧，散发着浓浓的历史气息。白杨老了，粗壮的树干刻画着岁月轮回的沧桑。它们伫立在夕阳下静默无语，长久地咀嚼着生命的况味。树林里到处是枯枝败叶，新鲜的阳光冲破密密匝匝的枝叶透进来，转瞬便旧了。风华正茂的往昔只留在依稀旧梦里。承载一代人欢乐青春的树林，毫无顾惜地，远去了。

走向树林深处，我无意中看到老树上缠着一截褪色的头绳。就在这一瞬，往昔的欢歌笑语一股脑儿跃在眼前。我热泪盈眶地拂去头绳上的尘土，目光转向积满落叶的林间小路，试图找寻那一个个挺拔的身姿、一张张娇艳的容颜。然而，回应我的唯有飘荡在树林里一缕叹息的微风。

夏日午后，坐在山顶公园楼台里看风景，不经意间，西边传来悠扬的古琴声，高山流水，百转千回……夺魂的旋律将我的心定定地勾住。循声望去，公园西边平缓地带的一处亭阁里，一位老人

↑ 山顶公园里的楼台亭阁

正低首抚琴，旁边几位老人手握蒲扇合着节拍。一时，奏者全然沉醉，听者亦痴痴忘言。

我轻轻地走过去，在亭阁旁的木阶上坐下来静静地听琴。

一曲《广陵散》奏毕，不远处的回廊里又传来昆曲："原来姹紫嫣红开遍，似这般都付与断井颓垣。良辰美景奈何天，赏心乐事谁家院……"来自苏州的退休车工吴玉翠正翘起兰花指，将眉目掩去，踩着小碎步，咿咿呀呀地唱着。她鬓角的银丝被夕烟映得绯红。几个大婶坐在一旁边打毛衣边乐滋滋地听曲儿。这一刻的回廊，幻化成古时梨园，演绎不尽伤春悲秋经年隔世的梦。

唱昆曲的吴玉翠当年跟随丈夫来到大西北，总是念叨着回老家看望父母，年年想回，年年被工作和孩子拴住。等了整整十二年，两个孩子都上了中学，才第一次回苏州。那时，她的父母都已七十多岁，见了一面，待了一周，就要匆匆赶回厂里上班。在苏州站，她和父母抱在一起哭成一团。谁心里都知道，十二年才回去一次，没准就是最后一次，是生离，也是死别。果然，五年后吴玉翠再回去，是安葬母亲。吴玉翠家的往事并不是个例，那些来自一、二线的家庭情况都差不多。

我循着曲声来到回廊，侧倚在红漆圆柱上，出神地品着一折折古戏。不觉间，夕阳渐沉，漫天的晚霞从天边晕染开来。此刻，亭阁里的琴声更加婉转，回廊中的曲调愈发凄迷。背井离乡的老三线人沉醉在琴声中，沉醉在古戏里，不辨今昔，萦绕心头大半个世纪的乡愁都暂且放下了。

我的目光移向蛙声逐渐稠密的池塘。池塘里铺满睡莲，一缕轻风拂过，莲叶摆摆裙裾又枕着蛙声睡了。

塘边蹲着一圈退休老师傅，有一句没一句地搭着话儿。我晓得，积淀三线工业历史和文化的山顶公园，是厂里人一生的执念。当年背着铺盖卷、提着脸盆在厂里安营扎寨的憨实小伙子们，已进入暮年。他们年轻时在车间切磋技能，老了就到山顶公园一起送夕阳、听蛙鸣，让这一池静谧的睡莲抚平心中所有的块垒。

走近池塘，有一个胡子花白的老师傅正与旁边的一位老人说着往日的山顶公园，说到欣慰处，笑容在布满皱纹的脸上荡漾开来，犹如莲叶下面的水波。很快，我认出来了，这位老师傅正是曾经看护花园园丁、我们的大胡子陆师傅。三十年不见，岁月的风霜已染白了他的胡子。

说起儿时在小花园里的淘气，陆师傅叹道，光阴快啊，你们这些小娃娃都人到中年了，我们能不老吗！

我陪陆师傅说着话，不知不觉走上山顶。陆师傅站在山顶亭阁前遥望南边的工厂陵园，久久地不发一言。他默默地注视着那些隆起的大大小小的坟茔，与那一个个长眠地下的昔日老伙伴一同看夕阳。等最后一抹红彩从天边消失，他才回过神，慢慢地下山了。

天色暗下来，夜风起了。他花白的胡子像一把衰草，在晚风中黯然飘动。

很快，工厂湮没在苍茫暮色中。

那时，我们只晓得山顶公园里的花花绿绿，只晓得流连它的四时美景，等到了一定年纪，才懂得它的珍贵。走出厂里两千个日日夜夜，珍藏我青春和往事的山顶公园，作为我们的灵魂栖地、难以割舍的"后花园"，它里面的一草一木、一亭一阁总是不依不饶地萦回在我心里。

前不久，我回到厂里。是个雪天，雪花纷纷飘落，我沿着曾踩过四十年的石阶走进山顶公园。石径两旁的柳树枝叶纷乱细长，交互缠绕在一起。我拨开纠结的柳枝，仿佛拨开历史迷雾：一扇扇往日少妇眼睛般娇媚的漏窗，窗框磨蚀，窗花残破，窗外的龙爪槐老态龙钟，树身弯曲到极限。一排排曾经错落有致、芬芳了时光的洋槐，枝叶横生，透着荒芜的气息。当我绕过两座亭榭，看见摞满儿时脚印的向阳花坛的一刻，我的眼眶湿润了：花坛老了，残花遍地，光秃的茎秆枯了大半，半人高的荒草在静谧的时光里诉说着过往。我望着天空纷落的雪花，心里一片苍凉。

厚重的云层低低地压下来，雪意渐浓。

白雪覆盖了向阳花坛，覆盖了我童年的足迹。透过雪雾，我竭力想留住时光的印记，留住一点念想，但大雪很快掩埋了园林内里的伤痕，掩埋了那一个个无数次亲近园林后来又永远离去的三线人的遗迹。

此时，园林沉睡在无边的大雪中，远望去，茫茫雪野中，唯有山顶东边那棵用年轮记录工厂变迁的老松，依然庄严挺立。

六 行板如歌

在工厂，我出门的随身物品除了家门钥匙，就是自行车钥匙。打从上班那天起，近三十年里，我没有一天不骑自行车。

记得上班第一天报到，盼得心焦，凌晨五点就醒了，犹如孩童渴盼大年三十。就要骑上崭新的自行车汇入上班的人潮中，成为欢声笑语风雨同行的工人中的一员了，想着那未知的未来、陌生的环境，激动的内心不免有些忐忑……但，有辆心爱的自行车，就都是好的。

那是1992年。我们这一拨二十岁左右的三线第二代工人上班了，我们上班都骑自行车，男青年几乎都骑"永久"，起架高，结构稳定，好像真能永久地骑下去似的；女青年清一色的"凤凰"，小巧，轻便，内敛，悄无声息又神采飞扬，恰似我们。

起初，不管是车间还是班组，在那些老师傅眼里，我们这些新人就是一群没长大的孩子，朝气蓬勃的，可真要让我们干事，却指不住："这些娃娃，要派上用场，还得两三年哩，刚来嘛，先耍着，熟络了再说。"

没什么正事可干，我们就忽而被唤到分厂工会排练厂庆节目，忽而被唤到车间团支部给办黑板报的团干部送粉笔擦黑板，忽而被车间办事员唤去帮着给职工发放大米白面……领了任务，骑上自行车，行动如风，一路上吹着口哨撒着把，打着铃铛哼着歌，穿过车间绕过班组，你追我赶，把自行车骑成一曲青春劲歌，沥青路两旁的槐树都被我们巨大的兴奋感染了，攒足劲儿绿着，欢欣地摇曳着葱郁的枝叶向我们招手。过足了瘾，到了目的地，人还没进去，一串铃铛般的笑声先到了……

而更多的时候我们闲着。女青年们就钩织自行车把套、座套、斜梁套，粉色的、橘色的、红色的毛线在手里随着钩针上下飞舞，不几天，就把自行车打扮得花团锦簇、五彩缤纷了。我喜欢粉色，就用粉色"开司米"把我的"凤凰"打扮成一个粉色小公主。每天早晨起床，一想到要骑着它，上班就变得迫不及待了。

一晃两年。1994年，中国经济走向市场，作为"共和国长子"的国有工厂，率先行动起来。厂里开始改制，工人定岗、工资定级……一个萝卜一个坑。逍遥日子就此戛然而止。我们成了最后一拨尝过"大锅饭"的国家工人。定岗时，有背景有关系的工友当上了宣传干事、文秘、技术员，而大部分如我这般普通工人家庭出身的则被定为电解工、铸造工、搬运工……成为一名三班倒的运行工。每天下班，我就腿脚无力地蹬着自行车一个人落寞地回家。往日叽叽喳喳的小燕子噤了声。进了家门，一言不发地躺在小床上盯着天花板叹息。而我们常在一起钩织自行车把套的那几个有着车间主任父亲、副厂长舅舅、工程师叔父的姑娘都体面地坐进了办公室。杨洋是我素日最要好的伙伴，那时我们都骑斜梁"凤凰"，连钩织的车把套都一模一样，休息日我们经常结伴骑着"凤凰"在青杨和河柳参差披拂的环厂绿化带游逛。她姨父是一个分厂的副厂长，所以她毫无悬念地坐进我所在的车间办公室当上统计员。有一天，我穿着油污的劳动布工作服，骑着已经泛旧的"凤凰"去车间办公楼，送班组运行成本统计表。到了楼门口，正巧碰上身着白色翻领衬衣、黑色太阳裙的杨洋，满面春风的她正推着一辆崭新的玫红色"阿米尼"休闲车准备出去。看见我，一瞬的惊愕后，她那同情中掺杂着嫌恶的目光投向了我。躲闪已经来不及了，我低下眉头苦笑一下算是打招呼。她仿佛完全不记得我们曾在一起钩织车把套的时光，勉强的客气中透出让人心寒的冷漠："来送报表的吧，给我就行了。"随意地接过报表，夸张着高傲的姿势跨上了车座。我怔在那里，久久地望着她远去的背影……

此后，我天天骑着我的"凤凰"，对抗着困倦和莫名的伤感，披星戴月地上夜班。一路上，凉风拂面，寒意阵阵，寥落的倒班同行者中，总有无言的惺惺相惜在茫茫夜色中传递。我默默地骑行着，脑海里挥之不去地闪现着杨洋那居高临下、鄙夷不屑的眼神，

↑ 工人们骑自行车上下班

一缕哀伤的心绪伴着缓缓滚动的车轮，犹如演奏着一出苦音慢板。

一年后，我的心渐渐沉静下来，跟随常年手握一把老旧螺丝刀的师傅学技能、和热衷买彩票的同事席地而坐畅谈设备保养秘诀，经我目光抚摸千百次的一台台机器也成了一个个熟悉的伙伴。这时，每天出了家门，去往生产区的另一个"家"。一路上，和熟人说着厂里或远或近的事儿，讲着工作中的趣事，不紧不慢，徐徐前行，把"凤凰"骑成了一曲悠扬的牧歌。

一番改制后，工厂进入到现代化生产中。初尝产销两旺和市场供不应求的甜头后，2000年伊始，跟大部分国企一样，厂里又开基拓土，增资扩建。很快，产能上去了，效益上去了。这时，厂里需要大量人才，人力资源部经常发布竞聘信息。穿蓝色劳动布工作服在车间当工人的这些年，刺鼻的烟尘、轰鸣的噪声、厚浊的油污，始终没有削减我对书籍的热情，没有动摇我坐进办公室的梦想。2004年，通过应聘，我终于脱去磨旧的劳动布工作服，坐进了办公室。此时，厂区路边的槐树已有碗口粗，端午时节，馥郁的槐花缤纷了工厂。到办公楼报到时，心情飞一样的明快。就像初次上班，我又买了辆崭新的"捷安特"自行车：休闲款，银灰色，流线型，沉稳、柔和的外观与我渐趋成熟的心境相吻合。就像十年来一边在轰鸣的机房里给机器注油、测温，一边幻想的那样，我终于穿上西装套裙，背上皮包骑上崭新的自行车到办公楼上班了。此时，仲秋时节，风清气爽，高远明澈的戈壁上空，时有"人"字形的雁阵向南飞去。骑上"捷安特"一身轻松汇入自行车海洋，我感到所有人都歆羡地看着我。我戴着白手套的双手轻握车把，穿着裙装的双腿悠然蹬着脚踏，秋风掠过，长发飘扬，内心高山流水般地熨帖。

成为渴慕已久的宣传干事后，我得以一点一点地深入工厂的内里。我时常骑着"捷安特"进入宏阔的厂区，黛青色的烟囱、厂房、管网抽象立体几何画般渐次展现在眼前。我慢悠悠地骑行着，东瞅瞅西望望，冷不丁会碰上几个头戴红色安全帽把自行车骑成一阵疾风的工友，那准是车间发生了生产事故。有时候会看见一班兴高采烈、有说有笑把自行车骑成一团火焰的工友，那是获了先进集体领了奖金约着一起去下馆子的。让人赏心悦目的是那些留着飒爽短发的青年女工，青春作伴，单车追风，身后洒下一串爽朗的笑声，风铃般活泛了工厂。我还常看到锁眉沉思的工程师，工作服上衣兜里插着钢笔，自行车车筐里放着图纸和卷尺，蜿蜒骑行，荡荡悠悠，把自行车骑成一道长长的曲线……

每年开春，厂区的迎春花，嫩黄嫩黄的，开得恣肆，厂房前、车间外，这儿那儿，到处都是。骑单车穿行其间，那嫩黄就要滴出水来，把心生生融化。盛夏，沥青路两边繁茂的槐树撑起两行浓荫，清风徐来，枝叶摇曳，再热的天骑行在树下也透着丝丝凉爽。深秋，黄叶零落，草木干枯，整个工厂静卧在黄河西畔，侧听涛声。这样的时节，我常约上几个工友，骑单车到河堤边吹风、谈天、吐露心事。隆冬，我们就穿上厚厚的羽绒服，像一个个小笨熊，顶着呼呼的西北风，骑车格外用劲，身上出着汗，头上冒着热气。

2011年，随着市场竞争加剧，国内铝产能过剩，工厂效益一路下滑，每个月微薄的工资只能勉强糊口。一些颇有才干的车间主任对外面的世界张望许久后，腿脚一迈，出去了；一些渴望高薪的工程师，无数次叹息后，出去了；一些有老板梦的工人，没有太多的迟疑，出去了。而更多生命的根须已在这片三线戈壁深深扎下去的工人，留下了。未来，无论厂兴厂衰，都固守在这里了，他们就像古时从一而终的女子。就这样，每一天里，骑行在上班路上、厂区、生活区，望着日益减少的同行者，我踽踽前行，把几经风霜、沧桑褪色的"捷安特"自行车骑成了一曲"二泉映月"……

流年如水，三十年时光一晃而过。工厂随时代变革，我随工厂浮沉，定岗、竞聘、分流；岗位练兵、技术比武、文体活动，那一句句暖心的话语，一张张亲切的面容，一串串熟悉的名字，都飘散在风里。

时光漂走了一茬又一茬青春，岁月远去了一桩又一桩往事，所有的记忆里，始终有一辆自行车冷暖相伴，如影相随。

七　抹布是个救星

在厂里，我们都有一块抹布。我们用它擦厂房，擦机器，擦工具，擦汗。累了，把抹布铺在地上，就是一个坐垫；在食堂打饭，铝饭盒烫手，手心垫一块抹布，就是一个防烫小盘子；上夜班轮换休息，一沓抹布卷起来搁在长条椅上，就是一个舒适的枕头；劳动时割破了皮肉，抹布就是包扎伤口的纱布……我们须臾离不开抹布。它是我们除了空气、衣食住行外的另一个安身立命之本。

我们的工厂外围是一片茫茫戈壁。一年四季，戈壁的风裹挟着沙尘，扑卷，旋碰，冲荡，一刻不停地侵袭着它。但它犹如一个英

← 青铜峡铝厂外围
是茫茫戈壁

雄信念，任凭山风嚣张肆虐，不动，不摇，亦不颓败。

戈壁的风给沙尘插上了翅膀，工厂灰旧的砖墙、灰锈侵蚀的玻璃窗、厚重的土布门帘都无法阻挡，它们冲撞着、挤钻着、旋舞着飞进来，逮哪儿落哪儿，一个角落也不放过——然而，我们不怕，我们有抹布。

遍及工厂大大小小的厂房、车间、班组里，都有抹布的踪影。通常是一个大铁箱子，一人多高，半旧，刷了绿漆，摆在工具间的墙角。箱子里，棉质抹布一沓一沓整齐地摞放在箱子的隔层上，红的、蓝的、黄的、绿的、黑的、白的……甚至还有说不上来的颜色。

每天清晨一上班，我就径自走进工具间打开抹布箱。五颜六色的抹布在灰暗的班组里那么抢眼，活脱脱一个调色板，瞬间激活了我的想象力：山村新娘子的红棉袄、乡村女教师的绿围巾、傣族少女的花筒裙……它们的来历和往昔把我引向一个个斑斓迷人的世界。我蹲下来，抚摸着它们，挑选一块最中意的，端详着它，猜想着它的身世和曾经的风华，走向机房。

新的一天，从一块阅尽人世繁华的抹布上开始了。

走进机房，展开手里的抹布，躬身、下蹲、前俯、后仰，我娴熟地擦拭着，机器上的薄尘、地面上的脚印、玻璃上的浮尘、窗台上的陈灰，很快就没了踪影。每回忙完，站在门口扯起袖子擦把汗，望着洁净的机房，我心里都油然升起一种成就感。

这时，师傅们茶也喝好了，嗑也唠好了，就拿着扳子、钳子、螺丝刀进机房了。在干净的机房里劳动，他们心里是舒坦的。紧固储气罐排污阀螺丝，安装气缸排气阀，清洗油泵过滤网……师傅们娴熟地干着活儿，我在一边打下手、递工具、找配件、清理更换下来的破损零件等等。张建华师傅把工作帽帽檐斜拉到后脑勺，劳动布上衣兜里插着几个螺杆，他蹲在机器上，边安装排气阀边说："只要眼勤、腿勤、手勤、脑勤，就没有学不到手的技术。这些小年轻都要像小李这么有眼色，用不了多久个个都能独当一面，往后咱们班墙上的那面流动红旗就流不动了。"几个正忙活的师傅听了都应声道："谁说不是哩！娃娃勤，爱死人。"机房里充满了愉快的空气，机器轰鸣声也仿佛隐没了。原来我们年轻人干得好与不好都被师傅们看在眼里，以后更是马虎不得了。

忙完机房里的活儿，不知不觉，汗水已湿透衣背，大伙儿就轮换着到机房外面透风。盛夏午后的太阳很毒，我爬上班组对面的山峦，用抹布搭个凉棚眺望戈壁。这一季，满山遍野的骆驼草正绿得深，绿得野，绿得不管不顾，绿得让人忘记了炎热。我贪婪地望着，让目光在这绿野美美地游览一趟，汗水干了，倦意消失了，就抖抖抹布上的灰尘，下山进机房了。

夜晚，厂房生产节奏放缓，压缩空气用量小了，我们就相对清闲了。留下喜欢闷头鼓捣彩票的严庆华师傅值班，我们几个走出机房，找一片有月光的空地，各自把手里的抹布铺开，盘腿坐在上面谈天。从老厂长上班骑行的除了铃铛不响其他部件都哐啷作响的老式"飞鸽"，到论资排辈的福利分房；从职工食堂的老豆腐炖白菜，到小餐馆的刀削面；从厂办公楼新分配来的文绉绉的大学生，到电解厂房粗暴霸气的大组长……我们漫无边际地闲谝着。

我们谈论着工农兵大学生出身的分厂副厂长，开会讲话总是严肃而又认真地把"兢兢业业"念成"克克业业"，每回我们使劲咬住嘴唇才忍着没笑出声来；我们还笑话了工作服兜里每时每刻都要别支钢笔的车间技术员……夜空中传出阵阵欢笑声，地上静谧的月光都被搅动得摇晃起来。

说着笑着，不知不觉肚子就饿了，我们话锋一转，又说到吃上头去了。杨红艳绘声绘色地描述单身楼门口马记牛肉拉面的汤如何鲜美、面如何筋道，说到绝妙处，还要闭上眼睛咂吧着嘴回味一番，听得大伙儿口水汪汪，不能自已，恨不得马上把时间的发条拨到下班的一刻，好飞奔到拉面馆去……

时间在说说笑笑中过去了。估摸着快要下班了，我们起身捡起地上的抹布，抖抖尘土，进机房抹灰擦地，打扫卫生，准备交接班回家了。

工厂里应该没有不训人的师傅、不挨训的徒弟吧。

挨训的原因不一而足：没有按时给机器加油，用户管道线路没有记清楚，交接班记录书写不认真，迟到，与工友争吵……有意无意地，总会有这样那样的疏忽和失误，有的还是师傅反复叮咛过的。

攒上几次，哪天恰逢师傅心情不好就发作了，只见师傅安全帽一摘，手往腰杆一叉，劈头盖脸就是一顿："你多时才能长记性！都说过多少遍了就是不按时加油！幸亏油箱没见底，不然气缸烧坏了又得停机检修！"边训斥着，师傅又想起我前几天迟到的事，"早出门几分钟能咋的，瞌睡啥时候能睡完？一个上班人，吊儿郎当像啥样子！"看我站着不动，师傅嗓音更高了，"都来一年了，翻来覆去就这点活儿愣是记不住，不就是看护个机器吗！阀门上挂个馒头，狗都学会了，你咋就记不下哩……"

我耷拉着脑袋挨受着，坐也不是，站也不是，正局促着，蓦地想起手里还有块抹布，就赶紧擦灰去了。我爬到机器上卖力地擦着，擦气缸，擦油泵，擦冷却器，连机身上那些犄角旮旯里的陈灰也仔细擦了，额头上的汗淌下来我也不去理会。我边擦机器边侧耳细听，师傅的训斥声果然小了。我悄悄地回头扫了一眼，师傅脸上的表情已经舒展了，正蹲在门口眯缝着眼望着窗外低飞的麻雀出神。我顿时松了一口气，扯起袖子擦把汗，手中的活儿也慢了下来。

历史的车轮跨入21世纪后，国有企业改革开始了。"厂里改革后，制定了很多新制度，说是要和现代化企业接轨，要实行标准化管理。"班长参加了厂里的职工代表大会回来给我们传达道。他讲了半天，大多是我们以前从来没有听说过的新名堂，讲得他自己也稀里糊涂的。最后他说："名目多得很，反正就是越来越严了，咱们工人的日子越来越不好过了。"

开班前会时，班长再三告诫我们："以后可要当心了，上夜班睡岗让上面逮住，可就不是警告和罚款了，弄不好还会丢掉饭碗。"说到老生常谈的安全生产，班长叹了一口气，"唉，原先只是强调生产现场安全，如今连值班室、工具间也管上了，还写进了制度；会上特别提到咱们倒班工人在工具间用电炉子做饭的问题，这里头有安全隐患，万一着火引发火灾可就不是小事了。"大伙儿一听往后上夜班吃不上热乎面条了，就急了："用电炉子煮个饭有那么玄乎吗？还火灾呢，就算着火了，一盆凉水泼上去不就灭了，谁还能眼睁睁看着它酿成火灾？"年纪大一点儿的刘师傅尤其听不惯，他瞪了一眼班长，说："你是站着说话不腰痛。你不倒班才几年就忘本了？你那时上夜班哪回不煮面条吃？"

班长以前倒了十几年班，落下了老胃病，吃饭要吃热的。上夜班肚子饿了，他就会用自制的电炉子在更衣室煮挂面吃。他每次吃面时都会说："有这一碗热乎面吃上，熬夜班还愁啥哩。"当然了，班上有老胃病的多了去了，又何止他一个，晨昏颠倒昼夜不分的倒班日子，不落下胃病才稀罕呢。班长懂大伙儿的难肠，在他身上撒撒怨气他是理解的，但他也没有法子，这是厂里的新规定。班长一直沉默着，大伙儿你一句我一句发点牢骚也就不再作声了。

这天上夜班，刘师傅像往常一样，忙完了机房里的活儿，进了工具间，从帆布包里掏出一罐头瓶炸酱、一把挂面，拿出电炉子准备下面。这时，机房里忽然有人影晃动，仔细一看，是车间主任，来查岗了。

糟了！我飞快地跑到工具间给刘师傅报信。正说着，车间主任已向工具间走来。所幸，工具间有抹布，我二话没说，扯起几块抹布盖在尚未通电的电炉子上，慌忙蹲下来装样子整理起工具来。刘师傅也反应过来了，就和我一起整理着工具。车间主任进来扫了一眼工具间，看了看我们，就语重心长地说："你们倒班的同志辛苦啊。在家一定要吃好睡好，上夜班才有精神。"我心里敲着鼓，不敢言语，只是边整理工具边笑着点头应承。接着，车间主任又深深地喟叹道："如今外头多少人都找不着工作，四处打零工。在咱们这样的大型国营企业工作多好呀，多少人想都想不来的美事，咱们可要珍惜自己的岗位呀。"说罢，车间主任又看了看我们，叮嘱道，"那你们好好上班咯，别打瞌睡。我再到别的班组转转。"

车间主任走后，我按着腔子里还在狂跳的心，瞅旁边那几块凸起的抹布时，才发现慌乱中电炉子并没有盖严，还露出个边沿，一眼就能瞧得出来。我这才明白车间主任刚才说的一席话，原来他一进来就发现了抹布下面的电炉子，为给我们留面子，就没有说破，只是委婉地提醒了一下。刘师傅望着电炉子露出的边沿，沉默了一会儿，说："往后上夜班前咱们干脆在家煮一顿热乎面吃饱了再来。今儿这个事，我还得给班上的人都提个醒，今后厂里咋规定的，咱们就咋遵守，也别再让领导犯难了。"

抹布又一次替我们解了围。

那年隆冬，西北风漫过戈壁闯入工厂，在工厂里肆虐着，夏天繁盛一季的白杨只剩下光秃秃的枝干挺立在寒风中，默默地守望着工厂。上班路上，呼出的气息瞬间变成一团一团的白雾，来不及擦去的清鼻涕很快冻成冰柱。

冷冻寒天的，没事的话谁都不愿跑到外面受罪。可厂里的事故不挑日子，说发生就发生。这不，说话间生产用户的供风管道就破裂了，又恰逢厂里三期扩建项目投产，抢修任务必须在十二个小时内完成。厂里向来都是这样，碰上急活儿，别说天寒地冻，就是天上下刀子、地下喷火焰也不敢耽误。

这天晚上，管工班班长刘发奎和衣躺下眯了个盹就醒了，他心里反复计算着要布多长的电线，电焊机才能够得着冻裂的管道；焊工能手张志强碰巧做了阑尾炎手术，还躺在病床上，只能让技术刚过关的余顺平顶上；前些天刚下过雪，管道上的积雪还没化，滑得很，干活时要嘱咐着这几个小子当心，四米多高哩，真不是闹着玩的；管道裂了五处，每处裂缝的曲度都不小，焊接要花大功夫，就怕余顺平这娃儿蹲在管子上时间长了冻得受不住……夜，渐渐地深了，机器的轰鸣声悠长而迷离，犹如发自工厂深处的叹息。刘发奎躺在铁床上翻来覆去盘算着维修的每一个环节，眉头拧成了疙瘩。窗外，星星擦亮眼睛，一眨一眨地望着和夜色一样暗沉的工厂，猜想着那一团团滚滚上升的浓雾，哪个是烟气，哪个是蒸汽。

老钟表敲过五声，刘发奎就披上老棉猴出门了。他边走边望着前方灯火通明的电解生产区。一年四季，不管白天还是黑夜，厂房上空的大烟囱总是像一头雄狮喷吐着浓烟，铿锵有力的打壳声、电解工劳动的号子、大组长指挥作业的吆喝声，响彻工厂上空。电解槽冶炼的火光映照在刘发奎脸上，他一时血脉偾张，心动难抑，身为一个国家工人是自豪的，马上三期项目投产，工厂生产规模就更大了，就是全国单体产能排名前十的电解铝厂了，到时候咱厂的职工走到哪里腰杆子都是硬的。想到这儿，刘发奎浑身都来了劲，步子迈得更快了。这次管道抢修不单单是一次抢修，它是对厂里血管命脉的一次抢救，要豁出去干，哪怕十二个小时不吃不喝也要拿下。刘发奎心里铆足了劲，到了班组三两下就把抢修要用的电焊机、焊条、管钳、大扳子、绳子和一些能用到的工具都备齐了。

准备好抢修用的工具，刘发奎看了一下墙上的石英钟：六点差一刻，他拿起工作台上的电话，想了想又放下。算了，不催了，让他们再多睡会儿吧，刚检修完电解老生产系列的管网，这些娃儿都累得够呛。刘发奎就手拉电焊机、肩背老帆布工具包向抢修现场走去。想起这些壮小伙，他是欣慰的，他们个个手脚勤快，眼里有活，指派到哪儿就干到哪儿。刘发奎十八岁招工进厂，一晃快三十年了。他一直侍弄厂里的管道，从以前跟着曾经的老班长干，到如今当班长带着年轻人干，近三十年安装、维修、抢修过的管道数都数不过来，算得上是一个"懂管子"的人。看着厂里错综复杂的管网，那些一直给厂里源源不断地输血供氧的动脉，他觉得自己这辈子值了。

刘发奎走到半路上，余顺平撵上来接过他手里的电焊机和肩

上的工具包，赶到前头走了。到了现场，他们两个观察、测量管道裂缝，电工刘栋、钳工李晓刚都陆续到了，大家七手八脚地干了起来。

此时，第一缕阳光透过清晨的薄雾照到管网上，老管道精神焕发，新管道生机勃勃。余顺平背着焊条沿铁梯上了管道，紧张的抢修工作开始了，清理裂缝、加工坡口、预热、打底焊……他头戴面罩，左手拿焊条，右手持焊枪，粗壮的大手巧妙地运条，在不断闪烁的电火花中，管道裂缝一点一点弥合了。

太阳无声无息地升到中天，该吃午饭了。班长已喊了几次，余顺平应了两声，继续专注地焊接着。五处裂缝只有十二个钟头时间，先焊好三处再吃饭。中午两点，余顺平焊完第三处裂缝下来吃完已经冰凉的盒饭，又爬上管道接着干。太阳一点一点偏向西边，一根根管道在地面上拉出一道道斜长的影子。离下午六点交工还有两个钟头。第四个裂缝焊好了，余顺平挪到管道弯口的第五个裂缝前，就感到一直持拿焊条的左手一阵发麻，便停下来甩一甩，活动活动。不承想，他的右臂一下子就甩到管道弯口旁的铁柱子上，顿时一阵刺痛，他捋起袖子一看，小胳膊外侧肌肉割破了一道口子，还挺深，血已渗了出来，但流速不快，看来血管没破，他松了口气，喊钳工李晓刚："快，晓刚，给我找几块干净抹布，我胳膊破了。"正在整理焊条的刘发奎听见了，心里一惊，赶了过来。余顺平已下来接过李晓刚手里的白色抹布缠在伤口上，示意李晓刚给他包扎。

"严重吗？血管破了吗？先撂下赶紧上医院吧。"刘发奎紧张地问。"不碍事，班长，没伤着血管，就剩一道缝子了，抓紧焊完就交工了。"余顺平应道。刘发奎说："那不行，伤口要紧！他吩咐李晓刚和王栋马上送余顺平上医院包扎，他要向厂调度室汇报，从兄弟单位借调一名焊工顶上。"班长！血已止住，我没事！"余顺平急了，竭力喊道。说罢，他疾步爬上管道继续焊接。心说只要胳膊还能动就不能找人顶替，人要自个儿给自个儿争脸，三期投产抢修管道这样的大事一辈子能遇上几次，这么点困难就向兄弟单位求援，咱丢不起这个人。余顺平把伤口的事撇在脑后，专心焊接着最后一道裂缝，右胳膊上包扎的白色抹布上渐渐地洇出一大朵鲜红的"梅花"。

太阳无声无息地坠向西边，刺骨的寒气阵阵逼来。焊接完最后一个点，余顺平摘下面罩，头上冒着热气，额头上全是密密的汗珠。他舔了一下苍白干裂的嘴唇，望着焊接好的管道满意地笑了笑。此刻，仰着头在地面上眼巴巴守了一个时辰的刘发奎三步并作两步抢上铁梯搀扶余顺平。下了梯子，刘发奎匆匆给大家安顿好交工的事，把老棉猴裹在余顺平身上，背起他大步流星地向职工医院走去。

薄暮中，刘发奎黑红的脸膛线条愈发硬朗，凝重的神色中透着一种怜惜的深情。连续作业近十二个小时的余顺平乏困极了，趴在班长背上很快就迷糊着了，受伤的胳膊耷拉下来，包扎伤口的白色抹布上，那朵"红梅花"已冻成一大朵"冰梅花"。

八　班组

　　低矮。简陋。坚固。发黑的石灰墙,锈迹斑斑的玻璃窗,脱落了油漆的铁门。轰鸣的机器永远是大件的摆设,墙角始终堆放着几样废旧的零件,屋顶总是横跨着一台经年的天车。我第一次踏进来,它就是陈旧的。多年过去,它仍是初见时的模样,不曾焕新也没有更旧,似乎被遗忘在时光的角落里。

　　跨出校门,尚没有清楚地看看外面的世界,我就循着父亲的足迹进工厂当了一名运行工。那时,我并不知道,班组,就是我以后的安身立命之所。

　　起初,话也不敢多说,路也不敢多走,只是小心翼翼地跟在师傅后面,转着,看着。机器轰鸣声里,几个正值壮年的师傅拿着抹布、螺丝刀、扳子,围着机器点检、擦灰、调节阀门,起蹲回转间,动作敏捷,出手有力,臂膀凸鼓的肌肉在劳动布工作服里若隐若现。他们劳动时一丝不苟,很少言语,偶尔的一两句对话,没有任何客套和修饰,简洁,坚定,一如部队的号令:

　　"排气阀关了吗?"

　　"关了。"

"1号机润滑油加满了吗？"

"满了。"

"风压稳定吗？"

"稳定。"

面对一台台高速运转的机器，他们目光笃定，操作娴熟，犹如久经沙场的统帅。

年轻的工友腿脚闲不住，斜戴着工作帽，一会儿到工具室拿扳子，一会儿进值班室喝水，一会儿在机房转悠，出出进进，总是兔子一样跳脱。若是恰巧碰到师傅眼皮底下，他们立刻就老实了，慌忙拉正工作帽，垂下头，干起活来，但一双亮眼睛仍滴溜转着，等师傅一走开，很快就现了原形，该干吗干吗了。

我成为一名工人后，再看工厂，一根电线杆都有了暖意。以往和我不相干的管道、高压线都变得亲切起来。闲来无事，我常常

↑ 工人在班组作业

站在班组前方的戈壁山腰上瞭望工厂。茫茫苍穹下，氤氲在烟雾中的工厂呈现出一片黛青色，一柱柱高耸的烟囱坚定地矗立在鳞次栉比的厂房前，浓烈的烟气成团成团地抛散在天空中，时远时近的机器轰鸣声飘荡在荒原上。沉雄壮阔的工厂犹如一幅铺陈在西北戈壁的现代工业画卷。那些班组，那一个个鲜活的细胞，星星点点地密布在工厂肌体里，朔野长风中，我仿佛听到那里涌动着的劳动的歌子，澎湃有力，生生不息。

我尤其喜欢上三班，路上人少，清静，也不用起个大早赶时间。一路上，骑着自行车游游浪浪，东张西望，电解厂房上空的红旗猎猎翻卷，变换着不同的形状；铝锭库的铁丝围墙里传出铿锵不息的狗叫声，那一定是几条凶猛的狼狗吧，好在拴在高墙内；沥青路两边的榆树轻轻摇曳着，友好地招着手。九月午后的清风徐来，阵阵凉爽，白班的辛劳和夜班的困倦一扫而空，耳边回荡着父亲常说的话："当个国家工人多好呀，就是捧上铁饭碗啦，多少人眼红哩。"

我思慕着以后的好前程，心里暗自美着，时不时地撒个把，哼几句歌子，悠悠前行着，再上几个缓坡，拐几个慢弯，就依稀听见工厂东麓传来的黄河涛声，班组就到了。

踏进班组的门，我零散的心情很快端庄了。穿戴好工作服，拿上螺丝刀，随师傅进机房做接班准备。师傅关切地看仪表指针位置，探摸缸体温度，倾听活塞往复声响，掐指计算注油器滴数，一台台运转的机器犹如师傅亲手饲养的毛驴，他伺弄得满眼都是怜惜。此时，机房里人来人往，上三班和下白班的两拨人忙着交接，脚步的杂沓声、互相交代工作的叮咛声、铁门的吱呀开合声混在一起，在这热络的一刻，机器都轰鸣着要张口说话。

静静地走过，又忍不住含情回眸的是两个彼此中意的年轻人，张春生和秦丽。他俩一个接另一个的班。于是一个上班盼下班，一个下班盼上班。十分钟的交接班时刻，即将下班的张春生忙着收拢

↑ 20世纪90年代，青铜峡铝厂工人生产学习交流场面

工具、做记录，心魂却早已牵系在刚上班的秦丽身上。于是一双手自顾自地忙活，而他已全然忘了手中在忙什么，唯有那一双炯炯有神的眼睛追光灯一样追随着秦丽的身影。

　　我和秦丽跟着师傅一前一后进了机房。我已晓得了她的秘密，就故意磨蹭在后面偷看她的痴模样。看到张春生迎面走来，她的脸颊果然腾红了，羞赧地低下了头。我知道她还会回望张春生的背影，就定定地瞧着她，等她一回头，就接住她的目光坏坏地笑起来，惹得她恼羞成怒扑上来就挠我痒痒。我连忙喊师傅求救，师傅过来劈头盖脸就是一顿训斥："机房重地是你们闹着玩的？瞧你们

有个当工人的模样吗！还不赶紧收拾接班！"我和秦丽连忙检查起机器来，头都不敢再抬。过了一会儿，师傅走了，我用余光扫了秦丽一眼，她又侧过脸追寻张春生的身影，我不禁哑然笑了。此时，机房里洋溢着浓浓的青春气息，陈年的房顶都亮堂了。

稳定。安逸。自得。20世纪90年代的国营工厂工人内心都是优越的，商品粮，福利房，逢年过节就发细米白面，生老病死厂里全包了，没有谁会为生计发愁。上班也一样，工资月月按时发，年底还有年终奖，谁也不会担心饭碗的事。班组里，有的人爱操心，那就让操心，大伙儿就省心了；有的人爱钻技术，那就钻技术，大伙儿就不轻易打扰他，还帮他打个饭倒个水；有的人爱跑腿，那就跑腿，大伙儿有个事儿都找他，事情办成了，敬个烟递个茶，他就心满意足了，下次跑得更欢；有的人爱讲笑话，一枚开心果，大伙儿干脆把他的活儿都争抢着干了，腾出时间专听他讲笑话：厂长的轶事、厂花的绯闻、流行的段子，每每逗得大伙儿笑得前俯后仰，心头再多的云雾也散了。

交接班过后，机器运行平稳了，班组就消停了。张建华师傅坐在值班室长条椅上，点支过滤嘴"红梅"悠悠地抽起来。他抱着胳膊凝望着高速运转的电动机，缭绕的烟雾中，往事潮水一样漫上来：刚招工进厂那会儿，就在眼前这张大铁桌上，与一块儿进厂的赵志刚他们几个比试掰手腕，每回双方咬着牙瞪着眼对峙的手臂青筋都要胀裂了，最后他们还是一个个败下阵来，一边告饶一边朝他竖大拇指。一晃二十年，这一拨老哥儿们昔日铁疙瘩一样的臂膀已松弛绵塌，再也不能像当年那样玩命掰手腕了。张建华师傅掐灭烟头，叹了口气，看了看大伙儿，欲言又止——都念叨多少遍了，早已咀嚼得没有丁点味道了。

做梦都想中大奖的严庆华师傅，此时又坐在值班室墙角开始琢磨体育彩票号码了。他用青筋凸鼓的黧色手臂把小笔记本妥帖地圈在怀里，捏着钢笔在上面时疾时徐划拉着三十二个阿拉伯数字。他锁着眉头苦苦探索彩票邻号的奥秘，瘦削的面容刀刻般深邃。每隔几分钟，他会回过神来，警觉地看看电气盘面的仪表指针，复又一头扎进彩票号码中。

我和秦丽嗑着瓜子谈天。我故意把话题往张春生身上引："人都夸张春生长得英俊又肯钻技术，安装阀门、换活塞环样样都能拿得下！"秦丽一听脸登时红了，警觉地环视了一眼师傅和工友们，给我挤了挤眼睛，悄声说："嘘，小声点，保密哦，我还没给家人说呢。"我心照不宣地点了点头，她就和我说起了悄悄话，那笑容甜得要流蜜。

滑向西边的太阳，透过挂着锈渍的玻璃窗照进机房，洒在机器上，仿佛一盏裹了玻璃罩子的霓虹灯，给机器披上一层朦胧的金红色面纱，机器的轰鸣声也低缓了许多。一群麻雀迎着夕阳从班组前面的电线上飞过来，落在窗外的槐树枝上，晃着脑袋冲着我们叽叽喳喳地叫，似乎提醒大伙儿该吃晚饭了。

去食堂打饭？用电炉子做饭？派个人到生活区小餐馆买饭？大伙儿正踟蹰着，周建强拎着包包袋袋，哼着歌子回来了。晓得他带好吃的回来了，我和秦丽欢呼着上去卸下他手里的吃食，嗬！正冒着热气的土豆、红薯、玉米、毛豆，还有大白馒头和新鲜的辣椒酱。周建强这是遇到刚收成庄稼的老乡了？他一脸神气，笑而不语。原来他先前去兄弟单位送还工具时，恰巧赶上那边一个家住厂区附近乡村的工友，上班时捎来一蛇皮袋子刚收获的土产和媳妇现做的辣椒酱，还有刚出锅的馒头。一看有好吃的了，兄弟单位的工友们就把周建强留下，一边闲谝，一边用大锅煮上土产，谝够了，土产也煮熟了，周建强就给我们带回来了。大家都夸周建强活络，会走动，以后多走动才好。说话间，我和秦丽已煮好一锅大米粥，一碗一碗地端上来，浓浓的米香飘散在班组里，家的味道出来了。这样的时候，谁都顾不上客气了，拿起土豆红薯玉米馒头，捧着香喷喷的大米粥就着辣椒酱，大口吃起来。

一晃，十年过去了。工厂已改叫公司，简朴的办公楼换成了气派的写字楼。厂长唤作了董事长，厂长的与工人并肩骑行的老式自行车，换作一骑绝尘的高级轿车，工资变成年薪，金额神秘如同传说。

而班组仍旧是班组，过去这么叫，现在还是这么叫。只是，它更陈旧了，墙体斑驳已辨不清最初的颜色。机器轰鸣声闷钝、低缓，仿佛老人喘着粗气。机房角落堆放的废旧零件散发着陈年的铁锈味儿。新鲜的阳光透过锈迹斑斑的玻璃窗照进来，转眼间已旧了。

工人也仍旧是工人。班组建成时最初上岗的一茬师傅已渐渐老去，他们行动迟缓，少言寡语，弓着身子在那里干活半天都不见挪动，慢慢地化作一架架机器也浑然不觉。腰背弯曲变形的他们，有着与机器同样质感的轮廓，身上泛旧的劳动布与濡染了岁月沧桑的班组很搭调，只是机器轰鸣着，他们沉默着。

岁月的年轮碾过了一圈又一圈。时光暗淡了往昔的繁华，漂走了一茬又一茬的青春和容颜。到2006年，这艘国有大型铝业"巨舰"已持续航行四十余年。它一面担负着产品供应、公益、就业、税收的社会责任，一面又如同一个小社会，背着职工医院、子弟学校、幼儿园、食堂、图书馆……长期负重，压得它疲惫、衰弱、体力不支。此时，又恰逢市场竞争加剧，产能过剩，它陷入了困境。那一柱柱饱经沧桑的大烟囱时常不解地望着天空，迟疑地喷吐着烟雾。班组里，机房怅惘，机器叹息。

张建华师傅五十出头，已隐隐有了白发，侍弄完机器，他仍旧喜欢坐在值班室长条椅上抽着烟凝望着机器出神，只是手中的过滤嘴"红梅"已换成了廉价的"龙泉"。严庆华师傅忙完机房里的活儿，仍然蹲在值班室墙角在泛黄的小笔记本上划拉着三十二个阿拉伯数字，尽管从来没有中过大奖。年复一年的深度思考，他那紧锁的眉头已纠成两道深壕。嘴勤又会走动的周建强还是喜欢到班组周围的厂房东游西浪。每天逛一趟回来，总会带回来一把瓜子、一串消息，而说来道去，无非是铝价又降了，工资更低了；物价涨了，一个子儿掰两半也不够花了；福利分房取消了，又买不起商品房，往后住房也成了问题；子弟学校划归地方了，书本费涨了，供孩子上学也吃力了……说着说着，大伙儿都沉默了，低头不再言语，不时发出的几声沉重而悠长的叹息仿佛来自幽深的地下。这样的时候，窗外的麻雀也噤了声，唯有陈旧的机器隆隆轰鸣着，诉说着班组的流年光阴。

我和秦丽话也少了。忙完机房里的活儿，就各自趴在磨得锃亮的大铁桌子上为一家人的吃穿算计。大白菜一公斤都涨破一块钱了，只盼着哪天跌价了多买些储存在菜窖慢慢吃；母亲的类风湿光贴膏药不行，还得烤电才管用；婆婆骨质疏松，要吃钙片，营养品也不能断；孩子马上"小升初"了，资料费、补课费样样省不了，隔三岔五还得买只鸡炖上给孩子补营养；丈夫上班的厂房离家远，才买了三年的自行车就破旧得不成样子，买新的又得花掉半个月工资；眼看着孩子一天天长大，早前厂里福利分配的一居室已住不下了，想买商品房可每月工资精打细算还是存不下一分钱，只能在屋里拉个帘子买张小床给孩子隔出个小窝来；过些时候要参加表妹的婚礼，可翻箱倒柜找不出一件像样的衣服，细算来几年都没舍得买穿戴了……皱着眉头盘算半天，心里还是没谱儿。秦丽喃喃地说："家里老的老，小的小，再难，日子还得熬下去。"我点了点头，心里堆积着难言的惆怅。再看秦丽，才三十多岁，头发已是黑的黑、白的白……

走出班组，站在山坳上向西望去，初冬的夕阳犹如一颗稀释的蛋黄，有气无力地向西坠去。天色一点一点暗了，冷风从戈壁上阵阵漫过来。夜色中，一柱柱大烟囱隐身了，团团烟气升离排烟口后就迷失了方向，四处弥散，不知所终。

遍布厂区的班组，一扇扇小窗流泻着如豆的灯火，萤火虫一样洒下遍地微光，驱散了工厂的黑暗。

我久久地凝视着若明若暗的小小灯火，心有所动，下山腰回到班组。此刻，在一片微黄的灯光下，机器泛着静谧的柔光，工友们坐在一起亲密地说着话儿，映在墙上的身影晃动着，靠近、比画、倾听，画面温馨安宁。我看得出神，一股如家的暖意再一次将我包裹。

九　更衣箱

活在这人世上，总有一样物什伴我们生息。身为一名三线工厂的工人，盛放我们半世苦乐的是那一只只更衣箱，那一只只初见时全新鲜黄、而今老旧褪色的更衣箱。

九月的清晨，爽利，凉快，鸟雀的鸣叫声也清脆了许多。我蹬着新买不久的"凤凰"在厂广播声中汇入上班的自行车海洋。

跨进班组的第一件事，就是打开更衣箱换劳动服——无论你是新潮的年轻小伙子还是时髦的大姑娘，换上一身劳动服，就是一个像模像样的工人了。随后，从更衣箱拿出安全帽、螺丝刀、帆布手套，配戴齐备，对着挂在箱门的小镜子照一番，精精神神地走向轰鸣的机房。

是的，工人的一天是从盛放劳动防护用品和汗水苦乐的更衣箱上开启的。

初进班组，我们几个新报到的姑娘正局促地搓着双手，班组长推门进来："小李、小吴、小赵、小陈，走，你们几个跟我到仓库领劳保品！"进了仓库，他给我们分发行头：劳动服、安全帽、翻毛皮鞋、帆布手套、钢笔、笔记本、螺丝刀、毛巾、肥皂……我虽晓得我们厂是远近闻名的大厂，效益好得不得了，不承想发个劳保品都能堆成小山！这么多家当往哪放呀？正发愁，班组长拿出几把锁头交到我们手上，指着机房东边的一间房子："那儿，女更衣室，进门靠西墙的一排新更衣箱，你们几个一人锁一只，要把自个的家当看管好。"

接过锁头，我们直奔女更衣室。果然有一排崭新的更衣箱，还散发着淡淡的油漆味。我要了位于墙壁拐角的一只，它一人多高，一尺多宽，是个"细高个儿"。箱面儿是鲜嫩的黄色，如一簇盛开的迎春花，只一眼，就让人的心顷刻柔软了。

打开箱门，一股木头的香味扑鼻而来。我数了一下，足足有四个隔间。我还在兴奋地端详着，我们几个姑娘里模样最出众的蒙古族姑娘吴家英已从班组领来白纸、剪刀、皮尺和胶带。她先用皮尺量了箱门和每个隔间的尺寸，然后拿剪刀按尺寸裁剪白纸。她蹲在地上，一双丹凤眼低垂着，纤细白皙的手在白纸上灵活地游走，含笑的目光也跟着游走。我们几个围在一起，学着吴家英的样子裁裁剪剪，仿佛几个小裁缝。"来，咱们从南边开始，挨个儿往过裱。"吴家英提议。有个词叫"美丽逼人"，确实，美丽是有震慑力的。吴家英一开口，我们几个就仿佛接到了上级指示，忙不迭地异口同声应诺："嗯嗯，你贴纸，我们给你裁胶带。"吴家英往箱子里贴裁好的白纸，我们剩下的一个扶箱子、一个递胶带、一个递剪刀，很快就裱好一个隔间。大家说说笑笑，不大工夫，一溜儿更衣箱被装扮得整整洁洁，吴家英粉白的瓜子脸也沁满汗珠。

一通忙活，几个初次在班组相遇的姑娘很快成为默契的工友。随后，仿佛乔迁新居一样，我们把装裱一新的更衣箱好好布置一番，将家当一件一件摆放进去。收拾妥当，挂上锁头。

有了自己的更衣箱，才报到两小时，初来乍到的拘谨已一扫而空。我捏着手里的更衣箱钥匙，沉甸甸的，心里顿然产生一种归属感——从这一刻起，我就是一名工人了。

这时，班组长又远远地招呼我们："姑娘们，到机房来，给你们分配师傅！"

我们锁好更衣箱，兴冲冲地向班组走去。

有一只称心的更衣箱等在班组，就仿佛有一处可以停靠的驿站，每天上班就多了一份念想。

起初，我们的更衣箱里都规规矩矩的，只存放与劳动有关的物品，箱子里透出的气息也是劳动产生的机油味和汗味。但，毕竟青春遮不住，大家很快躁动起来，工间偷空写日记、写信、抄歌词、织围巾、嗑瓜子、跳交谊舞、蹦迪……20世纪90年代社会上的年轻人流行的，我们一样都没落下。

↑ 青铜峡铝厂建于20世纪70年代的"职工之家"工人俱乐部

更衣箱最先添置的是录音机、磁带、舞票和BP机。

中班晚饭后，生产高峰已过，机器轰鸣声减弱了，我们的值班长、侍弄了二十年机器的老师傅万全海，蹲在值班室墙角点上一支烟，目光警觉地在设备操作盘上停留片刻，确定指示灯和仪表刻度都安然无恙后，在明灭的烟卷中陷入沉思。我们几个趁机穿过机房溜进更衣室。

说好的今晚吴家英教我们跳交谊舞，我特意从家里拿来燕舞录音机，还借了几盘舞曲磁带。今儿非得跟吴家英把交谊舞学会不可，我们几个已在厂里的"职工之家"工人俱乐部赶了两个月舞会，舞票的存根都有一本小人书厚了，可愣是不得窍，每回被人请起来一迈腿步子就乱了。我一度睁眼闭眼都是吴家英在舞池艳压群芳的优美舞姿。

每晚八点，舞会准时在"职工之家"工人俱乐部厂乐队激越的演奏声中开场。平日里灰头土脸的工人彻底改头换面、焕然一新，男工友脱下劳动服换上西装，摇身一变，成为一个个绅士；女工友一袭或清新或艳丽的连衣裙，顷刻变身婀娜多姿的淑女。白日里大大咧咧嘻嘻哈哈的男工人女工人，俨然成了高雅、斯文的"女士们""先生们"。

"现今都在扫舞盲，不学就被时代淘汰啦！"我们几个头一次赶舞会还是能歌善舞的吴家英撺掇的。那晚，在闪烁的霓虹灯下，我正腼腆地打量着一个个脱去劳动服精心装扮成"女士们""先生们"的工友，一位文质彬彬的男士面带微笑走过来，他摊开右手躬身向坐在我旁边的吴家英发出邀请："女士，请您跳个舞好吗？"吴家英稍做矜持，便优雅地起身随这位男士步入舞池。这时，我认出这位男士正是热力车间的一个钳工，但在如此庄严的时刻，我没有丝毫忍俊不禁，而是对他投以发自内心的极为尊重的目光。

嘭——嚓嚓、嘭——嚓嚓……在婉转悠扬的旋律中，身着黑色西装的男士带着一袭红裙的吴家英步入舞池。只见吴家英在这位男士的带领下，伸着白玉一样的天鹅颈，目光高傲地直视着前方，在舞池穿梭游弋。嘭——嚓嚓、嘭——嚓嚓、嘭！曲调转换，停顿、转身，男士左手背腰，右手高高地举起吴家英的左手，她在他的注视下忘情地旋转，红裙飘成一团火焰。舞池里光影闪烁，梦幻迷离，这对俊男靓女珠联璧合、天衣无缝地舞动着，引得身边一对对舞友不停地注目。我正暗自惊叹，嘭——嚓嚓、嘭！曲调再度转换，她在他的牵引下甩胯、踮脚、踢腿……柔软纤细的身体舞出曼妙的风姿。尤其她向后下腰、纯净的明眸不经意地一瞟，有一种夺魂的魅惑。我屏住呼吸，看得入迷。一曲终了，灯光亮起，我才从这绝美中不舍地回过神来。我无法相信眼前这个"白天鹅"就是与我们在班组朝夕相处的那个质朴的女工人。

舞会散了，看着吴家英，我有些恍惚，似乎一场舞会下来她已羽化成仙。望着此时美得让人惊心的她，我竟有些不知所措。吴家英却跟往常下中班一样，嚷嚷着肚子饿，拽着我直奔拉面馆。

自打这晚见识了吴家英的舞姿，我心心念念要学得一手好舞。

进了更衣室，我打开更衣箱拎出录音机。一曲慢三步舞曲响起，嘭——嚓嚓、嘭——嚓嚓……吴家英在曲声中打着节拍给我们教分解动作："来，咱们先从慢三学起，这是三分之三拍，重音在第一拍，男士先出左脚，女士出右脚，男进女退、进一退二，注意踩点要用前脚掌，要挺胸抬头，把气提起来。来，看我，一嗒嗒、二嗒嗒，走……"

大家跟着吴家英有模有样地学起来。等步法练会，我们不满足了："'白天鹅'，你喊个男舞伴跳给我们看，要真枪实弹地教，不然不练了。""你们就晓得折腾我！刚学点皮毛，尾巴就翘起来了，还跟我摆谱？实话讲，你们离上场子还远哩！"教舞教得大汗淋漓的吴家英在高分贝的曲声里冲我们吼道。我们倚在更衣箱上瞅着天花板，不为所动。吴家英摇摇头说："真拿你们没办法。行，我明儿把许青华叫来——就舞场带我跳舞的那个，热力车间的钳工。""不，就今儿。学会了上完中班就上舞场跳去。"正说着，她更衣箱里的BP机响了。我顺手拿给她。"正说他，他就来电了。"吴家英脸上腾起一丝不易察觉的红晕。我把她袖子一扯，"走，咱俩到厂门口电话亭给他回电话去。"

在更衣室，吴家英和许青华穿着劳动服给我们示范交谊舞，大家随意搭伴跟着节奏跳起来，乐声透过窗户飘散出去，班组内外洋溢着醉人的青春气息。

不久，我们的更衣箱又添了上锁的日记本、彩色信纸、"开司米"毛线、羊皮歌本和"俄罗斯方块"游戏机。

这天傍晚，我到机房巡视一圈，机器都安安稳稳地运行着；进值班室，万全海师傅跟往常一样，蹲在值班室墙角旮旯边吸烟边守着机器。我便溜达到更衣室。

今儿还真安静，没有一个闹腾的，有的织围巾，有的摆"俄罗斯方块"，有的往羊皮歌本上贴港台明星照。更衣箱门都敞开着，每个箱子里都盛得满当当的，零食自是少不了，大大泡泡糖、洽洽瓜子、旺仔小馒头……大家忙手头事情的当儿，你从我的箱子里抓一把瓜子，我从你的箱子里拿块糖，吃着，忙着，都不作声。我正要开口打破这宁静，"嘘！"赵红梅指了指吴家英，我这才发现吴家英正趴在窗台上在带锁的日记本写着什么，时而还会自顾自地羞赧一笑。我扫了一眼她的更衣箱，安全帽下面压着一沓粉红色的信纸，大家你看看我、我看看你，心照不宣地笑了。

一年后的一个秋日，吴家英的更衣箱盛放的爱情信物结出果实——她和许青华有情人终成眷属，我们每个人的更衣箱里都放进一包喜糖。

哼哼流行歌曲，跳跳交谊舞，摇摇呼啦圈……转眼五年过去，我们几个也相继把自己或平淡或热闹地嫁了出去。我们五颜六色的青春在红尘流年中渐已逝去。

在季节交替中，伴我们一起走过十年的更衣箱明显地旧了，鲜黄的箱面风化褪色，接近木头原色，凡尘烟火中，它一如我们的生命，终究褪去繁华，还原为素朴的本色。此时，大家更衣箱里的磁带、舞票存根、日记本湮没在给孩子织了一半的毛衣、翻旧了的家庭菜谱中，尘封在往日的记忆里。

每天上班打开更衣箱，我们几个就仿佛打开话匣子，话题由十年前交谊舞的步法、流行歌曲排行榜、港台明星的轶事趣闻……变成大白菜的各种做法、对付偷偷拨号上网的孩子的办法、煤气罐的更换经验……吴家英已经是两个孩子的妈妈。儿子十岁、女儿七岁这年，他们一家四口到省城拍了一张"全家福"，一家人笑得甜蜜灿烂，巨大的幸福仿佛要从照片里溢出来。她用精美的相框把"全家福"装裱了挂在更衣箱里。每一次打开更衣箱，映入眼帘的美满都会给她的生命上足发条，让她忙得脚下生风，不知疲倦。

历史车轮驶入21世纪，电解铝行业犹如过午的太阳，渐渐褪去耀眼的光芒，走向黄昏。工厂重组、转型、技术改造，想遍法子挽回残局。要保住工厂、保住饭碗，大家忙起来没日没夜、不辨东西。而此时，不分昼夜、晨昏颠倒地在机声隆隆的班组倒了二十年班的我们，慢性胃炎、耳鸣、腰肌劳损、颈椎炎……一样一样地缠上身，有的人身体已被更严重的病无情蚕食而浑然不觉。

这天夜班，吴家英打开更衣箱换劳动服时顺便取下相框更换新拍的"全家福"："原先的老照片都挂快十年了，娃儿们现在都长大了，总念叨要重拍一张，我腰疼扎了一个月针，前天才抽空去了照相馆。"等吴家英换好照片，大家匆匆进了机房。忙完已是半夜两点，进值班室靠在长条椅上歇息，很快困意袭来。睡意蒙眬中，吴家英手机铃声急促地响起，她接完电话，怔住了，手机从她颤抖的手中滑落……"咋了，家英？""青华他、他……"吴家英哽咽着说不下去，她抹一把泪，颤声道："我得赶紧过去，你们几个把夜班守好！"

许青华是抢修设备劳累过度，猝然倒在岗位上的……

安葬了丈夫回到班组，吴家英的脸脱了形，眼睛深陷下去，头发干枯如稻草。中班晚饭她吃不下，她说要拾掇更衣箱。到更衣室，打开更衣箱，她摘下许青华离世前夕拍的那张"全家福"，捧在手里，抚摸着，眼泪吧嗒吧嗒往上滴。她淌着泪把它挂回去，又一层一层地翻箱子，翻出早年的舞票存根——她和许青华的已发黄的"月老"，她拭去灰尘，收在那个放金贵物品的铝盒子里。她又拿出给许青华织了一半的护膝，哽咽道："青华膝盖关节炎，常年离不开护膝，得多织几副烧给他。"此时，说什么都显得多余，我们几个就陪她织护膝，一副接一副地织……

如今，吴家英更衣箱里依旧挂着那张"全家福"。照片里，许青华穿着新买的夹克，吴家英利落地盘起头发，他们读高中的儿子已经长成一个帅气小伙子，女儿也出落得亭亭玉立。一家四口温馨的笑容永远定格在"全家福"里。每次打开更衣箱，映入眼帘的美满，都会让她陷入无尽的哀思中……

　　苍凉岁月里，我们三线二代也渐渐老去。这一只只盛放我们半世苦乐的箱子也陪我们一起老去，箱面大片剥落，箱门多处开裂，一如我们沧桑的面容。

一〇　标配

穿好工作服，戴好安全帽，将吸足墨水的钢笔插入上衣口袋，手握螺丝刀，转身，迈步，目光笃定地走向轰鸣的机房——配备了螺丝刀、安全帽、钢笔的工人，像极了武装齐整、出征疆场的战士。

先说螺丝刀。小时候，看见工人老大哥腰里别一把螺丝刀，在厂里来来回回地奔忙着诊疗机器各种疑难杂症，就觉得他们很了不起。当他们骑着自行车满面春风地从我的身旁路过时，我就会很礼貌地让路，恭恭敬敬地站在一边目送他们的背影远去。

作为最早进厂的老工人，父亲更是成天螺丝刀不离手。闲来没事，他总是拿一块软抹布，从刀头起，一点一点、反复擦拭随身携带的那把蓝柄十字花螺丝刀。不大工夫，刀杆就锃亮得晃眼。浸透他汗水的手柄则仿佛裹了一层包浆，散发着温润的光泽。此时，父亲像品鉴古玩一样端详着擦拭一新的螺丝刀，像是自言自语，又像是说给我们听："当个国家工人多好，旱涝保收，一辈子铁饭碗。"

像20世纪60年代所有端铁饭碗的国家工人那样，在父亲心里，当一名工人，握一把螺丝刀，就能把前途和命运攥在手中。

平日里，怕我们拿螺丝刀闯祸，父亲出门时会把它放在两米高的老式大立柜上。可越这样，我们越稀罕它。趁父亲不在家，我和弟弟搬椅子踩上去取下它，撬地缝，撬墙角，撬斗柜，见缝就撬，你撬我也撬，互不相让，常常就争夺起来，抢不过就哭就闹。家里时常因着螺丝刀乱作一团。自此，父亲干脆把它锁在红木箱子里。

多年以后，循着父亲的足迹进厂当了一名工人，我终于有了属于自己的螺丝刀。它红漆实木手柄红得亮眼，不锈钢刀杆闪耀银光，一字刀口坚硬锋利，和我一直以来心心念念的螺丝刀一模一样。师傅把它交给我的一刻，我心跳加速，脸颊涨得通红。我颤抖着双手接过它，如同见到朝思暮想的恋人，心里满满的，仿佛拥有了整个世界。

接过这把螺丝刀，我成为一个名副其实的工人。

那时，我们这一拨工厂子弟大多十八九岁。初进厂里，一切都是新奇的，烟囱高得能够着云朵，料塔大得能容下一百辆汽车，就连缭绕在厂房上空的烟气也渺远得难以企及。上班时，裤兜里别一把螺丝刀，穿行在厂房、车间，犹如仗剑而行的侠客，神气极了。

我师傅赵永兴已经不声不响地带出十来个徒弟，他见惯了我们这些新入厂的小年轻："先让浪去。新鲜劲儿过了，心收回来，再来学本事。"

师傅每天到岗第一件事，就是握着螺丝刀为每一台运行的机器"听诊"。他扒在机身上，把刀头对准空压机气缸，耳朵紧贴手柄，探索宇宙奥秘一样探测气缸里的动静。只消三分钟，他就能判断出气缸里吸气阀、排气阀、活塞环是否有恙。若是机器健康运行，他便收起螺丝刀，站起来伸伸腰杆，笑着夸奖机器一句："这台够皮实、够硬气，昼夜连轴转了半个月，啥毛病没有，好样的！"紧接着，他又趴在下一台机器上去听。要是气缸里的响声有异常，他的眉头立马拧成疙瘩，从左耳换到右耳，再从右耳换到左耳，如此轮番听上三遍，他的眉头舒展了，当即开出"药方"："气缸活塞环断裂，碎屑在里面砸缸，马上准备停机检修！"他收起螺丝刀，神情肃然，胸有成竹，仿佛一位医术高明的专家。

照此"药方"，师傅带领工友们停机，打开气缸盖，果然，核桃大的碎铸铁块七零八落地沉在缸底。我惊呆了，叹服师傅技术高超之余，也惊叹螺丝刀的神奇妙用。

这天，我独自拿着螺丝刀进机房，学着师傅的样子，刀头对准空压机气缸，耳朵紧贴手柄，仔细地听。然而，十分钟过去，我的耳膜被震得嗡嗡作响，耳朵里除了活塞往复运动的隆隆声，别的什么也听不出来。

工闲时，我们围成一圈听师傅讲厂里的过往。平时在机房，师傅总是板着一张脸，眼睛直盯盯地望着机器，大伙儿搭句话很难。今儿趁师傅闲着，我忍不住问了疑惑许久的问题："师傅，都是一样的螺丝刀，一样的听法，为啥您一听一个准，我的耳朵都快给吵聋了，却没听出啥名堂？"

师傅一听乐了："呵呵，莫急，也急不来。学技能和学医是一个理儿，得先把机器构造和原理吃透，书本上的要啃，干活也要动脑子。等把机器好好侍弄上几年，你们拿螺丝刀听响动比我还拿捏得准。"

我也要成为师傅那样的老把式。

一到班组，师傅前脚拿着螺丝刀踏进机房，我后脚跟上。在每一台机器身上，听、摸、看，边学边干。班组空压机维护保养实行包机到人，包给师傅的1号、2号、3号机身上，一丝纤尘也无处藏

→ 工人手持螺丝刀为机器设备"听诊"

身。我也学师傅，把包给我的5号机用抹布擦了又擦，一个犄角旮旯也不放过，让它始终以洁净的面貌迎接每一天。

20世纪90年代中期，师傅要退休了。这天和往常无数个日子没有什么两样，机器轰鸣声响彻生产区，大伙儿在厂区忙忙碌碌。我走进班组，工友们都围在师傅身边说着厂里三十年来的往事。师傅穿着蓝色夹克衫，瘦高的身影在一群穿劳动布工作服的工友中尤为醒目。这一刻，我才发现师傅老了。他头发花白，黧黑瘦削的脸上一道道皱纹清晰可辨，言语动作都明显地迟缓了。望着师傅被岁月侵蚀的面容，我心里陡然涌上一股酸楚，昔日那个硬朗汉子是从什么时候开始悄然老去的，我竟无从记起。

师傅带走了一沓荣誉证书、工友朝夕相处三十五年的情谊、机器的呜咽，还有那把濡染岁月风霜的螺丝刀。走到班组门口，他握着我的手，将他的那把螺丝刀递给我，喃喃地说："咱们那十六台空压机，以后就交给你了。"

走出班组，天色已晚。他推着自行车慢慢地走着，微驼的背影渐渐地消失在夕阳里。

我捧着师傅交给我的这把承载师傅半生心血的螺丝刀，久久地伫立在暮色中……

2000年以后，老师傅们先后退休。我们这一拨被工厂甜蜜的甘露哺育出来的工人，默默地接过师傅肩上的担子。

当我被新进厂的工人唤作师傅，当我拿起师傅交给我的这把螺丝刀走向轰鸣的机器时，一种使命感油然而生。

再说安全帽。父亲说，如今的安全帽，是老一代工人用血和泪的代价换来的。

20世纪60年代建厂初期，工人戴的安全帽都是用柳条编的宽檐帽，看上去有些电影里南洋富商的味道，时髦又滑稽。但这样的柳条帽挡挡塑料块、纸盒还行，对铝块、碳渣这些硬家伙奈何不了，在厂房作业，高空掉下一块铝，击碎柳条帽砸中脑袋，轻则受伤，重则致命。厂里看澡堂的许大海的结巴，就是当年在电解槽边捞碳渣时被天车爪斗上掉下来的阳极糊砸伤后脑勺留下的后遗症。

那时，厂里每年大大小小的事故几十起，负伤的工人多得一时半会数不过来。

尽管父亲一遍一遍地给我讲述安全帽的前世今生，称它是工人生命的"保护神"，但爱美的天性还是让我很嫌恶它，本来清新活泼的发型，给沉甸甸的安全帽一压，就变成一个"大饼"。那时，我时常把它拎在手里或夹在腋下，能不戴就不戴。

有一次我拎着安全帽在机房巡检，被车间安全员抓个正着："把安全帽戴上！"

我赶紧把手里的安全帽胡乱扣在头上。

"把帽子戴正！"他又严厉呵斥。

我扶了扶安全帽，躲过安全员的目光，把头转向机器。

"帽带拉出来，扣住下巴！"他紧盯不放。

我老老实实把安全帽戴得周周正正，他才放心离开。

等他走远了，我又嫌恶地把它摘下来。

直到目睹工友的鲜血。

这天下午，班长吩咐我和胡光旭清理供风管道阀门的油污。出了机房，他将安全帽往管壁螺栓上一挂，就一跃身子上了管道。我把螺丝刀和刷子递给他，他便一个阀门一个阀门地清理起来。暂时没我什么事，我便把安全帽往地上一扣，坐在上面哼着歌子剪起指甲。半晌，只听"啊"的一声锐叫，胡光旭的前额已被管道接口处的一块角铁剐出一条口子，殷红的血顺着脸颊流下来。我冲进值班室喊了几个师傅急忙把他送到医院。

↑ 工人戴安全帽作业

胡光旭的额头被缝了五针，像趴着一条毛毛虫。班组长看着又心疼又气恼："干活一定要戴安全帽！平时我嘴皮子都磨烂了，你们就是听不进去，这下长记性了吧。"

自此，进入工作现场，安全帽再也没有离开过我的脑袋。

还有一回，工友在机房高处管道上修阀门，我在下边干其他的活。突然，"嗵！"的一声闷响，一个大管钳掉下来，不偏不倚砸中我的安全帽。所幸，安全帽被砸了个坑，但我毫发无损。事后工友们都戏谑道："你这条命是安全帽给的。"

救我一命后，我心存感激地再看安全帽，它耀眼的鲜红帽壳，像一盏醒目的明灯，警示着工人；坚固的壳身，盾牌一样捍卫着工人的生命。我再次把它戴在头上，心里温暖又踏实。

在班组，坚实牢靠的安全帽是大伙儿的一个多功能"神器"。午后，躺在机房外的草地看云，它是便利的枕头；工余，坐在值班室墙角谈闲，它是小巧的板凳；夏天，到汽水房取冰棒雪糕，它是能手拎的小桶；秋天，爬上值班室对面的戈壁采摘马兰花，它是花篮。

二十余载，一顶安全帽在身，从黄昏到黎明，从白昼到黑夜，一次次厂房里的昼夜鏖战，一宿宿机器旁的矢志守候，它的外壳留下了很多坑坑洼洼的伤痕。每一处伤痕，都记载着我们青春的印迹和往昔时光的踪影。

风水流转，人事代谢，我们的工厂在时代飓风中动荡飘摇。一路上，是它，这顶鲜红的安全帽，始终如一保护着我，给了我作为一个工人足够的安全感。

最后说说钢笔。如同所有工厂子弟一样，年少的我对工厂外面的世界满心憧憬。为进趟省城，我变着花样缠着要乘坐在厂里当采购员的大叔的客货车。进了城，东瞅西望，左瞧右看，供销社、粮站、影剧院……待我看足，回过神来，把目光转向来来往往的人群时。发现很多城里人蓝色涤卡上衣口袋都别着一支钢笔，看上去文质彬彬的。大叔说，那大多是城里的干部和知识分子。

上衣口袋别一支钢笔，在20世纪80年代是学问的标签，更是身份的象征。我于是对上衣口袋别钢笔的人产生深深的敬意，盼着自己长大后也能成为那样的人。

然而，十年后我进厂当了一名工人才晓得，钢笔竟然是我们工人的标配。

一直以来，在我的想象中，握钢笔的手必是纤细白净的，书写时必是极尽斯文的。但当我初次去班组报到，看见一个被唤作"张师傅"的工友正在用满是老茧和伤痕的粗笨大手握着钢笔写运行记录时，惊愕得说不出话来，我甚至觉得"张师傅"有些滑稽和可笑。

他端坐在桌前，谨慎地握着钢笔，一笔一画工工整整地写下每一个字。他神情庄重，一丝不苟地书写着，时间仿佛凝固了，那钢笔在他手中显得尤为珍贵，那字在他笔下显得尤为神圣。

写完运行记录，收笔，盖帽，他把钢笔在衣襟下角擦了又擦，举在明亮处仔细查看确定没有污渍后，郑重其事地别在油渍斑斑的劳动布上衣口袋里。整个过程不紧不慢，有条不紊，充满仪式感。此时，我的笑意没有了，代之而来的是一种由衷的敬意。

"小李，别愣着，给，这是你的更衣箱钥匙，快去把工作服换了，今儿就算正式上班了。"班组长拎着一把钥匙唤我时，我才如梦初醒，目光从写记录工友的身上移开。

一上班，与所有新工人一样，班组也给我配发了一支钢笔。这支钢笔深蓝色笔杆，镀金笔尖，流线型线条，金色笔帽上赫然刻着闪亮的"英雄"二字。我暗叹，咱厂不愧是实力雄厚的大型国有工厂，一出手就是英雄镀金钢笔。工友看我一脸惊讶，笑道："咱厂发的钢笔够用一辈子咯！"

我掂了掂钢笔的分量，真重。

心里美滋滋地欣赏一阵崭新的钢笔，我也学着师傅和工友的样子，把它别在新领取的劳动布工作服上衣左边的口袋里。

钢笔笔尖又硬又细，书写极为流畅。我握着它，就忍不住要写写画画。看到我在新工人培训笔记、班组晨会记录、班组生产应知应会答题中写出来的字又均匀又整齐，班组长总是啧啧称赞："是个好学上进的年轻人！"这样的时候，我握住钢笔，就仿佛握住了前程。

钢笔在班组工作中须臾不能离开，记载生产任务要用它，写设备运行记录要用它，标记机器运行状况要用它……事无巨细，所有细枝末节，都要靠钢笔及时记下来，然后去解决、去留存，班组这架"机器"才得以健康运转。我无法想象一个手中没有钢笔的工人，如何完成每一项任务。

工闲时，我们几个年轻人就坐在一起练字，练习一段时间，就比试谁的汉字写得更规范、谁的阿拉伯数字写得更标准。很快，我们写的运行记录就如同印刷体，在厂里的机器运行记录比赛中获了奖。

钢笔一天天地陪我成长，让我成为一名真正的工人。

吴学明敦实、憨、话少，粗糙黧黑的大脸膛，长满老茧的厚手掌，看上去已是个奔五十的大叔了，以至于初见他，我就像见长辈一样心生敬畏。后来知道他才三十出头，比我们大不了几岁，就是个"自来旧"，我才暗笑自己眼力差。

有一次清理污水池，待水泵抽干污水，池子里露出厚厚一层污泥、碳渣、锈末，没等班组长派活，吴学明就撸起袖子、挽起裤脚跳进池子。以往这样不怕脏不怕累的劳动楷模只在电视和报纸上见过，没想到竟活生生出现在我身边。我满眼崇敬地望着。站在一旁的刘景平说："'自来旧'反正也是从头黑到脚，耐脏，抗造。咱班组再谁有他皮实，他不下去谁下去？"于是，一季度一次清理污水池的任务就自然而然落在吴学明身上。

吴学明从污水池上来，一身油污，就像刚从黑泥塘扒出来的一样，牙齿是唯一白亮的地方。他避开大伙儿大步流星地跑到水龙头下把手脸一通冲洗，又进更衣箱换了一身干净工作服。获得"重生"的他，端端正正地坐在桌前，准备写运行记录。他把钢笔握在手中，仿佛一切都不存在了，脸上写满专注和虔诚。我再一次动容了。

我就这样一次次被我的师傅和工友感动着，潜移默化着，最终成了他们。

有时，我们按捺不住青春的驿动，也会用钢笔干点别的事儿。

上夜班爱犯困，我就用钢笔在方格稿纸上给厂报写写"豆腐块"。小文章不时见报，我在车间很快小有名气，到班组找我套近乎的兄弟班组工友多了起来。起初尚陶醉在被人高看的良好感觉中，不久就惹上麻烦：总有人找我写这写那。而从没谈过恋爱的我帮人写得最多的，竟是情书。

这天晚饭后，我们几个正在值班室打扑克，卸料班的赵海涛翻墙进来。平日里粗粗拉拉的他带着几分令人难以置信的扭捏说："妹子，帮我写一封那啥。"

"啥？"我一脸蒙。

他扫了一眼其他几个工友，给我挤眉弄眼道："到外头我给你说。"

"啥破事，做贼似的，说出来大伙儿一起听听呗？"工友们起哄道。

他一听脸红了，诡异地笑着，自己先出去了。我疑惑地跟了出去。

"好妹子，不瞒你说，知道你笔头子好，我想托你写封情书。"

"情书？这我可真没写过。"

他一听，急切的眼神顿然黯淡了，眼里蓄满忧伤，似乎遭遇了一场巨大的劫难。瞧着一个浓眉大眼五大三粗挺爷们儿的人，让相思折磨成这样，生性善良的我顿生怜悯："你先别急，我试试吧。先说说你意中人是啥样的，我好下笔。"

"她是金工车间的，叫吴雅丽，在咱厂职工之家舞会上认识的。她对我也有那意思，但我不敢冒失，万一被拒绝，这事儿就砸了。思来想去，不如给她写封情书。大伙儿都说你文笔好，就找上门来。帮帮我，我都失眠一星期了。以后干体力活，你吱一声，我一个跟头就翻墙过来了。"

第二天下班路上，赵海涛兴奋地给我指："就她，那个扎马尾辫的。"我一看，吴雅丽很秀气，身材也苗条。此后，我又假装找同学，到金工车间端详过吴雅丽几次。找到感觉后，酝酿几天，等到上夜班，我握着我的"英雄"牌钢笔，把自己想象成赵海涛，给吴雅丽写起情书来。一开头就收不住了，千般爱慕万种柔情从笔下汩汩流淌出来，一度把自己感动到不能自己，晨辉从值班室玻璃窗户洒进来，我都没有察觉。

情书写好后，赵海涛边读边拍大腿："对对对，写到我心里去了！"情书寄出后望眼欲穿地盼了十天，他如愿收到回信，信中有一句表明心迹："希望我就是那个懂你的人。"赵海涛反复念着这句，高兴得手足无措……

自此，找我写情书的人络绎不绝，以至于几年后好多小两口互相嗔怪都是一个调儿：

"你那时压根儿就没有诚意，情书都是找人代写的！"

"代写的咋啦，那代表的也是我的心呀。"

十年光阴随着机器的运转流水般淌过。这支钢笔陪伴着我从一名白纸一样的学徒工，成长为独当一面的班组骨干。

这天，厂里传来捷报，我们班组创造了三千天安全运行零事故纪录，职工代表大会要给班组颁发"安全生产运行奖"。不用说，这一大半是钢笔的功劳。

大会上，我代表班组上台领奖。当我在高亢的《义勇军进行曲》中激动而紧张地从老厂长手中接过奖牌，上前答谢观众时，我从数十个班组方队组成的千人会场中一眼认出我们的班组方队。此刻，我看到班组所有人泛旧的劳动布工作服上衣口袋里，都清一色地插着一支金色笔帽的"英雄"牌钢笔，他们齐整抖擞地站在那里，三十张写满自豪的亲切面孔齐刷刷投向捧在我手中的奖牌。顷刻，一股巨大的喜悦伴随着一种强烈的感动涌上心头，我的眼眶瞬间湿润了……

历史车轮驶入21世纪后，工厂也历经大半个世纪的兴衰变革。这支在我劳动布工作服上衣口袋里别了近三十年的钢笔已然老去。它划痕累累的金色笔帽刻满时光的印记，褪色的笔杆染尽中国工业历史风霜。

然而就是它，陪伴我度过所有的青春，见证我所有的光荣，并将陪我一起老去。它身上的每一道痕迹，都镌刻着一段深切的记忆，把它握在手中，就仿佛把过去的年华握在手中。

苍凉岁月里，有它相伴，一起生息度世，就已足够。

工人还有没有其他标配？

有，当然还有。

那就是他们自带的"标配"：荡漾在黝黑脸上的憨厚笑容，汗水湿透衣背也浑然不觉的专注神情，路见不平拔刀相助的热心肠，我将无我的产业报国情怀……

这些标配在身，不消说，就是一个地道的工人。

一一　电解工

　　走进工厂铝锭库，一方堆一方堆的铝锭垛子连成了片，连成了银闪闪的海洋，一眼望不到边。外面的人见了，像探宝的人见了银山，眼睛为之一亮；厂里的人见了，像金秋的农民见了田里的庄稼，心里亲切、踏实。铝锭的宝贵是人们熟知的，可很少有人在意铝工业基地的主人——电解工。

　　如同说"战斗第一线""劳动第一线"那样，我们把电解铝厂的厂房称作"电解第一线"，或者干脆叫"一线"。这个称谓并不是赶时髦，电解厂房确实是铝厂最艰苦的前线，用"残酷"一词形容这个弥漫着炭烟的战场并不为过。

　　七月流火的季节，你们大家是怎么度过的？是不是尽可能躲开毒辣的日头，待在装有空调或是电风扇的家里或工作单位，最不行也要找个阴凉处待着？就连抢收庄稼的农民伯伯，也会赶在大清早趁天凉把一天的活儿干了，午饭后吃个大西瓜躺在凉席上睡一觉。而我们的电解厂房里，酷热难当，数百台插满阳极棒们庞大的电解槽内，巨大的炭块在槽膛内永不停息地燃烧着，炽烈的火焰一簇一簇地从槽孔往外冒，浓重的烟气朝槽顶升腾着，四处弥漫。三伏天时，你若有足够坚强的意志，屏住呼吸冲进电解厂房，看上一眼我们的炼铝人，那些会让你感动得热泪盈眶的兄弟们，他们正手持铁钎在烟熏火燎的电解槽边捣着火碳块。这时就算是你的亲兄弟，你也无法辨认。在60℃的高温下，他们头戴披肩帽，面戴防护罩，身穿白色厚麻布工作装，脚蹬长毡靴，手戴翻毛皮手套，浑身上下只露出两只黑眼睛，正坚守在电解槽旁专心地工作着。你也无法想象他们热成了什么样。如果光着膀子干，他们一定是挥汗如雨，可穿戴着厚重劳保服的他们，汗水一出来，就被电解槽炙热的火焰烤干了。你可能会有疑问，在这样的环境下他们能不能扛得住？答案是肯定的。他们很少有倒下的，也没有逃避的，全都坚守在分配给各自的电解槽边，手持铁钎认真地观察、巡视、加阳极糊、捣碳块、量槽温、出铝。银亮的铝水不断地从电解槽底流出，又不断地被通向大铝包的真空泵抽走，他们的厚麻布工装也不断地湿了干、干了

↑ 电解工在厂房打壳

106

↑　电解工在正在运行的电解槽前打捞碳渣

湿。来过电解第一线的人会说电解工不是人干的，可是厂房的一角，那些摘下防护面罩，大口喝上几碗凉开水，就知足地咧着嘴笑的电解工尽是活脱脱的年轻小伙子。

　　在正常作业下，电解槽是不能停槽的，因此厂房就离不了人，电解工都实行二十四小时轮流倒班制。上班的八小时内不能回家吃饭，只能在厂内食堂吃。用餐时段的食堂就成为电解工聚集的一个场所。开饭时间一到，电解工就摘下披肩帽和防护面罩，三三两两地走出电解厂房，走向食堂。他们满沾着碳灰的黑眼圈和黑鼻孔格外醒目。不大工夫，食堂的打饭窗口前就挤满了人，白瓷砖地板很快重叠了许多黑脚印。好不容易出来透透气，他们便抓紧时间不停地扯起领角扇着风，抖动得散发着汗酸味的厚麻布工装上的粉尘乱冒。这些正值青春颇爱打扮的小伙子们，此时也顾不了那么多了，吃饭时间就那么一会儿，吃完饭还要接着干，不能为了吃顿饭再去洗澡换衣服，弄脏地板也是没办法的事。但那些衣着干净，在轻松岗位就职的用餐员工还是把嫌恶的目光投向了这些憨厚的小伙子，一看他们走过来，便像躲瘟疫般地躲开了。看到这样的场面，我的心里会陡然涌起十二分的难过。但这些饥肠辘辘的小伙子们已习以为常了，他们若无其事地坐下来，捧起快餐盒狼吞虎咽地吃开了。吃完后再盛上一碗米汤喝下去，心满意足地说着、笑着又向厂房走去了。

别看电解工们干起活来苦得跟老黄牛一样，其实他们骨子里都热爱着这份工作。作为为电解一线服务的兄弟单位，电解生产组六大组的二虎下班没事就爱上我们值班室转。那次我们刚忙完手头的工作，他推门进来，往地上盘腿一坐就嚷嚷道："好家伙！你们这儿比我们家都干净。这房子并不热，还开着空调，奢侈啊。"说着，把工作服一脱立在地上，自嘲道："你看我上班这汗淌得，衣服都能自己站住。"我们说："那你申请调过来呗。"二虎赶忙笑着一摆手说："那不行。这几年为了能把电解槽摸熟吃透，我连媳妇都耽搁了，再说我这汗也没白淌，都成生产骨干了，往后我跟那帮弟兄们还合计着干出点名堂哩。"说罢，头一扬，神气地笑了。我们说："嘿，这帮小子伺候电解槽还上瘾了。"

电解厂房里的大组长吴升升，来自宁夏南部山区，他虽然不是科班出身，但带领大组里的职工经营的电解槽净出优质"双零铝"，本人还挣得了"厂级劳模"的称号，人称"吴劳模"。他动辄在人前拍胸脯说："我熟悉这些电解槽就跟熟悉过去在老家养的那些驴一样。"有一回单位组织我们去电解厂房参观，一进厂房，立刻被满墙的横幅所吸引。数十条横幅上都写着"拧成一股绳，劲往一处使；大战一百天，胜利在眼前"。电解槽旁的电解工正干得热火朝天。正在观看，吴师傅摘下防护面罩，提着铁钎过来了，他说："这季度赶上铝锭销售旺季，生产任务紧得很，制作这些标语给大家鼓鼓劲！"检查组负责人听了很受启发，拍着吴师傅的肩膀说："吴劳模你这个炼铝行家还真行！这一招很管用嘛。"当然，电解工队伍里，像吴师傅这样的炼铝行家还有很多很多。

电解铝冶炼，炼铝，更炼人，炼出了中国铝业工人的宝贵品质。

一二 倒班工人

跨出校门，我循着父辈的足迹，回厂里当了一名倒班工人。从早到晚，灰暗的机房里，二十多台机器不停运转，轰隆不息，高声武气地表达着自己不容忽视的存在。

班组二十多人，分成四个小班，昼夜二十四小时三班倒伺候这些机器，给它们擦灰、加油、紧螺丝、拧阀门、调电压，从黎明到黄昏，从午夜到清晨，周而复始，没有止息。

我常常一身油污地站在机房里发呆，飞速旋转的电动机、呆笨的气缸、黑乎乎的油泵和阀门……反正就是一堆铁、一堆横七竖八的铁、一堆联动在一起运转着的铁。它们不会说话，没有表情，更没有思想。望久了，我的目光呆滞、神情疲惫，仿佛也成了一台机器、一块铁。再看看身边的师傅和工友，或躬身侍弄它们半天不见挪动，或盯着电气操作台目不转睛，几乎也成了一台台机器、一块块铁。

晨昏颠倒的三班倒，一度让我忘记太阳的影子，忘记星星的目光，忘记槐花的芬芳，甚至忘记了美……

原本，在我心里，国家工人是商品粮、工资折、上衣兜里的钢笔、时兴衣裳、擦油皮鞋、光荣的笑脸……当了一名倒班工人后，一身灰色劳动布工作服覆盖了我瑰丽的梦想。

这天安全培训，我和工友们穿好工作服、戴好工作帽，坐在车间讲堂听课。讲师讲到"安全知识应知应会"一节时，停顿一下，提问大家："哪位同志给咱们回答一下什么叫'三不伤害'？"大家踊跃举手。

"这位小伙子，你来回答下。"他环视一下讲堂，指着我说。

"小伙子？哈哈哈哈……"课堂上一阵哄堂大笑。

我窘迫极了，红着脸站起来慌乱地回答完就低头坐下了。

我很快意识到是工作服惹的祸，大家都穿清一色四兜劳动布工作服、戴同色防护帽，安能轻易分辨出男女？这一刻，我是多么嫌恶身上灰不溜秋的劳动布工作服、嫌弃倒班工人的岗位！要不是当倒班工人，怎会令我如此不堪？

七月的午后，机房里又闷又燥，从窗户照进来的一道道光柱里飞舞着惊慌的浮尘。我心不在焉地安装着排气阀。师傅手把手教很多遍，我还是不得窍，安装完试水，试一次漏一次。没辙，干脆不装了，蹲在那里拨弄阀片熬时间。

我不时地瞥一眼水泥墙上的老钟表，时间总是蜗牛一样缓慢地行走着。我乜斜着散落一地的阀片和弹簧，皱着眉头等待师傅的训斥，等待师傅替我收拾残局。

终于熬到下班，挨完师傅的训，我耷拉着脑袋，佯装战战兢兢，出了班组，拍一拍劳动布工作服上的尘土，吐口气，跨上自行车朝东大门外的山峰奔去。

到了山脚下，我把自行车随手一撂，就上山了。站在山巅上，猎猎山风呼呼地往身上钻，浑身每一个毛孔都贪婪地汲取着沁心的凉爽，一天的苦乏转眼烟消云散。

此时，夕阳西沉，晚霞从天边烧过来，戈壁映现出一片绮丽的金红色。高矗的古烽燧镀了一层金光，庄严而神圣。满山遍野的骆驼草披上一袭金色绸缎，一派雍容贵气。蜿蜒的古长城，逶逶迤迤拉长神秘的剪影……白天将尽，在送走落日的这一刻，戈壁尽脱贫瘠之相，呈现出一天最华美的姿容。随后，晚霞消失了，暮色从四野笼罩下来，夜晚降临了。

此刻，回望静卧在戈壁一隅的工厂，目光跌入一片灯火的海洋中：一幢幢宏阔的厂房灯火通明，亮如白昼，迎风飘展的国旗、高耸的料塔、影影绰绰的国槐，都清晰可辨。透过厂房明亮的窗户，我看到他们的身影——那些我认识的、不认识的工友，他们正围着机器忙活。我看不清他们在忙什么，只看见他们手持工具，埋头干活。过半晌，他们会站起来直直腰身，扯起袖子擦把汗，换个姿势，又躬身忙起来。夜风从戈壁深处漫过来，灯火更亮了，他们只是专心地打壳、下料、出铝，漫天的星子向他们眨眼，他们也浑然不觉，远远近近的机器轰鸣声响成劳动的号子……

此时，我们的运行班组，电解一车间厂房西面那排窗户、那一扇扇用它微弱光亮驱散工厂黑暗的窗户，看上去那么温暖，仿佛历经工厂风霜的慈父。夜风凉了。我从来没有像此刻这样迫切地想回到那排窗户里。想着天明上白班要把排气阀安装技术练到手，我借着月光下山了。

"咱们这些机器，就像家里吃奶的娃娃，须臾离不了大人的操心：饿着了，它们没力气动弹；吃得太饱，不消化；凉着了，要伤风；热着了，要生痱子。伺候它们吃饱穿暖，还得把机房打扫干净，勤开窗户通风，有个好环境，它们才能健健康康地运行。"侍弄了二十年机器的许永宁师傅时常这样念叨。

"把机器当成自家娃娃来操心。"干活时，我时常琢磨许师傅这句话。回想参加工作这一年，不管外面发生什么，哪怕盘旋着几乎能看到机舱飞行员的飞机，机房里也从没有离开过人，总有许师傅这样的老运行工看守着，没有一回撂下这些轰隆着的机器不管。于是，我暗下决心，今后不论白班、三班，还是夜班，我都要像许师傅一样，把机器当成自家娃娃来操心。

白班，早晨八点上班，下午四点下班，不耽误吃饭，也不耽误睡觉，就是忙。上白班有个好处，就是在上班路上能见到男女干部。男干部大多穿西装或夹克，浑身上下干干净净，没有一点油污，皮鞋也是擦得锃亮。女干部大都穿裙子，白色、花色，长裙、短裙，一步裙、喇叭裙……看都看不过来；高跟鞋更是小巧精致，勾人心魂。

若是看见陌生干部，我会刻意骑行在他们左面或是右面，靠他们近点，趁机稀罕地端详一番，瞅瞅他们挺阔的西装，望望他们或踌躇满志或和蔼可亲的面容；要是看到熟悉的干部，我就放慢车速，有意磨蹭着，等干部走远了，才敢放开骑行。一路走一路看，心里一阵好奇一阵紧张，但更多的是满足，毕竟见识了那么多干部。

进了厂大门，仿佛一场盛大的宴会散了场，不见了阔气的西装和洋气的裙子。通向一幢幢厂房、车间的路上，几乎只剩下和我一样穿劳动布工作服的倒班工人——躬身骑着破旧自行车，面色晦暗，神色疲劳，像被煤烟打了一样。

厂区深处，浓重的烟雾团成一片片灰色云朵，机器轰鸣声越来越近，路面轻轻颤动起来，班组到了。我收拾好零散的心情，上班。

此时，机房里忙成一团。运行工、钳工、管工、电工、焊工，都围着6号机忙活，监控运行指标、清洗油泵过滤网、检修气缸、修理冷却器、清理污水池……

机器运行年头久了，就像人上了年纪，总会生出这样那样的毛病。6号空压机不光二级气缸活塞环磨损，冷却器排水管也裂了，整流柜电流还忽高忽低摇摆不定。"患病"的6号空压机周身围满"各科室医生"：这边钳工忙着更换二级气缸活塞环，那边管工揭起铁盖板下地沟检查冷却器排水管；这头焊工焊接排水管裂缝，那头电工打开整流柜，用电笔测试电气线路……我们运行工除了看护正常运行的机器，还要配合维修工维修有故障的机器。

乱哄哄的机房里，班组长和许师傅一边操心机器运行情况，一边与各工种维修师傅交流6号空压机维修进展，我们几个小年轻擦灰、加油、写运行记录，干一些小活儿。

偷空，我就站在一边看他们干活。钳工王勇两脚踩在冷却器上，用六角扳子把6号空压机二级气缸盖拆下来，许师傅和另一名钳工赵明合抬着气缸盖放到地下。王勇爬进气缸拆卸活塞环，许师傅又打着手电筒下地沟看焊工干活去了。

我们几个可干的活儿虽说不多，但仍要装作很忙碌的样子——指不定什么时候，分厂和车间干部就下来检查了。说是察看生产运行情况，我们出现违规违纪也跑不掉一顿处罚。要干活，又要注意外面的风吹草动，一上午神经绷得紧紧的。快到吃午饭的时候，我们几个就溜进值班室歇着去了。

这段日子我迷上"俄罗斯方块"游戏。想着这会儿上面应该不会来了，就掏出掌上游戏机玩起来：出来一个横方块，堆好；出来一个竖方块，堆好；又出来一个直角方块，堆好……玩得正酣，眼前忽然飞来一块抹布，我猛地抬头一看，车间主任叶川带着安全员梁文彦推门进来了！

"行啊你们，老师傅都在机房忙活，你们小年轻倒在这躲清闲，小李还玩起游戏，看来不扣奖金你们不长记性。小李这月扣十块！"车间主任一脸恨铁不成钢的无奈。

车间主任走了，我回过神一看，他们几个正站在抹布箱旁面面相觑，余兵一只耳朵里还塞着随身听耳塞。

"你们倒贼得很，没给逮住，看见主任来了咋不救我哩？"我嚷嚷起来。

"活该，怪你太笨，都冲你扔抹布了，你还没把游戏机盖起来。"余兵幸灾乐祸地笑着，塞上另一只随身听耳塞，摇头晃脑地哼唱起歌子来。

"瞧你那德行，下次主任再下来检查，我也不管你！"我白了他一眼，进机房干活去了。

三班，是下午四点上班，晚上十二点下班，活儿不多，也不耽误睡觉，很轻省。一上班，倾泻在机器上的落日余晖，在水泥地上拉出斜长的影子。忙活一天的维修工收拾工具回了班组，机房清静了，只剩下隆隆的机器轰鸣声。

许师傅进机房，听一听气缸声响，摸一摸冷却器温度，看一看各仪表指针位置，把机器挨个儿检查一遍后，站在机器旁，用慈祥的目光注视着它们。机器似乎也很受用，经他一侍弄，就运行得平平稳稳了。

我们在值班室嬉戏打闹。

晚饭后，暮色涌过来，厂区亮起点点灯火。许师傅进值班室歇下来，和大伙儿谈天。他三句话不离厂里的事："厂里又盈利了，8月一过，铝锭价格芝麻开花节节高，光9月份一个月就挣了一个亿！"

是的，厂里自1968年建成投产以来就没有亏损过。1988年二期扩建后，电解铝产能达八万吨，盈利数额也翻了一番，每年给国家上缴巨额利润。20世纪90年代初期这几年，更是捷报频传。许师傅他们这些老职工尝尽甜头：福利分房、免费医疗、孩子在职工子弟学校免费上学；月奖、季度奖、半年奖、年终奖……如今，他们已过上"楼上楼下，电灯电话"的好日子。

属地周边有人还艳羡地问他："听说你们厂除了媳妇不发，再啥都发？"这样的时候，许师傅的脸膛就笑成一朵大丽花。当一名铝厂工人是光荣的，不管走到哪里，他张口闭口也是我们厂怎么怎么的。

听许师傅又讲厂里盈利的好消息，大伙儿都觉得日子有奔头：

"年底咱也买一套家庭影院，天天在家卡拉OK，把歌子唱个够！"

"我看中一款嘉陵摩托，等发了年终奖就去提车。"

"发了半年奖，咱要请公休假到九寨沟旅游一趟。"

…………

不知不觉，已是午夜十二点，我们该下班了。走出机房，夜已深沉，路灯在朦胧的烟雾中打着盹儿，槐树枝叶随夜风簌簌摇曳。我们蹬着自行车哼唱着歌子悠悠地回家了。

而夜班，是三班倒里的"老虎"，工人没有不怕的。黑白不分，昼夜颠倒，吃不好睡不好，就像生病一样难受……

平日里，尽管班组长和老师傅们一再苦口婆心地给我们传授熬夜经验：下夜班吃顿清淡饭再睡觉；白天至少要补回四个小时的觉；上夜班前不可吃得太饱，值班时最好泡杯酽茶提神；熬到半夜困乏时，要多走动，到外面吹吹凉风……我们频频点头，但转身就忘，下夜班照样玩：聚在一起打扑克，上舞厅跳舞，盯着传呼机等来电显示，打游戏……

美美地玩上一天，到了晚上，眼皮打架，哈欠连天，这才想起还要上夜班……

"要不是上夜班，再打几把，咱们准能翻本！"余兵说。

"下夜班咱们约好再去玩，不信赢不了他们，到时让他们输家请客吃拉面！"我们几个异口同声。

开始，我们还起劲地讲着和焊工班工友在单身楼打扑克的战况，渐渐地，困意袭了上来，都蔫耷耷地，不再言语了。

这时，坐在一边喝酽茶的许师傅不免一通奚落："安顿过多少回，嘴皮子都磨烂了，你们就是不听。白天光顾玩，不睡觉，看这个夜班你们咋熬。"

老钟表时针指向两点，我的眼皮打起架来。

但我很快警觉起来：要是让车间主任查岗逮住，夜班睡岗扣罚就不是十块八块，弄不好两百没了，说不定还要在全车间通报批评。我得赶紧撵走瞌睡虫。

走出机房，一股冷风灌进来，我打了个寒战，一下子清醒了。此时，夜，黑得神秘，几颗星子寥落地挂在夜空，世界静得只听见单调的机器轰鸣声。远处，沉睡在梦乡的家属区，一片宁谧，仿佛能听见香甜的鼾声。我怕黑，不敢走远，就站在机房外墙边，瞅瞅电解厂房上空喷吐烟气的烟塔，望望眼前铁轨上停放的氧化铝罐车。夜越来越深，寒气阵阵袭来，我抱着胳膊蹲在墙角，兀自感到一阵心酸：这倒班的日子啥时候是个头……

于是心情沉重地回到值班室，见许师傅坐在长条椅上捧着茶杯，两眼直愣愣地望着机器出神。余兵靠在墙角，迷瞪着眼睛，一动不动。我怕打盹，就靠墙站着。

熬到凌晨四点，我的腿有些发软，额头冒着虚汗，就微闭眼睛养神。不承想，眼睛一闭就打盹。突然，腿一软，砰地一跤，栽倒了……我顿时清醒了，头磕在电气控制台上，生疼生疼的，一摸，竟撞了一个包。

"还是你厉害，站着都能睡着，真是个人才！"余兵笑得前仰后合。

许师傅又恼又笑："你们这些年轻娃娃，瞌睡多，白天还贪玩，这下尝到苦头了吧。"

熬夜班，最怕三更半夜异常开、停机。机器不像人，它们不分昼夜，该出故障便出故障，一块压力表、一个阀门、一枚电气元件出问题，都会导致停机。尤其赶上电解厂房生产紧张，一旦有一台机器停机，压缩空气压力会立刻降下来，电解厂房就无法正常生产。这时，我们必须手脚麻利，以最快的速度开启备用机器，把压力提上去。

那年7月的一个夜班，我在路边折了一截槐树枝，一路扑打着蚊虫到了班组。接班后，拿着苍蝇拍消灭了一通苍蝇，跟着许师傅到机房点检。逐个检查一遍机器，没什么事，我们就进值班室了。和往常一样，许师傅悠闲地喝酽茶，我们几个讲笑话、谈天。凌晨三点，余兵打了几个哈欠，我们几个也跟着打起来。忽然，机房传来锐利的鸣叫声——安全阀报警了！电气控制台上，1号空压机一

↑ 夜班工人在灯光下作业

级气缸排气压力已达到0.25兆帕，远超过0.18~0.20兆帕额定值！

　　许师傅果断按下1号空压机紧急停车按钮，安排余兵盘12号空压机电动机，准备启动12号空压机；叮嘱我检查12号空压机所有进、排气阀和管道阀门是否在起始位置，并关闭1号空压机所有进、排气阀；赵旭东和张燕两个新班员加注12号空压机润滑油、接听生产用户来电。

　　机房里忙乱起来。

　　1号空压机和12号空压机一二级气缸进排气阀、储气罐排气阀、用户管道排气阀、排污管控制阀、进出水阀……大大小小二十多个阀门，都是手动阀，全靠力气，开、关一个阀门少则二十多圈、多则三十多圈，用劲小了拧不动；同时，头脑要清醒，开、关方向不能搞混，一个阀门拧错，机器启动起来就无法正常运行。

　　我谨慎而急速地开、关每一个阀门，拧好一个，接着拧下一个，室内室外飞快奔跑，地上地下麻利挪腾，任汗水恣肆，打湿衣背……夜晚被搅得沸腾起来。

终于剩下最后一个阀门。

我爬上黑漆漆的室外管网去拧这个阀门时，膝盖一阵酸软，一个趔趄，从一米多高的管道上摔下来，脸抢到地上，啃了一嘴土。爬起来后，我一边吐着嘴里的土，一边拍打工作服，小腿被汗水蜇得生疼，准是摔破了皮肉。我强忍着疼痛，又爬上管道，把阀门打开。

进了机房，12号空压机已顺利启动。余兵站在整流柜前监控电流，许师傅带着其他两人拆卸1号空压机二级气缸排气阀，他说："一级气缸排气压力高，定是二级气缸排气阀坏了，把气窜了过去。咱们发现故障能排除的要及时排除，不能把问题留给下一班。"

所幸大伙儿都在忙活，没人注意我的狼狈。我悄悄地溜到水池边，拧开水龙头洗漱着，脸和嘴火辣辣地疼。对着玻璃窗一看，半边脸和嘴唇肿得老高，我的泪水夺眶而出……

安装好12号空压机二级气缸排气阀，试车正常后，天已大亮。许师傅和余兵他们进值班室准备交接班，我用手掩脸，在机房里徘徊。过了一会儿，许师傅喊我下班，我仓促地应了一声，避开人，悄悄地溜到自行车车棚骑车走了。

回到家，照镜子一看，半边脸都瘀青了，嘴唇破了；捋起裤腿，小腿皮肉渗出的斑斑血渍已结痂。紧张一夜的神经松弛下来，浑身疼痛得像被棍棒打了一样。我又乏又难过，一口饭也不想吃，脱下脏兮兮的劳动布工作服，像搬一堆散架的骨头，小心翼翼地把伤痛的身子搬上床。整整一天，我都在梦魇中挣扎，一会儿梦到空压机气缸爆炸了，工友被炸得血肉模糊；一会儿梦到自己从高空坠落，却总也不着地……

从梦魇中挣脱醒来，我病了一场，虚脱了……

十年过去，我们仍在倒班。

许师傅头发已经花白，腰弯了，手脚也迟钝，余兵把爬高上低的活儿都包揽了。我对紧急停机、安装排气阀、更换注油器过滤网等活儿已轻车熟路。赵旭东和张燕也不用许师傅一再叮嘱，每天该干什么心里都有数。我们这一拨人也无一例外被胃溃疡、睡眠障碍、神经衰弱、心律不齐等症状牢牢缠住。昔日明亮的眼眸已暗淡，浓重的黑眼圈蓄满深深的疲倦，像两枚特制印章，挂在我们苍白的脸上。

2003年，厂里开始改制。上班路上，一辆辆小轿车骄贵地驶过，再难一睹干部真容。厂办公大楼门口，小轿车来往穿梭，地面上摆满了皮鞋印。我们，依旧穿着布满油渍的劳动布工作服，骑着破旧的自行车，不分昼夜，往返在日益剥蚀的沥青路上。

"每台机器都是一个孩娃，都要照顾的熨熨帖帖。"快三十年了，许师傅还是把机器当作永远长不大的孩娃，用苍老的双手探摸冷却水温度、发花的眼睛查看气缸温度计度数、有些背的耳朵倾听气缸声响……闲下来，大伙儿坐在值班室谈天，韩师傅仍旧三句话不离厂里的事，只是，言语里盛满一腔难肠："如今市场放开了，到处建铝厂，氧化铝粉价格上扬，电价上涨，铝价却跌下来，卖，亏损，不卖，积压，咋样都不成……"

物价如汛期潮水般一涨再涨，一碗牛肉拉面从一块五涨到六块，工人工资却像卸了电池的石英钟指针，停在那里，一动不动。奖金没了，福利没了，班组的单职工家庭，有的已吃不起肉了……

叹息，绵延不绝地萦绕在班组：

"都这岁数了，还能有啥出路？除了照看这些机器，又没别的本领，还是安生干吧。"

"刚倒班那时，总梦想有一天能上常白班，过上白天上班晚上睡觉的好日子。而今，落下一身病，耳鸣、胃病、腰椎间盘突出，美梦早已不做了，最担心的是哪天躺倒，连倒班的资本也没了。"

"厂里三天两头闹腾改革重组、下岗分流，咱们能挺过去，保住这个饭碗已是万幸。"

"上有老，下有小，再苦，也得撑下去。"

午夜的机房深罩灯，照走一茬又一茬韶华和容颜。

它仍旧不知疲倦地照着。

一三 单身楼

初次进厂，我常常站在料塔上远望厂区：一片高压电网密织的工业海洋镶嵌在戈壁腹地，缭绕不绝的烟雾，信手描绘着蓬勃的工业图景。我的目光被牢牢抓住，如此眼熟——我的前世定是拧在工厂机器上的一枚螺丝钉。出神间，远处飞来一行大雁，在工厂上空盘桓片刻，向南飞去。

到人事处报到后，梳着齐耳短发的门房阿姨亲切地招呼道："姑娘，走，领你到单身楼认门去，早些安顿下来咯。"

我心里暖暖的，跟在阿姨后面，想象着未曾谋面的宿舍的模样。穿过沥青路，朝西走一里路，就看到一片楼群，军绿色的简易门楼上立着三个褪色的铁质红色大字：单身楼。军绿配大红，熟稔的色彩搭配，跟电视里所有的老建筑一样。

门楼下面的两扇铁大门自由地敞开着，不时有三三两两的年轻人结伴进出。大门两边的槐树摆动着枝叶迎来送往，枝头的麻雀随心所欲地飞起落下。到了单身楼门口，阿姨说："姑娘，这就到了，跟我来。"我喜不自胜地跟着阿姨进了单身楼。

阿姨边走边讲道："咱厂是个有着差不多三十年历史的国营大

厂，一万多号工人里女工还不到一千，这不，十八栋单身楼里就2号楼是女职工楼。你们这些女娃娃金贵着哩，分配到哪个车间都是香饽饽。"

我心里美着，暗自庆幸自己的好运。

一栋四层的半旧砖楼，一条一眼望不到头的昏暗走廊，一个个模样相似的小房间，一股难以说清的味道……还没有来得及仔细打量，就随阿姨爬到三层。阿姨打开了308号房门，但见白灰墙、水泥地的房间里，放置着一张书桌、两张单人床、一个脸盆架。我没有嫌它简陋，反而暗暗欣喜：老早就盼着有这么一间屋子，躲开父母的视线，自由自在，想干什么就干什么。

阿姨一眼就看穿了我的心思，边铺床边叮嘱道："女娃娃在外不可玩得太疯，要懂得哪些人可交往，哪些人不可交往；哪些话该说，哪些话不该说；还要记着常给家里打电话报平安。"

说罢，又觉得这句话没分量，怕我当耳旁风，就脸色一沉，补充道，"反正往后家人打电话都会打到门房来。你们若不听话，我就告诉你们家人，再不行还有你们的车间领导哩，总有法子管住你们。"

如意算盘被阿姨识破，我讪讪地笑着应承道："阿姨，你的话我都记下了。你放心，我一准规规矩矩的。"

看我挺乖，阿姨欣慰地笑了，和蔼地提醒道："丫头，食堂十一点半开饭，别忘了吃饭呃。"说罢，拍打着衣襟上的灰尘，操心别的事情去了。

粉色的窗帘，粉色的小床，粉色的脸盆……屋子布置成心目中的样子，我心里有一颗火苗点燃了：从此独立了，新的生活开始了！头一个月发工资，买一个别致的水晶花瓶，到戈壁滩采来马莲

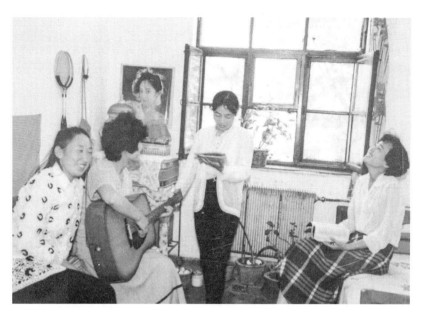

↑ 青铜峡铝厂20世纪90年代的单身楼宿舍

花插上；买一块粉色桌布铺在书桌上，上面放上毕业时同桌赠送的竹笔筒……正打算着，电子表报时十一点半，食堂要开饭了。

到食堂，买了塑料饭票，拿着铝制饭盒排队打了饭，坐在简易餐桌上吃起来。这时，才发现食堂里吃饭的几乎是清一色的男职工。我局促起来，似乎所有的男职工都好奇地瞅着我。我埋头拼命吃起来，恨不得一口吞完逃离食堂。

回到单身楼，一进走廊，饭香扑鼻，"刺啦刺啦"的炒菜声此起彼伏。原来女职工都在宿舍做饭。每个房门口都支起一个煤油炉，一个个纤细轻倩的身影蹲在那里娴熟地翻炒着各种菜肴，长长的走廊里演奏着激越的锅碗瓢盆交响曲。我震撼着，像逛琳琅满目的商行一样左右环顾、两眼炯炯地一溜儿观赏着，暗自计划着将要置办的炊具。

拾掇好小窝，躺在床上，窗外已是繁星满天。月光透过玻璃窗户漫进屋子，小床泛着融融的白光。此刻，我的听觉异常灵敏，水房哗啦哗啦的水声，其他房门吱呀的开合声，邻舍女孩的谈笑声，风吹树叶的沙沙声，隐约的机器轰鸣声，响彻楼道的门房阿姨叫谁接电话的喊声……声声入耳，让我久久难以入眠。

夜深了，楼层静了下来。母亲的叮咛声渐渐远去，我枕着一缕惆怅睡去……

起初，我尚看不到单身楼平静的水面下涌动的激流。傍晚下班回到宿舍，我就汇入走廊的锅碗瓢盆交响中用煤油炉煮挂面。吃完饭就出去转悠。此时，夕烟从西边映照过来，给庞大的楼群披上一袭茜红的轻纱，楼间槐树上绕飞的麻雀也穿上彩衣，柔曼地飞舞着。

一栋栋男职工宿舍楼的窗户都敞开着。有的男青年蹲在窗边吹笛子，有的把拖把杆伸出窗外晾晒衣服，有的站在窗前吹风。窗户里还传出阵阵猜拳行令的吆喝声。我顺着楼间小路溜达着，暗自笑话那些冒傻气的男青年。

小路上，单身青年目光相遇时会礼貌地点点头。要躲开的是那种斜叼着烟卷、两眼死盯着女青年不放的"坏小伙"。闲转一会儿，天黑了，就去电视厅看电视。渐渐地，我开始纳闷，外面散步的、电视厅看电视的，要么是一对对小情侣，要么是约了女伴的女青年，要么是成群搭伙的男青年，很少见到像我这样的独行客。

一天，门房阿姨见我回来，就招呼我。进了门房，阿姨说："傻丫头，以后再不要一个人到外头逛了，有几个小伙子都盯上你了，来向我打问你哩！还有来托我说媒的哩！找对象要分心的，你还小，安心上几年班学点技术再说吧。"我这才醒悟过来，原来冒傻气的不是那些大开着窗户吹笛子、晾衣服的男青年，而是我自己。说不定他们正是借吹笛子、晾衣服的由头偷看我呢。此后，吃完饭我就老老实实地待在宿舍里读书、写日记、听收音机，不到处乱跑了。

后来，何春晖就来了。她梳运动头，穿牛仔裤，见人话还没搭先咧嘴笑。她一来就把挂面撂一边，说："不吃这个了，走，咱买米买肉去，我给咱们炒肉吃。"说罢，拿了网兜，拽上我逛菜市场去了。

何春晖的快乐像风一样传染给我，宿舍的窗帘仿佛都成了一张笑脸。很快，我们的灶火就吸引了走廊里数十双眼馋的目光：辣爆小公鸡、红烧鲤鱼、红烧排骨、过油肉……吃饭时，何春晖像个小伙子，穿着汗衫，脖子里搭条毛巾，边吃边擦汗。或许是小时候难得吃顿荤腥，抑或是正青春胃口好，在单身楼的日子里，我们顿顿吃不够，一半工资都花在吃上。每天有一顿好饭等在宿舍，上班都起劲了。

吃饱了，何春晖就拽着我串门子。我们2号楼的话题总是离不开各自车间好笑的男同事和个性迥异的车间主任。

这不，刚串到邻舍，就听见电解一分厂技术员吴倩开心地说："今天下午我们几个跟着师傅维修完配电柜，刚回到操控室歇下来嗑瓜子，分厂厂长进来。他看见电气盘面上堆了一堆瓜子皮，又看我们都是新面孔，就语重心长地说：'年轻人刚上班，一定要遵守纪律，不该做的事就不做，包括嗑瓜子。大家想想，这瓜子皮要是不小心钻进盘面引起短路，那就是一起安全事故呀，可不是闹着玩的。'说着，厂长又念叨起他刚参加工作时的光景，吃供应粮，个把月见不上荤腥，却钻技术、挖工艺，干一行爱一行，下班仍旧书本不离手。厂长动情地回忆着，不知不觉就抓起电气盘面上的瓜子嗑起来……"

吴倩活灵活现地模仿分厂厂长的腔调，逗得大家笑岔了气。宿舍成了一片欢乐的海洋，大家你一言我一语地说笑着，迟迟不肯散去。

单身楼里，被一栋栋男职工楼包围其中的唯一女职工楼——2号楼，成了一块巨型磁铁，深深地吸引着那些铁疙瘩一样的男青年。

每逢周末，楼前楼后，无数双渴望的目光从四面八方火辣辣地投射过来；更有那些"勇气可嘉"（俗称脸皮厚）的，会穿戴一新、梳着流行发型，如候鸟一样盘桓在楼门口，他们有蹲在一边歪着脑袋静等的，有手插裤兜站着观望的，有抱着膀子作沉思状徘徊的……这样的时候，待字闺中的我们怕羞，就结伴出行——往往明明嘴上跟女伴说着"讨厌"，却早已在出门前对着镜子精心涂抹了脂粉。

我们袅袅婷婷地走到宿舍楼门口，手抚胸口平复起伏的心潮后，便在男青年倾慕的目光中低眸浅笑着走过。惹人羡慕的是名花有主的姑娘。彩霞尚未染红天际，一抹绯红已染上脸颊，迫不及待地换上漂亮衣裳下楼约会去了……

暮色从西边涌了过来，2号楼里出去休闲的、约会的女青年散布在厂里的山顶公园、职工之家俱乐部、电影院、图书馆，守在单身楼门口的男青年，要么等到了心仪的姑娘如愿以偿一起出去了，要么尚无所获暂且离去。此时，一栋栋楼房，无数个窗户逐渐亮起了灯，一个窗户，又一个窗户……庞大的楼群很快成了一片灯火的海洋。

总有一些喜欢安静，尚没有男朋友的姑娘待在宿舍里。于是，那些狡猾的男青年便展开周末最后一轮追求攻势——他们有预谋地将事先用洗衣盆泡好的脏衣服悄悄地放在早已瞄好的姑娘房门口，转身溜走。周六或者周日，再借拿衣服的由头找到姑娘房间。这时，又好气又好笑的姑娘免不了一通揶揄："下次再放门口我给你扔出去啦，别以为我不敢。"

男青年一副吃定了的样子："哈哈哈哈，我知道你菩萨心肠，不会忍心的。"

走廊昏黄的灯光静静地洒下来，房门不时地响动着，时有姑娘拿着毛巾、香皂盒进出水房。有的姑娘打开房门看见一盆衣服，心怦怦跳着，宝贝似的捧到水房精心地揉洗了；有的则锁了眉头，迟疑片刻，嫌恶地端到水房草草洗了；有的正好自己洗衣服，无所谓再多洗两件，就捞出来拿到水房一起洗了。

我也洗过几次，但洗得很无奈：任那一盆脏衣服放在门口不管，担心被泡得发霉；扔到外面，下不了手。至今仍记得有几次把脏衣服放我门口的那个长得滑头滑脑，说话却极尽斯文的小伙子，我一直疑心他的"斯文"是装出来的。

或早或迟，我们终会遇到相爱的人，告别单身楼。

三五年里，有在宿舍楼门口周末追求者种种攻势下被俘虏的，有在分厂、车间和男青年一起劳动时擦出爱情火花的，有在职工之家俱乐部跳舞一见钟情的……我们那一拨住进2号楼的女青年陆续找到意中人，建立自己的小家庭，搬出单身楼。

相聚终有一别。但这一天真的到来，仍是不舍的，总会红肿了眼睛。还记得那天吃完何春晖的订婚喜宴回到宿舍，我拿着笤帚扫地，不经意望见了窗台上挂着的一块羊肉，那是我们商量着买回来做羊肉臊子面的。

望着那块已有些风干的羊肉，一缕感伤涌上心头。我们还能在一起做几顿饭呢，转眼间她就要离开了。这一刻，几年来我和舍友一起做饭、串门、谈论彼此熟悉的男青年、分享打扮心得、说心里话的时光电影镜头般闪现。想着很快又要回到一个人煮挂面的寡淡日子，我的眼圈红了。

此时，准备出嫁的何春晖正忙着往皮箱里收拾衣物，她边忙边操心我以后的日子："我走了你一个别胡乱凑合，不如和隔壁张春燕搭个伙，吴茵结婚搬走了她也是一个人。"

我没好气："你急着嫁人过你的小日子去，还管我干吗？"

何春晖放下正在整理的衣物喊道："哎，你还讲理不，你迟早不也得嫁么。"

不知为什么，此刻我委屈极了，还想跟何春晖赌气，但话还没说出口，眼泪不争气地流下来了。素来大大咧咧的何春晖一看怔住了，索性撂下手中的衣服，坐在床边叹息。她口气软了："不然你以后晚饭上我家吃，保准顿顿有肉。"我听了心里暗暗发笑：你就记着个吃，你真以为我是为着往后吃不上肉伤心？

何春晖出嫁那天，我和邻舍的几个姑娘作为娘家客去送亲。婚车驶过单身楼时，我的目光下意识转向了她。此时，从车窗玻璃透过来的一抹阳光照在她绯红的脸颊上，她静静地凝望着2号楼，眼里蓄含着哀愁。车子渐行渐远，她转过头够着看，似乎要把所有往昔、那栋楼里珍藏的心事和"悄悄话"都装进心里，当作嫁妆，带到未来的新生活里。汽车终于走远了，单身楼消失在迷蒙着淡淡烟雾的光影中，她的泪水无声地滑落下来……

一晃，搬出单身楼已近二十年，我们的容颜已褪色，曾经风华正茂的工厂也风烛残年。这艘铝业巨轮行驶到2006年时，波谲云诡的市场处处暗礁：需求萎缩，经济下行，产能过剩，市场竞争加剧——过完五十岁生日，它已不堪重负，步履维艰。年轻人嫌它暮气沉沉，来了，又走了，后来索性不来了。一栋栋曾经满载欢声笑语的宿舍楼，空了。

为生计奔忙的途中，每次经过单身楼，我都会停下脚步进去看看。二十年的风雨洗礼，门楼上"单身楼"三个字已锈蚀发黑，辨不清原来的颜色。铁门两边的槐树长得蓬大而茂密，纷乱的枝条随风拍打着院墙。进了大门，往深里走去，仿佛步入时空的尽头：宿舍楼内外，不见人迹，楼门口落满灰白色的麻雀粪便。楼前树干间拴挂着昔日晾衣服的铁丝生了锈，背阴的一头悬着不成形的蛛网。遍地横生的杂草，湮没了我们曾经的青春足迹。唯有楼间小路两边的老槐树，年复一年，青了黄，黄了又青，记载着楼群里的季节更替……

单身楼，作为我们青春的象征，已升格为一个文化符号。它仿佛一张褪色的老照片，珍藏着我逝去的芳华。

一四　大食堂

夕阳西沉，晚风从戈壁滩深处吹来，滤去一天的闷热干燥。工厂上空清朗许多，机器轰鸣声也仿佛响得有了章法。此刻，厂里最热闹最亮堂的地方莫过于大食堂。

大食堂敞亮的天窗正升腾着滚滚热气，窜鼻的香味飘散在厂区。成群搭伙的工人拿着铝制饭盒，迫不及待地赶往大食堂。他们一路寻思着吃什么，红烧肉？粉条炖豆腐？只是想想，已经口舌生津。进了食堂，所有窗口都敞开着。每个窗口里面，都有一个掂着大饭勺的油光满面的师傅等候在那里。最贵的菜不超过八毛钱，大米饭免费，不用担心吃不起。同一车间的伙伴们，口味却不尽相同。他们摸摸兜里的菜票，想好要吃的饭菜。他们排着或长或短的队伍，乐呵呵地等着。那个年代，能吃上公家饭是幸运的，旱涝保收，衣食无忧，一身劳动布工作服穿出，立即引来无数艳羡的目光。那个年代，当一名国家工人就意味着铁饭碗，意味着货真价实。在大伙儿心里，鼓足劲头加油干就是报效祖国，平日里便争着抢着一个赛一个地卖力气，上班都不用考勤。忙忙活活一天下来，抄起搭在脖子上的毛巾擦把汗，油腻的劳动布工作服也不换，就一群一伙地从车间拥出来，拿着黑乎乎的大号铝制饭盒直奔大食堂。

油腻厚重的老棉布门帘，把机器的轰鸣声遮挡在外。油光乌亮的水泥地上排列着数百张大铁皮圆桌。剥蚀褪色的白墙上刷满标语："工人阶级领导一切"，"工业学大庆"，"吃饭不限量，吃菜不重样"。盛饭菜的搪瓷盆和搪瓷杯上，无一例外地印着鲜红的"为人民服务"几个字。开饭钟点一到，几十盆热气腾腾的饭菜摆放在台桌上，浓浓的香味弥漫整个食堂。很快，窗口前排起长龙，每个人手里捏着一沓油渍斑斑的彩色菜票。等候打饭的当儿，队伍里相邻的工友们便扭过头、够着身子小声说笑，脸上洋溢着或憨厚或狡黠的笑容。打到菜的，美滋滋地捧着饭盒找一个空位坐下，袖子一捋吃起来；有熟悉的工友走过来，马上挪到一边让出座位。不大工夫，大铁皮圆桌前就黑压压地坐满了人。饭菜的香味混合着工人身上散发的淡淡机油味，飘满食堂。大伙儿边吃饭边说着厂里的新鲜事儿，有的人不时地扯起袖子抹一下嘴，一脸自得。

↑　青铜峡铝厂建于20世纪70年代的职工食堂

大食堂，是三线人的家。

父亲说大食堂与工厂同岁，是西北三线建设中不可或缺的一个零件。工厂像一台庞大的机器，如果没有这样一个至关重要的零件，这台机器便不能够运转。大食堂坐落在工厂里的防空洞南侧，出了家属院，翻过一座小山梁就到了。那时候，我们这些工厂的子弟，大部分时光都是在大食堂附近度过的。青砖墙，钢筋玻璃窗，铁皮门头顶着一颗鲜艳的红五星。每天，太阳映红工厂东部戈壁滩上的烽火台时，我们就呼朋引伴地到大食堂旁玩耍。工人们都吃完早饭上班去了，门口交叠着七扭八歪的自行车车辙，食堂里传出洗洗涮涮、说说笑笑的声音。我们拣一些小石子，在食堂门前玩"狼吃羊"的游戏。食堂里有人忙忙碌碌、进进出出，大食堂开始准备午饭。

大食堂每天最早出去忙活的是采购员。我们一大早就在大食堂门口玩耍，第一个见到的就是采购员焦思忠。焦思忠是个二十来岁的小伙子，穿一身泛白的蓝色中山装，留小平头，大眼阔嘴，憨厚的国字脸上总挂着和善的笑容。他跨出门后，整整衣领，稍做沉思，捋清采购账目后，很快舒展眉头，然后大步流星地绕到食堂后院，蹬上半旧的三轮车匆匆赶往早市。我们就扔掉手中的小石子，目送他蹬车离去的背影。焦思忠弓身蹬车，一路颠簸，车厢里盘放的绳子欢快舞蹈的情景，在四十年后的今天，仍然清晰地浮现在我眼前。

"食堂采购员可不是谁想当就能当上的，得大伙儿信得过才成。焦思忠这个人老实，还有文化，会打算盘，平日里分是分毛是毛，从没有半点儿含糊。"提起大食堂的采购员焦思忠，老三届毕业生、进厂就吃大食堂的父亲，总是夸个不停。

20世纪80年代末，我初中毕业。工厂的效益正红火。周边的大中专毕业生，为争一个厂里的分配指标抢破头。我便毫不犹豫地报考了厂里的技工学校。像父亲那样，当一名端铁饭碗的国家工人多好。在大食堂吃香喝辣，还有福利分房、免费医疗。脚踏实地把岗位上的活儿干好，衣食住行、生老病死厂里全包了。我技校毕业，如愿以偿地进厂当了一名工人，吃上大食堂。我所在的车间距离大食堂不远，有二里半路。但我们这些刚参加工作的姑娘，每回去大食堂吃饭都像赴宴一样。我们脱掉劳动布工作服，换上洗得干干净净或者新买的衣裙，照着镜子描画一番，然后骑上小巧轻便的斜梁彩色自行车，放飞的蝴蝶一般，翩然前往。

那时，跟所有三线重工业基地一样，我们工厂也是男女比例严重失调。在大食堂里吃饭，穿戴光鲜的女职工犹如一簇在戈壁滩上盛开的马兰花，在穿清一色劳动布工作服的人堆里格外抢眼。进了食堂大厅，姐妹们从小皮包里拿出精致的搪瓷饭盆，有说有笑、神采飞扬地走向打饭窗口。此时，成百双聚焦过来的眼睛灼得我们

↑ 工厂大食堂打饭窗口

两颊绯红，心跳难抑，但表面上不露声色。队伍前面的男职工看见我们，立马很绅士地让出位置。女士优先嘛。我们报以嫣然一笑，那几个男职工的脸上立刻镀金般有了光彩。他们在艳羡的目光中换到另一个窗口，又惹起一阵善意的调侃和欢笑。我们拘谨着，尴尬着，羞赧着，当然也暗自优越着。我们用余光扫一扫那一双双异性的爱慕的神情，又矜持起来，心中几圈涟漪荡过，人就排到了窗口。

我参加工作吃食堂时，焦思忠已经过了不惑之年，两鬓染霜，神态慈善，一如邻家大叔。他采购用的半旧的三轮车，也换成了新式的小客货。有一回黄河涨潮，午饭后他带领几个厨工向黄河南岸出发，晚饭前打捞回半车厢鲤鱼。"哈哈，咱们又能一饱口福喽！"大伙儿拥上来，看着车厢里活蹦乱跳的黄河鲤鱼，过节一样快活。

第二天刚下班，还没走出车间大门，就有消息灵通的工友嚷嚷："今晚要吃糖醋鲤鱼，正宗的黄河鲤鱼哟！"我和宋丽兰梳发辫换新衣美够了，再赶到大食堂时，浓浓的鱼香早已经溢满大厅。工人们排了长长的队伍，都伸着脖子心急地等待着。新鲜的黄河鲤鱼，一年难得吃几次。打到鱼的人几多得意，坐在大圆桌前饕餮起来。我和宋丽兰挪到窗口时，打饭师傅说糖醋鲤鱼没有了，换个菜吧。我已经馋得不能自已，听师傅说没了，顿时泄了气，没了食欲。宋丽兰在一旁打趣，我也不作声。正郁闷着，面前的饭盆里掉进半条红艳诱人的糖醋鲤鱼。我又惊又喜。抬头一看，是车间的两个钳工，他们各自分出半条鱼给我和宋丽兰。焦思忠师傅背着手在饭厅转悠，这儿瞅瞅，那儿望望，看着大伙儿大快朵颐，他骄傲地笑了。

天色暗下来，厂区高耸入云的大烟囱吐出的白烟，缭绕缥缈，如仙子的衣袂。大食堂柔和的灯光像温柔的手，慈爱地抚摸着我们的额头。大伙儿边吃边谈笑着，一片欢畅。此情此景令我心里陡然升起暖意——大食堂就是咱们工人的家。

21世纪初，国有企业改革势不可挡。重组，转型，分流。工人可进可出，工资能升能降。铁饭碗砸了。大伙儿开始担心往后的日子怎么过。从未有过的惶恐深深地笼罩着我们。好在大食堂没有变，依旧是大铁皮圆桌、老搪瓷盆、彩色塑料菜票。饭菜的味道也没有变，香而不腻的手抓羊肉、酸香筋道的臊子面、暄软的大馒头。厨师、厨工、采购员仍旧在后厨忙活，仿佛置身事外的"桃源人"。

大食堂像一团火，更像一个朴实温暖的怀抱。劳动一天、苦累一天的工人们，走进大食堂这个怀抱，所有的忧患、茫然和困顿，都放下了。每天拂晓，焦思忠仍旧开着那辆车身已经有些锈蚀的小客货赶往早市。他把精心挑选的粮油、肉蛋、蔬菜拉回食堂，拍打一通身上的尘土，便蹲在门口抽烟缓劲儿。要是有熟人路过，他们就会热络地聊起来。说起厂里的变革，焦思忠不是很清楚，但他对经年累月食材的品种和价格变化一清二楚。"那年临近过年，受厂里委派，我带几个厨工到青岛采购带鱼。青岛的带鱼那叫一个好，一巴掌宽哟，又肥又新鲜，瞅着就勾人口水。关键是便宜。那时咱们这边又瘦又细的带鱼，一斤都要五块三毛钱。青岛那么好的带鱼，一斤才两块二，给厂里省不少钱。分带鱼时，人人夸好。家家炸带鱼，全厂都是炸带鱼的香味。那个年，过得那叫一个喜庆！……"

提起当年在工厂的大食堂当采购员，焦思忠的记忆就复活了，就会打开话匣子。说到动情处，他猛吸一口烟，眼角含泪。

那时，父亲每次下班，总不忘从大食堂捎回一份肉菜，或红烧肉，或辣子鸡块，或红烧鲤鱼，大号铝制饭盒装得满满的，盖子一掀，我们兄妹几个的喜悦就和浓浓的肉香一同荡漾。随后，厨房里传出母亲喊吃饭的声音。我们冲进厨房，捧起饭碗，生怕饭盒里的肉被抢光。"饭是人家的香，娃是自家的乖。一样的饭菜，家里每顿总剩下，食堂里带回来的却不够抢。"母亲总是嗔怪。这样的时候，父亲就悠悠地点上一根烟，自豪地说："咱厂大食堂掌勺的吴建魁师傅，那可是部队转业分配来的，炊事班大厨出身，厨艺了得。"

小时候，我只管吃，没见过烧出一道道美味菜肴的吴建魁师傅。兴许是电视看多了，我想他一定是个油腻的红脸胖子，戴顶白色高帽，一天到晚在熊熊火焰的灶台前，掂个大炒瓢上下翻飞。进工厂吃大食堂，第一次见到吴建魁师傅时，我怔住了。他白净瘦高，剑眉星目，坚毅中透着几分儒雅。要是摘掉高帽白褂，更像一位人民教师。回味着那些色香味俱全的菜肴，再看看吴建魁师傅，我暗自度量着想象与现实之间的差距。

有吴建魁师傅这样的大厨坐镇大食堂，大伙儿的优越感无法掩饰："吃惯咱厂的大食堂，外面的饭菜没法下咽。"每逢上面来人参观考察，厂里必定在大食堂摆一桌，主厨当然非吴建魁师傅莫属。凡在大食堂吃过饭的客人，无不称赞："大厂就是不一样啊，吃遍天南海北，不抵人家食堂这桌饭菜！"每次听见这样的夸赞，吴建魁师傅的炒勺翻得更有劲，腰杆也挺得更直了。他深知大伙儿来自五湖四海，背井离乡地扎根西北戈壁的不易和艰辛，尽心尽力地把饭菜调剂得很周到，把大食堂营造得更像一个家。

俗话说，吃饱肚子不想家。逢年过节，大食堂总少不了做一顿皮薄馅大味美的团圆饺子。早早地，吴建魁师傅便醒好面，拌一大盆肉馅儿。待到时候差不多了，就吆喝所有厨工一起上手，俩俩一组，你擀皮儿我包馅。一会儿，案板上齐齐整整摆好了月牙饺子。这边忙活包饺子，那边捣蒜炝油调汁儿，灶间叮叮当当响个不停。饺子、汁儿和凉菜准备停当，饭点一到，几口大锅同时开火，饺子在锅里沸腾起来。吃饺子的工友们也沸腾起来。雪白滑溜的饺子在热腾腾的雾气中出锅了，吴建魁师傅亲自张罗："来来来，今儿个饺子管够。吃饱肚子不想家嘛！"浓烈的思乡愁绪，被这顿喷香可口的饺子治愈了。有几次正好赶上工休，我和宋丽兰主动介入进来，一边包饺子，一边和吴建魁师傅他们聊天说笑。否则，我怎么能够知道大食堂的许多事情呢！

无论豪华盛宴还是寻常家宴，都少不了红烧肉这道压轴菜。这也是吴建魁师傅的拿手绝活、大食堂的招牌菜。逢年节，大食堂必烧几道大菜庆贺。有一年劳动节，厂里通知大伙儿在食堂门口分鸡蛋。我去得早，就溜到后厨看大厨烧菜。这回，恰逢吴建魁师傅做红烧肉。只见他将一块上好的五花肉切成肥瘦均匀、八厘米见方的肉块摆放在盘里，备好各种调料和葱姜蒜，然后温油、炝锅、煸炒、慢炖、收卤，动作行云流水，转换自如，如演奏一首名曲。出锅的红烧肉层次丰富、色泽明艳，透着幽幽的光。打饭的时间到了，我飞快地跑到窗口排队。此时，大伙儿哼唱着《咱们工人有力量》，陆续走进食堂。"今儿是咱们工人自己的节日，要好好犒劳一顿。""听说是吴师傅掌勺的红烧肉，咱们把别的事撂一边，好好享受一下。"排队的当儿，大伙儿你一言我一语地说笑着。很快，圆桌旁边坐满了人。我迫不及待地夹起一块红烧肉，的确软糯香鲜、入口即化。坐在我旁边的张鹏勇吃得满嘴流油，半天没有说话，缓过神后热泪盈眶："和我妈烧的是一个味儿——想我在天堂的妈了！"大伙儿吃着红烧肉，再看吴建魁师傅，更加觉出亲人般的温暖。

21世纪初，我国的电解铝产能势如破竹、一路飙升。2012年，我国的电解铝由20世纪70年代末的36万吨增至2700万吨。接下来的状况是，产能过剩，引发产业危机，电解铝行业哀鸿遍野。有些工厂衰落了，大食堂自然没有存在的必要。许许多多的工厂大食堂，关门，歇菜，熄火，冷清如荒庙。

2014年，青铜峡铝厂的老电解槽系列拉闸停槽。至此，电解铝产业跌落神坛，三十载辉煌终成过往。与所有三线工厂一样，工人有的买断工龄，有的内退，有的下岗……工厂分崩离析，万名工人剩下不到一半。择一事，终一生。吴建魁师傅做了半辈子厨师，看他那抿了半辈子炒瓢的手，手臂青筋暴突，手心结满老茧，手背爬满皱纹。吴建魁，我们工厂大食堂的名厨，已然老矣。我曾经所在的工厂，至今虽然剩下不到一半工人，但毕竟还在运行着。吴建魁师傅还算幸运，大食堂还在，只是远不如当年那么热闹了。"只要有一个工人吃饭，咱厂的大食堂就不会停。"吴建魁师傅说。不论世事如何变迁，他只顾操心大伙儿的一日三餐……

当年波澜壮阔的三线工厂，渐渐模糊成一个时代依稀的背影。

历经半个多世纪的变革，一代人终将老去。而今，当年的工厂大食堂已成为三线人一种别样的乡愁。民以食为天。别梦依稀，他们的生命历程里，仍然给大食堂留有醒目的位置，那物美价廉的大米饭、白面馒头、粉条炖豆腐、红烧肉……永不褪色，香气依然。即使几十年过去，照旧刺激着他们的味蕾，每次提及，念念不忘："就想吃咱大食堂的那一口。"

这一口，盛满三线人对逝去岁月的深情回望。

一五　家属院

　　每一座三线工厂都有一个家属院，每个家属院里都晃动着一张张熟悉的面孔，要么是亲戚，要么是亲戚的亲戚；要么是师傅，要么是师傅的师傅；要么是工友，要么是工友的工友……大家的生活缀连在一起，经脉一样盘根错节、丝丝缠绕，无法分开。

　　如同一张撒出去的大网收住口子，一片参差错落的砖混楼铺排出去，又沿围墙收聚回来，向南，安装两扇大铁门，门口盖一间门岗小房，一个偌大的家属院便有了门。

　　有了门的家属院，就有了脸庞，有了眉目。大门西边那棵柳树，开春发芽了、绿了，到了盛夏，一头秀发婆娑飘拂，送来阵阵清凉。大门东边的宣传栏里，宣传画、公告贴得满满当当：工业学大庆、铁人王进喜、"五讲四美三热爱"、电影海报、铝锭生产业绩捷报、失物招领……平日里，小门房门前总有一两只小狗、三两个小孩追逐嬉闹，间或传出一声小孩稚气的锐叫。大门口南侧总坐着几个老人，在阳光下眯缝着眼睛瞅着来来往往的行人。

　　楼群之间有一片空地，光洁，平整，敞亮，人们吃过晚饭后聚集过来，有拿出小马扎围一圈拉家常的，有搬一张画有棋盘的小桌子下棋的。最热络的是那些阿姨，手头忙着织毛衣、绣花、拣韭菜、晾豆角，嘴巴一刻也不闲：谁家是厂里的双职工家庭，谁家男人是"劳模"，谁家孩子考上了清华大学，谁家儿子娶了谁家姑娘，谁家两口子三天两头吵架……过不了多久，大家互相都知根知底，有什么事，谁也不用对谁藏着掖着；有什么想法，彼此一个眼神就能意会。

　　一年半载，大门口会在一串喜庆的鞭炮声中驶进一队系了大红花球的轿车，有人家要嫁女儿了。那几个热心的阿姨一大早就不请自到，忙乎着擀好细长面、烧出一大锅香蹿滚烫的肉臊子，和一众娘家人在屋里等着开门待客。大家夸耀装扮得天仙般的女儿，夸女儿柔顺、聪慧，夸女儿嫁了个好婆家，屋子里一派喜乐。但等迎亲的人吃过长面接亲时，一屋子人却追出门来千般不舍万般留恋，当妈的总要哭一场。而事实上，女儿并没有嫁远，浩浩荡荡的迎亲车队不过是拉上新娘子在厂里兜转一圈，送到家属院对面的职工大食堂举行婚礼、摆喜宴、敬喜酒，热闹一番，又回到家属院的洞房，不过是从这栋楼嫁到那栋楼。随后的几天里，大门口津津乐道的是婚宴酒席的厚薄、宾客的多寡、新娘子新女婿打小在家属院里玩耍嬉戏的模样。大家禁不住唏嘘，一晃眼，眼皮子底下长大的孩娃都

↑　青铜峡铝厂家属院

成家立业了。

隔上几个月，有老人去世。在呜咽的唢呐声里，一辆灵车从家属院大门口缓缓驶出，等候在大门两侧黑压压的前来送行的人，赶上前边劝慰悲痛欲绝的遗属边抹泪，相跟着一起把老人送出家属院。待到哭哭唤唤、吹吹打打的声音远去了，大家会把老人的一生细细地回顾，记取那些珍贵的往昔。

偶尔，大门口会传出激烈的争吵声，引得人们跑过来劝架。本以为多大的纠纷，原来不过是一句玩笑开过了头，两个大婶便相互开骂。先是就事论事，骂着骂着，把祖孙三代也扯了进来。劝架的把两个人拉开了，可她们仍不消停，坐在大门两头接着骂，直骂到各自都该回屋忙正经事才罢休。而过上十天半月，两位大婶又有说有笑地出现在大门口，一起拎着篮子去买菜。

有那小时候在家属院扔石子、翻墙头、捣鸟窝的顽劣小子，没几年长成一个英俊小伙子，进厂当了一名工人，每天腰里别一套工具，从家属院大门口进出。小伙子到了大门口，总会问候那些给他打小擦过鼻涕、塞过糖果的叔叔阿姨。谁家有个爬高上低的活儿，吱一声，他过去两下子收拾好了，在大门口留下啧啧啧一串夸赞。

家属院里藏不住秘密，做什么事情都在人们的眼皮子底下。人人心里有杆秤，做人做事不能太出格，不然会被人戳脊梁骨。若是一时贪念做了什么，进出院门都要战战兢兢、躲人眼目，直到有一天，把事做好了，把人做正了，又可以坦然地出进了。

年月里，从家属院大门口进进出出，大家熟稔这里的一切就像熟稔自己的手掌。在厂里人的记忆里，啥事都像是发生在家属院大门口一样。

我打小嘴馋，父母给的零用钱几乎都花在吃上。进厂上班后，嘴馋的毛病没有改掉，反而变本加厉。每月发工资后，不像那些乖顺姑娘把工资悉数上交父母，我总要留一笔，专留着吃。那些年，家属院里的麻辣烫是我每天最急切的念想。

一入冬，西北戈壁的两场长风刮过，厂里的马兰花凋谢了，白杨树枯了，草甸子败了，褪尽繁华的工厂复又沉闷在灰蒙蒙的烟气中。工人们裹着厚重棉衣，顶着寒风缩手缩脚地骑着自行车在车间和家属院间往返。这一季，人们都乐得窝在屋里抱着暖气片谈闲，我的盼头却在家属院里的麻辣烫摊上。那天下班早，外面西风刮得正紧，我们几个工友闲得发慌就到吴东强家打麻将。我手气很背，十几圈下来只胡一把，没兴头，我嚷嚷着要回家，就散了。一进家属院，一股蹿鼻的香味扑过来，顷刻勾起我的馋虫。莫不是又新开张了一家小吃摊？我心上一喜，闻着香味寻过去。绕过自行车车棚走到东巷口，我看到墙边搭着一顶军用帐篷，帐篷入口处立着一块泛旧的三合板，上面用红油漆歪歪扭扭写着"麻辣烫"三个大字。帐篷口支一口大锅，热气滚滚地正煮着什么。走近一看，一位围着大红围裙的四十开外的大姐，掂着个大漏勺在锅里飘来荡去煮粉条，锅台边一溜儿摆着盛好麻辣香汁的白瓷碗。

她并不像那些摆小吃摊的生意人热情地招揽顾客，来了客人，只是淡然一笑，透过升腾的热气高声让一句："来，坐，快坐下。"然后接着忙活。帐篷里两张简易木桌几乎都坐满了，我走过去，桌上的人挪一挪挤一挤，很快给我腾出一个座位。

上桌的麻辣烫太诱人了！汤汁浓郁，色泽油亮，滑溜溜的水晶粉安静地盘在碗里，上面缀着几根绿生生的油菜，汤里还卧着几片鱼豆腐、蘑菇、木耳。我嗅着这销魂的味道，很有仪式感地夹一筷子水晶粉入口，一种滚烫鲜辣、麻爽喷香的浓烈滋味从舌尖弥漫开来，瞬间穿透全身，我打了一个激灵，浑身的细胞都被激活了！几筷子麻辣粉下肚，再吸溜吸溜喝两口滚烫的汤，胃里热乎了，筋脉打通了，一时忘了隆冬的萧索，心里涌上一股热乎劲儿，抬眼看身边和我一样吃得大汗淋漓的人们，亲近得像家人一样。瘾过了，大家就攀谈起来，边嚼着吸足麻辣香汁的豆腐、蘑菇、木耳，边有滋有味地说着家属院里的家长里短。此时，帐篷里的麻辣烫摊是寒冬里的另外一个世界，亲切，温暖，热气腾腾。

头一回，我就被这碗夺魂的火爆麻辣烫俘虏。此后，我每天都来这吃一碗。渐渐地，我们几个常来吃麻辣烫的就熟了，坐在一起边吃边聊，厂长的轶闻趣事、厂花的浪漫往事、车间技术大拿的绝活……聊着聊着，就聊起煮麻辣烫的红围裙大姐来。曾和红围裙大姐住邻居的张春梅压低声音说，大姐姓徐，叫徐淑英，重庆人，打小在姥姥家火锅店长大，耳濡目染，爱上厨艺，在姥姥的言传身教下，小小年纪就学会了挂粉条、调汤汁、选菜。后来，高中毕业没考上大学的徐大姐跟着支援大西北的父母来到咱们青铜峡铝厂，与咱们当地的一个小伙子结婚生女，女儿上学腾开手脚就在家属院开起了这家麻辣烫小吃摊。

此后，我几乎每天要吃一碗这勾魂的麻辣烫。走进军用帐篷，徐大姐永远在锅前埋头忙活。她留一头浓密的运动短发，一口婉转悦耳的蜀地口音，清瘦的脸上始终挂着柔和的笑容。她捞粉条的动作娴熟极了，筷子下去夹住一缕，向上一提，而后轻轻落下，粉条款款落进调好的汤汁里，不多不少，刚好一碗。然后加上花生碎、芝麻、香菜末、蒜苗末，成了，上桌，我们美滋滋地吃起来。

水晶粉条是徐大姐手工做的，晶莹剔透，粗细均匀，滑爽筋道，再加上十来种秘制的汤汁作料，还有那香辛的红油辣子，一筷子下去，就再也停不下来。一口气吃空白瓷碗，还要喝足那香辣汤汁，最后连盘底的粉条渣、青菜末也一一拣光吃尽。有那吃得瓷碗见底仍意犹未尽、无力自拔的，只好再来一碗。

一年四季，家属院最热闹的地方就是东巷口军用帐篷里的麻辣烫摊。人们围在一起，吃不够的麻辣烫，说不完的新鲜见闻……在家属院的很多年里，我高兴了要吃一碗麻辣烫助兴，心上麻烦了要吃一碗麻辣烫解闷，受了伤害要吃一碗麻辣烫疗治心里的苦楚……那些年，我生命的滋味都融进那一碗碗麻辣烫的汤汤水水里了。

急遽的时代变革，悄然改变着我们的生命轨迹。曾经以为，大家会一直生活在家属院，徐大姐麻辣烫摊也一直会在那里。多年后，厂里的子弟学校划归属地，我不得不往返银川陪孩子读书，自此湮没在为生计奔波的猎猎风尘中。

十多二十年一晃而过。前不久，我怀着积郁已久的辛酸回到家属院，我要找寻那魂牵梦萦的味道、找寻那份温暖。一进家属院，几位老人唤着我的乳名，趔趄着走来，我很快认出几位是曾经的赵阿姨、陆阿姨、徐阿姨……我拉住那一双双布满皱纹的枯手的一刻，鼻腔陡然一酸，十多年没见，从小到大叫不停喊不够的阿姨们都已风烛残年。我问起麻辣烫徐大姐，"唉……"陆阿姨一声叹息，抬手朝家属楼第一排最西边一栋一指，"那儿。老徐独生女嫁人没几年，老头子就进了"五村"（厂公墓）。屋漏偏逢连夜雨，没几日，她又害上关节炎，腿脚不灵便，不干麻辣烫有五六年了。"我向西边走了几步，看见楼前小院里坐着的徐大姐，她又黑又瘦，干枯的手夹着一支烟，正若有所思地吸着，稀稀拉拉的花白头发在秋风中飘舞。

我一阵失落，愣在大门口，呆望四周，大门西边这棵伴我长大又伴我走过青春的柳树老得弯了腰身，庞大的树冠荫翳了半个门庭。一栋栋楼房外墙褪色剥蚀，散发着沧桑的气息。东巷口空荡荡的，无声无息，徐大姐麻辣烫摊早已没了踪迹。忆起繁华过往、当年的好胃口，我真的想哭。

家属院老了。

谁都晓得，家属院自东到西分成四个区，依次叫一村、二村、三村、四村，平日里大家攀谈起各自的住处，准不会超出这四个村的范围，每个村有多少栋楼，每栋楼住着哪些人，大抵心里都有数。第一次听说"五村"，是上班十多年的一天，当时我就纳闷，难不成家属院又盖了新楼？

"孤陋寡闻了不是？五村就是咱厂公墓，厂里人去世了都埋在那儿。"那天晚饭后在班组门口的榆树下纳凉时胡庆华给我说。

"哪儿，在哪儿？"我很好奇。

"瞧，就那边。"他朝厂南边的山塬上一指。

我顺着胡庆华指的方向望去，隐约看到一个个凸起的坟头。

"哦，我晓得那儿……"我沉吟着点了点头。

那是到黄河南岸的必经之地。我刚进厂实习那阵闲不住，一得空就往黄河南岸跑，每次都路过那儿。有一回听同学说那是一片坟地，我怯怯地扫了一眼，坟地只有稀稀落落几个坟头。那时我们十八九岁，工厂建厂二十七八年，厂里年龄最大的创业者也不过六十上下，离世的很少，我并没听过有"五村"一说。

"公墓就公墓，为啥叫'五村'？不知道的人还以为咱厂家属院又新盖了一个区。"

"这样叫——亲切。你想想，那儿埋的都是厂里的人，是厂里人最终的家，那不就是家属院另一个区，不就是'五村'吗？"

细细一想，还真是。厂公墓是厂里人最后的归宿，是家属院的延伸，叫"五村"再合适不过。大家活着在一起上班、一个家属院过活，死了仍埋在一块，亲人还是亲人，师徒还是师徒，工友还是工友，多好。

如今，半个多世纪已过去，我的父辈、师傅，甚至工友陆续离世，相比一村二村三村四村的冷清，"五村"越来越"热闹"。去年清明节，我到"五村"祭拜那些师傅、工友。从一道没有院墙的门进去，高高低低大大小小的坟头布满山塬。走近细看，昔日那一张张熟悉的面孔都变成一个个熟悉的名字刻在墓碑上，曾经一个车间的工友、一栋楼的邻居，如今坟头也挨得很近，似乎和原来的生活并没有两样。坟院里到处散布着扫墓的人，有的烧香磕头摆供品，有的打扫坟头，有的聚在一起商量着什么。我们挨个儿祭拜着我们的师傅和工友。临近中午，人们迟迟不愿离去，索性在坟院里吃起了午饭。墓园里飘散着浓浓的烟火气息。

我信步走在墓园小径上，如同穿行在老家的村巷。我边走边端详一个个用青砖堆垒的坟头，比较哪个坟头垒得更漂亮。在墓碑上发现熟悉的名字，我会停下步子，走上前去，此时就有一种暖意传递过来。我注视着墓碑，静静地回味曾经的时光，在无尽的追思中，我分明又看到他们亲切的面容。我觉得这种灵魂的交流远胜于纷扰的话语。走出墓园，我一步一回头，心里都是暖意。

在对终将逝去的生命的思索中，我逐渐放下了。最终我们都会离开人世，与父母兄弟、师傅工友归宿于"五村"，这未尝不是一种永恒的相聚。

一六　灯光球场

"今晚咱们灯光球场见……"

那个年代，我们总是相约灯光球场，在三线人心里，啥事都像是发生在灯光球场一样。如今，灯光球场已然成为一种乡愁，不管身在何处，一经提及，瞬间惹出大家的眼泪。

20世纪80年代盛行集体主义，工人们热衷于集体欢娱，士气、情谊、对生活的热望，尽在一场场热闹的活动中。

那时，最牵系人心的莫过于篮球比赛。

坚固的围墙，层层而上的看台，分立两端的篮球架……晚上，球场上方数十排高悬的深照灯一打开，整个球场亮如白昼，气派而庄严，霎时聚焦人们的目光。

那个年代，厂里哪个车间的职工不巴望在灯光球场一展身手？那可是一个车间的大面子。1972年球场刚建成，各车间就着手组建自己的篮球队。每逢赛事，每支球队铆足劲儿地集训，有时为抢占篮球架，兄弟球队也互不相让，甚至还会脸红脖子粗地争吵一番。——哪有不想当将军的士兵呢？

灯光球场更是深卧戈壁腹地的三线工厂单调生活的调味剂。

在那片暗淡了星光的球场上，恰同学少年，意气风发，那些赛场风云、工友情谊，那些秋波流转、情愫暗生……时刻都在上演。

灯光球场，见证了一代人的青春年华。

历史车轮滚动到21世纪，建设于20世纪60年代的三线工厂已在岁月长河中浮沉半个世纪，来自四面八方的数千青年默默老去。而今，灯光球场早已废弃，篮球架锈迹斑驳，看台罅隙中荒草萋萋，豁口的围墙上狗尾巴草随风飘摇……

然而，作为三线工厂的地标建筑，无论它在与不在，都永恒地珍藏在三线人的心里。

"我们厂也有灯光球场。"是的，只消一句话，三线人便红了眼眶，迅速相认……

当年球打得好的职工篮球运动员就像NBA球星一样受人追捧。1989年我们上厂里技工学校时，尚是半大的姑娘小伙子。开学不久，就有几个个头高、身体壮的男生被选拔到校篮球队。听高年级校友说，这是学校惯例，为厂里培养篮球健将，将来要走向灯光球场。

从那时起，灯光球场就是我们心中的一片"圣地"，它和学校虽然只隔二里路，但仍是校篮球队员难以企及的"远方"。

平时一放学，男生在学校操场打球，我们女生就围过去当啦啦队员。每天面对那些再也熟悉不过的老面孔，时间一长就乏味了，我们坐在操场上东瞅瞅西望望，宁愿和一只低飞的麻雀对视，与一对翩跹的蝴蝶会意，也不看他们打球，连"加油"都懒得喊了。

我们的热情转向不远处的灯光球场。

这天一到校，班里的"小广播"彭亮就嚷嚷着今晚灯光球场有比赛——厂里的两支强队总决赛。

“那得有多精彩，说啥也不能错过！”

“队长（校篮球队队长）训咱们，咋办？”

“要挨训就一起挨吧。”

“说不定队长也去看球赛呢。”

…………

同学们你一言我一语，教室里很快炸开了锅。

我们在学校食堂边吃晚饭边着急地朝球场张望。

“灯亮了，快，要开赛了！”等我们撂下饭碗锐声叫喊着跑过来时，比赛哨子已吹响。水泥看台上坐满了人，眼睛都齐刷刷追随球员，有的双手合在一块随时准备鼓掌，有的张嘴看痴了，有的死死搂住挣扎着要扑向球场的孩子……瞅半天没有空位，我们索性爬上墙头。

果然是全厂瞩目的两支球队——焰火队对决银海队。两支球队的比拼，往往是双方核心球员的交锋。焰火队主力郭力和银海队主力常刚都是我们技校前几届的学兄，他们的大名在校园广为传诵，今晚终于能一睹球星风采，我们屏住呼吸，一眼不眨地盯住他们，不放过一个绝妙瞬间。

这些素日亲密无间的工友，一上场俨然成为对手，在球场上运球奔跑、你争我抢……骑在墙头的校队种子选手魏青阳抻长脖子，一会儿盯着郭力，一会儿又将目光移向常刚。

郭力在篮板前时而飞身投篮，时而三步扣篮，动作干净利落，收放自如。常刚也不示弱，一个突破上篮，又一个背身单打，每次扣篮成功，他总会挥舞着拳头，仰天一声长啸。

正看得津津有味，“咣”的一声，只见郭力跃身一跳，出手的篮球画出一道优美弧线，三分命中，“太盖了，郭力！”经典一刻，在球迷们疯狂的叫好声中，郭力沉着地垂首转身，接着拼杀。驰骋在球场上的他，身姿劲拔潇洒，气势凌云，一回首一侧望，转身投足间极尽球星范儿……此刻，时间凝固了，我如中魔怔，心魂悄然被夺走，直到球迷们的呐喊声再次响起，才回过神来。

势均力敌的两个球队打得异常焦灼，半小时过去，记分牌上的比分为75：75。第四节开赛首攻，郭力一个箭步封住常刚的突破路线，常刚出其不意一个背身侧投，球入篮筐。此时，郭力没有气馁，他在三分线接球后迅即出手，一个立定远投，篮球精准入筐，98：98，比分再次拉平，球场上唏嘘声此起彼伏。校队主力刘家伟瞪大眼睛，一动不动，完全惊呆了。

比赛已到生死关头。最后三秒，面对常刚和队友的包夹防守，郭力分头一甩，在三分线外迅即后仰跳投，"唰"的一声，篮球空心入筐，焰火队101：98战胜银海队，比赛结束的哨声随之响起，全场球迷沸腾了。"太棒了，郭力！"队友们拥上来猛拍他坚实的

← 20世纪90年代，青铜峡铝厂在灯光球场举办职工篮球比赛

肩膀。已痴醉的魏青阳和刘家伟这才大梦初醒，跳下墙头，冲向偶像……

厂里最瞩目球星的光环闪耀在郭力头上，球场的灯光都暗了下去。

"对峙到底，三分之差输给焰火队，没什么好丢脸的。"球迷们安慰着银海队。

英雄之间总是惺惺相惜。郭力向常刚走去，与对手双拳相击后，又来一个大大的拥抱。

球场上掌声排山倒海，经久不息。

簇拥在偶像身边，魏青阳和刘家伟激动得泪光闪闪。

一场惊心动魄的篮球对决赛落下帷幕，球迷们仍坐在看台上啧啧回味着……

夜风阵阵袭来，大家目送球员们离场，才恋恋不舍地起身散去。

那时，叱咤赛场的球员家人，也被厂里人歆羡着，处处受到礼遇。

学校操场上的绿茵在戈壁劲风中起伏着，绿了黄，黄了又绿，三年时光如水流过。1992年毕业分配，篮球健儿魏青阳、刘家伟成了香饽饽，几个车间抢着要。最终，他们奔着自己的偶像分别选择了焰火队所在的电解一车间和银海队所在的铸造一车间。跟上学时一样，进厂上班后，我们业余最大的乐趣仍是到灯光球场看球赛。但时间久了，就不单是看比赛，看台上那些不时传出的窃窃私语也吸引着我。

"郭力喜欢的那姑娘就是人家同级的技校生，校花，水灵灵的，也是高挑个儿。"

"怪不得咱给介绍几个，有一个还是副厂长家的闺女，又俊又大方，人家都不见。"

"瞅上郭力的人家多了去了。也不知那校花哪来那么好的福分。"

我轻轻环顾周围，那些大婶大姐嗑着瓜子，正小声嘀咕着。

还有一回去得早，我抢到了看台中央的好位子。开赛哨声一响，焰火队魏青阳就疾速运球到中线把球传给郭力。接球后，郭力深入三秒区腾身跃起单手劈扣，眼看扣篮入网，侧面横过一只大手，篮球瞬间被击飞。

横过这只大手的正是银海队主力常刚。

"啧啧，常刚这球技还了得，眼看要压过郭力了。"我惊叹着，捂住腔子，半天才摁住过快的心跳。此时，暮色渐沉，晚风送来阵阵清凉，我惬意地拂了一下头发，环顾左右，发现总有人频频向我这边看过来。我有点儿羞赧，连忙端坐起来，让自己看起来更像个淑女。听班组的师傅们说，有些人来球场是专给厂里的小伙子瞅对象的。但很快，我感觉不对劲，那些目光只是从我身上蜻蜓点水一掠而过，很快停留在我周围的人身上。失落之余，我悄悄地打量起同坐看台中央的那些人。

"他婶，您培养了个好儿子哟，看郭力多攒劲！"

"要听话，好好儿学本事，长大像你郭力哥哥那样，到哪儿都吃香。"

"俺们家伟能跟着常刚打球，那是他的福气。师傅领进门，修行在个人。往后他小子可得下苦功练球哩。"

原来这是球星的亲友团，聚集过来的是球迷们歆羡的目光。我暗笑自己自作多情。

不光在球场，素日在厂里，郭力和常刚的家人也处处受人抬举，买肉不用排队，"来，郭大叔，您先来！"排在前面的会主动让出来，此时，卖肉的师傅就把最好的精瘦肉割给他们，装袋时还会再切一块加进去，"郭大哥，吃好您再来！"。

扯布料也总有认识、不认识的人帮着参谋，"他姨，您是给自个做衣裳还是给常刚爸爸做？要是您自个穿，这块紫色柔姿纱再好不过了；常刚爸爸穿，那就这块白色的确良。"

"对对对，这都是最时兴的好料子。"

"看您还给咱们的大球星常刚选一块不？那可是个端端正正的高个帅小伙，穿啥啥好看。"

自打记事起，灯光球场就坐落在那里，它离厂区近，离家属院也不远。

小时候，我们几个要好的厂子弟，总是趁大人上班的当儿溜出来四处疯玩。累了，就朝着厂外绵延起伏的戈壁发呆，思慕着能跑到那里揪几朵马兰花，或爬上蜿蜒的明长城瞧瞧城墙那边的世界，当然最好是能登上那座烽火台探个究竟——但谁也没有那个胆量。爬到单身楼院墙外的山顶上眼巴巴望一会儿，就有小伙伴提议："走，咱们还是到灯光球场耍去……"

无论冬夏，总有人在球场消闲。那些大妈大婶三三两两地散布在看台上织毛衣，几个大叔围在球场一角下象棋，我们就沿着围墙爬上爬下嬉笑玩闹。爬够了墙头，又一哄而上占领篮球架，我们吊在球架斜杠上荡秋千、绕着球架奔跑遛圈。有个小伙伴正攀援斜杠企图够篮网，忽地传来劝阻声："快下来哇我的小祖宗，小心摔着哦！"愣怔间，大婶已撂下手中的毛线活儿跑过来张开怀抱，

"快，大婶接你下来，小心点儿！"大婶把小伙伴从斜杠上抱下来，叮咛半天，才放心走开。

灯光球场是三线子弟的乐园，是工人劳动之余的盼头，更是厂里人心灵的窗口。

红彤彤的落日向西缓缓坠落。下班了，厂大门敞开，黑压压的自行车如放闸的洪水般涌泄出来，然后分成数条支流，流向单身楼、家属院。而就在走出门庭散开的一刻，所有目光都不忘朝厂大门斜对面的灯光球场望上一眼——赶紧回家吃完饭到球场上歇脚。

漫天的红霞淡褪了，黄昏从西边涌过来。夜色中，吃饱肚子的厂里人三五成群，有说有笑，向球场走来。此时，沥青路上的灯光亮了，球场西侧的杨树林披上橙红的轻纱，球场以北一片正值韶华的家属楼大大小小的窗户也渐次亮起灯火，球场环绕在或明或暗的灯光中，朦胧而温馨。

来到球场，大家扎堆坐下来，腿脚的每个关节都松开螺丝，卸下劳碌一天的疲惫。晚风拂过，球场围墙边一圈葱茏的槐树送来缕缕清香。此刻，男人燃起烟，女人嗑着瓜子，你一言我一语，熟络地唠起来：神舟一号飞船在酒泉发射成功、咱厂原铝锭在伦敦金属交易所核准注册、电影院正上映《霸王别姬》……谁谁家的儿子娶了谁谁家的女儿、谁谁家新买了一套家庭影院、谁谁家的孩子考上名牌大学……大到天地宇宙，小到芝麻绿豆，什么事都是从灯光球场传开的。

跟所有三线重工业基地一样，青铜峡铝厂也是男多女少，男职工的婚事就成了老厂长的一块心病。

"厂长，不打比赛时，球场闲着也是闲着，碰上周末，咱们不如支起乐队办舞会，把咱厂邻近单位的姑娘们请来，大伙儿联谊联谊，促成一对是一对。"厂工会吴干事支了一招。

"好，好主意，快抓紧办！"老厂长哈哈一笑，一拍桌子敲定了。

"联谊完，记着安排厂里的大轿子车把姑娘们顺顺当当送回家。"吴干事出了门，老厂长又追出来叮嘱一句。

自此，周末和节假日成了小伙子们的念想、大姑娘们的心事。

最后一抹斜阳还恋在天边，灯光球场的乐队已奏响激越的青春舞曲。盼了许久，早已急不可耐的小伙子们，理了最流行的发型，戴着墨镜，骑上摩托威风凛凛地赶来了。不大工夫，球场围墙后面的空地已停满红色、黑色、咖啡色的摩托。到了球场，要是恰巧有可人的姑娘站在那里，小伙子准会一侧身，潇洒地踩出一个漂亮的刹车，引得姑娘频频回首。

一曲深情的中四舞曲《真的好想你》奏响，舞会开场。劳动一周的小伙子们换掉劳动布工作服，穿上衬衣、喇叭裤，踩着咔嗒咔嗒的尖头皮鞋，摇身一变成绅士，鞠九十度的躬，伸出手，彬彬有礼地邀请心仪的姑娘步入舞池。揽腰搭背，轻踏慢踩，火辣的目光，羞赧的笑容……舞池弥漫着的诱人的青春气息，浓得化不开。一对对俊男靓女沉醉在浪漫的旋律中，周围的世界消失了……

一颗颗爱情的种子在灯光球场悄悄地种下。

不几年，单身宿舍空出一间又一间，家属院新住进一户又一户，一对对新人和和美美地过起小日子。老厂长看在眼里，喜在心上。

和所有三线子弟一样，日复一日，我们在雄壮的国歌声中迎来朝阳，在忙活一天的充实中送走黄昏。封闭的环境，差别不大的工资，亲切熟稔的面孔……单纯明亮的日子里，在灯光球场打球、看球，成了大伙儿宁静生活里一朵闪亮的浪花。

如水的时光总是流逝得飞快。

一晃，二十年。

转战车间球队、兄弟厂队、厂队与属地球队之间，迎战"铝业杯""劳动杯""团结杯"……郭力、常刚、魏青阳、刘家伟这一群昔日半大的小伙子，转眼已两鬓染霜，年华不再。

2010年五一劳动节前夕，郭力领衔厂代表队比拼市代表队告捷，他亦斩获篮球比赛生涯中第十座总冠军奖杯。就在厂子弟学校同学们手捧鲜花，夹道迎接冠军队载誉归来不久，郭力决定退役："打了小半辈子，该退下来带新队员了，咱厂篮球种子选手越来越缺。"郭力眼里满含不舍，亦蓄满深深的忧虑。

虽说郭力已四十，但凭他的体能，再打几届没有一点问题。前些日子他说要退役，大伙儿就那么随便一听，不承想他真的要退。

秋深了，灯光球场围墙边的槐树叶子簌簌落下。常刚蹲在球架旁，二十年来的赛事点滴，那些搏杀、呐喊、欢笑、泪水……镜头般在脑际回放。一转眼郭力就要退了。寂寞如寒风一样阵阵袭来，常刚点了支烟，丝丝缕缕的烟圈和着叹息，淹没了他硬朗的脸庞。

天色暗下来，风冷了，纷飞的落叶失魂落魄地在身边游荡。没有对手的球赛，那还叫球赛吗？伯牙摔琴的典故久久地盘桓在心头。常刚最终也决心退役。

郭力和常刚两大主力的相继退役，标志着厂篮球队一个时代的终结，也意味着灯光球场二十载流金岁月已逝去。

时代变革的脚步从未停歇，往昔嘹亮的劳动号子仍萦绕在耳畔，转瞬三线建设已成远去的背影。

2012年，我国电解铝产能由20世纪70年代末的36万吨飙升到2700万吨，连续十一年位居世界第一，产能过剩35%，行业亏损93%。

一艘铝业航母、一座万人大厂很快分崩离析，厂里人的心碎成千瓣……

工厂沉寂了。曾经上下班海洋般涌动的自行车大潮，而今稀落得如同老者的胡须。

郭力和常刚退役后，变身厂里两支球队主教练，带着队员们一打又是五年。他们原本零星变白的头发，如今白了大半。

时光已漂走我们的青春和容颜。

闲来，不管有没有人打球，郭力和常刚都会不约而同地到灯光球场待着。这里更像是家。

"隔三岔五就有球员离队，厂里七八支球队连着解散。就算过节，也很难再组织起一场像样的球赛。"郭力抱着一只篮球站在空荡荡的球场上，望着锈迹斑斑的球架，对正在拔除球架底座周围杂草的常刚叹喟道。

"可不，眼瞅着咱们这球场就要撂荒了，单凭咱俩半拉老头子也奈何不了。"

球场上空飘荡着厂里两位篮坛老将的叹息声。

起风了。半个世纪过去，戈壁山风吹老了三线人的岁月，吹老了灯光球场，吹老了当年的球星，此时，它依旧不依不饶地吹。

夕阳向戈壁西边沉去。薄暮中，郭力和常刚默默地走出球场。他们微驼的背，有着与身后的老槐树一样的轮廓……

曾几何时，国家工人总有一种产业报国的情怀，来去一身劳动布工作服，张口闭口国家大事，逢人总是我们厂怎么怎么。不论走到哪里，都难以掩饰骨子里的那股优越感。如今，我们听到更多的是，哪个生产线拉闸了，哪个车间关停了，谁谁去世了……三线人逐渐被淹没在工业历史长河中。

晚秋时节，戈壁的冷风漫过来，球场围墙四周苍郁的老槐枝条颤抖，黄叶片片零落。球场北边年过半百的家属楼残破颓圮，每一块砖缝里都流露着深深的落寞。球场沉寂在岁月深处，阳光流泻在锈蚀的球架上，斑驳而迷离，仿佛一幅古画。每回经过，我都会黯然伫立，无言地感伤。我已找不到青春的踪迹。

曾经见证工业文明进程，承载产业工人集体主义情怀的灯光球场，作为工业遗产，静静地沉睡在那里，寂然地守望着老工厂的前世今生。

而今，灯光球场已升格为一种工业文化符号，收藏着一个时代的记忆。

它时常化作激烈的掌声、疯狂的欢呼、飘扬的队旗，萦回在我如烟的梦里。

一七　厂长

在这里，我要写的厂长不是青铜峡铝厂建厂初期的老厂长，是21世纪初青铜峡铝厂变革时期上任的新厂长。他就是在铝厂濒临破产的紧要关头，临危受命的厂长黄河。

2004年上任后，黄河以战略家的犀利眼光和饱满的工作热情，率领青铜峡铝厂广大干部员工发扬"求实、创新、团结、图强"的企业精神，迎难而上，负重拼搏，走出国门积极融资，引进人才，攻克技术难关，先后完成了120千安、150千安电解铝系列的技术改造和350千安电解铝系列的续建，形成了58万吨电解铝和28万吨阳极碳素的生产能力，跨越式发展攀上了国有大型电解铝企业的高峰，在青铜峡铝业史上树立了一座瞩目的里程碑，向世界充分展示了一个中国企业家和他带领的中国工人，在当代国际市场经济大潮中劈波斩浪的宏大气魄和逆境中奋勇拼搏的高贵品质。

1963年，黄河出生于宁夏中卫黄河岸边的一个土地肥沃、风光秀丽的村庄。父母都是教师，黄河是长子。他的出生，带给全家人莫大的喜悦。慈祥的外公更是喜出望外，他望着村前长流不息的黄河，思绪万千，心有所动，希望外孙长大后拥有黄河一样的襟怀、黄河一样的精神、黄河一样波澜壮阔的人生。于是，他给外孙取名为"黄河"。

"天下黄河富宁夏，宁夏黄河富中卫。"宁夏中卫得黄河之利，蕴山川之秀，物华天宝，人杰地灵，是历代兵家必争之地。自秦汉以来，人类便在这片富饶的土地上繁衍生息，黄河文化在此地源远流长。深厚的历史文化底蕴，给生活在这片土地上的人民濡染了浓厚的文化气息，造就了他们勤劳、勇敢、淳朴、智慧的禀赋。崇尚文化，尊重知识，耕读为本，与人为善，成为他们世代传承的人文情怀。黄河的父母便是生活在这片土地上的两位从事教育工作的普通知识分子，家里不大的空间摆满了各种书籍。除了工作和必要的劳动，父母总是各自在书桌上阅读、备课。黄河从小便在父母的书堆间穿行。浓郁的书卷气息和传统的人文精神，潜移默化地丰富着他的精神世界，在他的心灵深处打上了不可磨灭的烙印。

家庭里，对黄河影响更大的是母亲。作为一名教师，像大多数教学工作者一样，母亲把大量的精力和时间都花费在了学生身上。她是一位严师，又是一位慈母。在学习上，她对学生严格要求；在生活上，她对学生充满了爱心。母亲是一位优秀的教师，更是一位淳朴善良、富于同情心的女性。在灾荒年代，她经常竭尽所能帮助一些家庭困难的学生渡过难关。母亲的言传身教，赋予了黄河正直、善良、仁爱的可贵品质。

黄河的家庭除了具有浓郁的文化氛围外，还充满了温暖和爱。黄河是长子，他有一个弟弟、一个妹妹。黄河的父母对孩子们没有太多的禁忌和约束，给予孩子们更多的是关心和爱护，让他们自由地成长。在这种爱的氛围中愉快地成长，形成了黄河宽厚、随和而又自信的性格。

对于一个事业的成功者，人们总是想从他的经历中追溯到一些非凡的特质，以证明他的与众不同。而事实上，走近黄河的人都知道，他和其他普通家庭的孩子一样，在特定的年代里和大家一样过着清苦的生活。那时候，中国乡村的农家一般都比较贫困，经常吃不饱饭，还要忍着饥饿上学、劳动。黄河是家里的长子，十岁时就帮助父母分担生活的重担。放学后，他经常随大人到田野里劳动，插秧、锄草、割麦、挖土豆，他样样在行。贫苦的生活磨炼了黄河的意志，培育了他吃苦耐劳、坚忍不拔的品格。

十五岁那年，黄河在中卫东园中学高中毕业。国家高考制度刚刚恢复，他考取了浙江冶金经济专科学校，攻读财务管理专业。一个涉世未深的少年告别亲人，到千里之外的异地求学是不容易的。他把父亲的教诲和母亲的叮咛牢记在心头。上学期间，他几乎把所有能利用的时间都利用在了读书学习上。在曾经上演过一幕幕可歌可泣的历史活剧的古越大地上，黄河报效祖国、服务人民的信念油然而生。思想的丰富和心灵的充实，使他对生命的意义有了清醒的认识和省察。三年的求学生涯，造就了他乐观、自信和永不言败的人生品质。

1981年，黄河以优异的成绩完成学业回到宁夏，被分配到青铜峡铝厂工作。厂里的老工人至今还记得那个朴素而勤奋的小伙子，在普通的岗位上兢兢业业一干就是十几年。在这期间，黄河边干边学，在实践中掌握了大量的业务知识，积累了丰富的财务工作经验。1993年被提拔为财务处会计科副科长时，他已经成为一名业务熟练、精于管理的财务工作者。同年，黄河参加了全区会计师资格考试，考生上万人，只有三十六人上榜，黄河名列其中。1994年，黄河参加全国注册会计师考试，在全区两千多人中拔得头筹。而这批考生中只有两人拿到了注册会计师资格证书。黄河当时三十岁，风华正茂，许多拥有会计师和注册会计师资格证书的人，纷纷去北京、上海、广东等发达地区另谋高就，而黄河却留了下来。他无法割舍对家乡的眷恋，更难以割舍对培育了他十多年的青铜峡铝厂的挚爱。在当时，一个考取了注册会计师的年轻人，继续留在原单位工作，很多人是无法理解的。然而，黄河没有去想这些，他以努力工作回报工厂的赤子情怀，尽心尽力，尽职尽责，把自己的才能最大限度地发挥出来。

走上中层管理岗位后，黄河更忙了。随着企业的不断发展壮大，财务工作千头万绪。为了加强财务管理，他时常加班加点，伏案工作，每一个数据，他都认真核实，仔细校对。在长期的埋头钻研中，他患了颈椎骨质增生，一坐下来就疼痛难忍。在做好日常工作的同时，黄河利用业余时间坚持理论联系实际，针对企业财务管理中的难点和要点，进行深入研究。几年时间，他在工作之余撰写了十余篇有关财务管理的论文和见解的文章，其中两篇论文获奖，使财务部门在企业改革与发展中充分发挥智囊作用。黄河先后担任青铜峡铝厂财务处会计科副科长、副处长、处长、副总会计师、总会计师、副厂长、厂长。

1999年担任工厂总会计师后，黄河充分发挥他在财务管理方面的专业优势，通过调查研究，向当时的厂长提出了"财务集中管理"的改革措施。实行企业各子公司会计委派制，对其财务开支划定权限，规定超过一定的金额报由总厂审批裁定，改变了以往各子公司财务开支不够合理的局面。为此，黄河实行财务例会制，使财务工作做到透明、公正、合理，控制了风险，防范了暗箱操作，杜绝资金流失现象。与此同时，黄河协助厂长积极推行财务预算管理和目标利润管理，做到层层有责任、人人有任务，避免了以往目标利润管理的弊端。2001年，黄河在销售经营管理上，实行"先款后货"的改革措施，对于客户采取可让利，但必须保证货款安全，坚持先收款、后取货的原则，以杜绝货款丢失。这一系列改革措施的实行，规范了市场交易，有效地强化了企业的财务管理。1998年以来，铝厂收回货款达数百亿元，未丢失一分货款。2004年，黄河升任铝厂厂长。从普通职工到国有大厂的掌门人，二十多年时间里，黄河以大河东流般的意志和信念，实践着他在青少年时代树立报效祖国、服务人民的人生信念。

在任何严峻的挑战面前，一座工厂或者一项事业的命运及其成败，与决策者的信心、运气、战略眼光和科学决策息息相关。2004年夏天，国内外市场竞争的风浪波及宁夏。青铜峡铝厂面临着历史上前所未有的严峻考验：受国际经济形势的影响，国家对电解铝行业进行宏观调控。原材料市场价格上扬，每吨氧化铝价格攀升至五千元。相反，电解铝产品市场价格却持续低迷，每吨铝价格一直在一万七千元左右徘徊。在这种情况下生产，工厂每天亏损一百多万元。不仅如此，先后建设于20世纪60年代和80年代，曾为青铝创造了巨额财富，对中国铝工业发展做出巨大贡献，一度成为青铝人的骄傲和自豪的一、二期上插自焙电解铝生产系列已进入暮年。工艺技术落后，环境污染严重，能耗居高不下的态势日趋严重，国家明令2005年内必须关停。毫无回旋余地的国家政策性指令，使工厂的生死存亡进入倒计时。

而设备和工艺技术先进，产能高，真正能产生效益的三期预焙阳极电解铝生产系列与加拿大铝业合资后，造成工厂电解铝产量锐减、主业迅速萎缩的局面。始建于2003年4月，被列为国家第四批国债专项资金项目的350千安大型预焙阳极电解系列建设只完成了三分之一，资金缺口达20亿元。350千安大型预焙阳极电解系列设计27万吨产能，只投产了4.5万吨，技术尚不达标，运行极不稳定，电耗高达19000千瓦时/吨铝以上，远远高于设计电耗13700千瓦时/吨铝。由于成本高过售价，每个月两三千万元的巨额亏损让企业不堪重负，工程建设处于半停滞状态。

一系列面临的危机和难以解决的困难，再加上一些多年来沉积的深层次矛盾，使这个拥有一万多名工人、两万余名家属的企业陷入绝境。工厂的出路在哪里？一个巨大的问号在这座用三代人的汗水浇筑起来的三线电解铝工业基地上空回旋。

危难之际，自治区党委和国资委果断决定，对青铜峡铝厂领导班子进行重大调整。而此时，谁愿意接手这个濒临破产的工厂呢？重如泰山的责任最终落到时任工厂财务副厂长黄河的肩上。当上级领导找黄河谈话时，他说："工厂培养我二十五年，我有责任带领大家背水一战，走出困境。"

黄河是注册会计师，又拥有丰富的财务管理经验，如果他要离开工厂另谋发展，前途不可限量。但是，对工厂改革发展事业的强烈使命感和高度责任感使他留了下来，勇敢地挑起这副重担。2004年7月16日，黄河上任了。他是否能成为成千上万青铝人的"希望之星"？上任当天的表态发言中，黄河说："我将全力以赴，鞠躬尽瘁，带领干部工人，迎难而上，艰苦奋斗，扭转工厂亏损局面，实现国有资产保值增值。"面对奄奄一息的工厂，黄河深切地感到，经济贸易全球化的大趋势不可抗逆。西方打雷，东方闪电。工厂要尊重和顺应市场，但至关重要的是，决策者必须透过国内外市

↑ 时任青铜峡铝业总经理黄河（右四）和他的团队

场的深层次矛盾去把握其内在规律，理性和机智地驾驭市场。

　　黄河上任后第六天，与新一届领导班子一道，对国家产业政策和工厂实际情况进行客观分析，对市场做出准确判断，以高度的战略眼光，果断做出决策：淘汰一、二期落后的自焙槽，将其改造为国内技术比较成熟的120千安和150千安预焙槽。同时对350千安系列全力进行技术攻关，使其达产达标发挥效益，并千方百计融资完成350千安系列建设。

　　2004年8月18日上午，厂区出现了久违的欢声笑语。工厂二期卸料站站台上，彩旗猎猎，锣鼓喧天。在《团结就是力量》的高亢歌声中，黄河庄严宣布："一、二期技改工程正式开工！"顿时，台下掌声雷动，鞭炮齐鸣。广大工人眼睛湿润了，闪烁着希望的泪光。技改工程开工的消息迅速传遍青铜峡铝厂大小角落。一场决定企业命运与事关中国电解铝冶炼格局的重大战役拉开序幕。

　　实施工厂一、二期技术改造工程和续写"350工程"发展战略，面临的最大困难是巨大的资金缺口。在此情况下，如何尽快完成融资计划，就成为一切工作的重中之重和先决条件。

　　只要存有百分之一的希望，就付出百分之百的努力。黄河最初尝试三种融资渠道：首先与购买工厂三期工程的加拿大铝业公司合作，希望用350系列的股权置换方式，通过加铝融资10亿元。待项目建成后，给加拿大铝业公司相应的股权。但加拿大铝业公司不置可否，迟迟不予配合，苦等数月毫无音信。技术改造工程已开工，没有资金寸步难行，工厂没有等待的时间和本钱。接下来他们又尝试与中国铝业公司合作，以加入中铝旗下作为条件，获取中铝的资金支持。由于先前三期项目和加拿大铝业公司合资带来的法律障碍，这条道也最终走进死胡同。最后，黄河只得向自治区党委、政府求援。但由于当时电解铝行业受国家宏观调控政策影响，国有银行不

↑　电解槽扎固

会大量给电解铝项目贷款。宁夏的经济总量和产业政策决定了各金融机构的资金量是有限的，无法解决工厂大量资金缺口的问题。

等，等不来加铝；靠，靠不上中铝；要，要不来政府贷款。当时，黄河和领导班子成员们的心情真的是"欲渡黄河冰塞川，将登太行雪满山"。

山穷水尽之际，黄河并没有退缩。他清醒地认识到，作为一个国有大厂，如果被动地等待外部环境的改善和政府的支持，最终只能被市场无情淘汰。经济全球化是一道绕不过去的门槛。只有通过资本运作，打入国际金融市场，融入国际经济大循环的联动，才能为工厂打开财富之门，开辟一条健康、持续、快速发展的道路。反复权衡之后，黄河把目光瞄准了国际资本市场，决定背水一战，突出重围，谋求新的生存之路。

2004年秋天，黄河满怀对电解铝事业的赤诚和执着，带着全厂工人的企盼和希望，凭着多年市场营销和资本运作的经验，以坚忍不拔的精神和永不言败的人生信念，义无反顾地闯入国际资本市场，开启艰难的融资征程。

黄河率领他的融资团队远涉重洋，进入国际资本市场，开启与多家融资机构的艰难谈判之路。一个月的时间内，他们接触过的银行有十三四家。有一次他们曾经在两天时间内跑了三个城市，和四家银行进行了洽谈。在与每家银行的洽谈过程中，黄河都把工厂的诸多优势、内在潜力、发展规划、经营策略、工厂历年来与银行合作的良好信誉、中国电解铝工业在全球格局中的发展前景等，逐一向银行家们做诚恳而详尽的陈述。口才并不是黄河的强项，但他每一次诚实的演说都吸引那些境外银行家们。对此，随行的融资团队成员们也有些惊奇于他的能说会道。在黄河看来，每一次的演说都是融资成败的关键。重压之下，人进步的速度是惊人的。说归说，但身经百战的境外银行家们差不多可以划入世界上最聪明的人群之列，他们决不会凭着你的三寸不烂之舌就轻而易举地把钱掏出自己的口袋。银行家们关注的是借贷者的各种反映自身企业内在特质的基本资料，要分析企业的潜在成长性、发展规划的合理性和可行性以及企业未来的财务状况、发展前景等。同时，也要看企业领军人物的智慧、胆略、诚信度和资本运作能力。有一次，黄河的一个下属看他多日来实在太累了，就主动请缨，要替他演说，但被银行方礼貌地拒绝了，他们要求演说人非黄河不可。

法国巴黎银行亚太区总裁菲利浦是一个看似刻板、古怪，近于冷酷的英国籍绅士。在这家世界上有名的跨国银行新加坡总部办公大楼，黄河与这位银行家进行了初次谈判。菲利浦面无表情，只是用犀利的目光审视着这位来自中国的企业家。此时的黄河，不卑不亢，平静地阐述自己的市场理念、企业发展规划及竞争优势。当黄河谈起自己对国际电解铝行业市场的看法时，菲利浦显得很激动，他说："我们像崇拜神一样崇拜市场！"黄河微笑着对他说："是的，我们对市场也一样的虔诚。为抵御可能存在的市场风险，我们在产品的销售中，已在境内外期货市场做了保值。"听罢，菲利浦脸上露出难得的笑容，他说："在市场面前，你是一个睿智的人。"接下来，经过多次交流后，一切顺利。法国巴黎银行先后向工厂提供两个批次、共计接近10亿元人民币的贷款。通过此次合作，黄河和菲利浦成了跨国至交，为打通工厂的国际融资渠道奠定了坚实基础。

黄河以他非凡的人格魅力赢得了海外银行家们的信赖，为工厂赢得一笔笔宝贵贷款。随着标准银行1500万美元贷款到账，法国巴

↑ 时任青铜峡铝业总经理黄河（右二）向加拿大驻华大使介绍工厂电解铝生产情况

黎银行4800万美元贷款进来了，紧接着就是中银香港2500万美元，标准银行的第二笔2100万美元和其他一些银行数额不等的贷款也陆续到账。黄河对外资银行能够决定与青铜峡铝厂合作做了几点总结：一是外资银行看到了中国经济发展的势头和潜力，希望找合适的时机进入中国市场，而宏观调控使国有商业银行对电解铝企业银根紧缩，为外资银行提供了难得的切入点和机会。二是这几家外资银行对世界电解铝工业和中国电解铝工业的现状和未来发展了如指掌。境外银行业务品种很多，结构融资、贸易融资、商品融资是其主要业务，因此银行家们对世界经济走势的研究和对石油、钢铁、有色金属等大宗商品市场的研究十分深入，在现货市场和期货市场上都有业务。这使他们对未来电解铝工业尤其是中国电解铝工业的发展充满信心。三是外资银行看准了青铜峡铝厂所在地区的资源、能源等独特优势，核实了青铜峡铝厂多年来的经营和资信情况，看好青铜峡铝厂未来的发展潜力。无论从行业地位还是地区经济地位以及地方政府的支持上，青铜峡铝厂的发展壮大都是值得期待的。

事实证明，各大外资银行所掌握的中国电解铝行业和青铜峡铝厂的资料是很全面的，如果当时黄河的演说为了更能打动外资银行家而夸大其词，结果可能大相径庭。现在看来，黄河当时的陈述不仅仅是演说，更是一场场高难度的考试。令人庆幸的是，黄河和他的融资团队在这场应试中得了高分。

熟悉黄河的人都知道，他是一个很有个性、原则性很强的人。在困境在中寻求支持，在许多人看来，这是有求于人，但深谙国内外资本市场脉络的黄河不这样看。他认为银行发放贷款获取利息，企业通过贷款谋求发展，然后按照贷款合同还本付息，这是一种银行与企业对等的、双赢的关系，不存在谁求于谁的问题，关键在于企业如何以自己的综合潜在势力赢得银行家们的信赖。但合作是讲

↑ 时任青铜峡铝业总经理黄河向美国金属专家格利斯介绍电解铝生产情况

求原则的。在与日本联合银行谈判时，对方的条件非常苛刻。"我们不可能为了贷款什么条件都答应吧？"话不投机，黄河拍桌子走人。尊严是生命中最珍贵的品质，一个人或一个企业，一旦失去尊严，也就失去存在的意义。即使是在危难之际，黄河依然坚守这一原则。

漂洋过海，走出国门融资的这段时期，黄河疲于奔命，心力交瘁，常常整夜睡不着觉。他一次又一次修改完善演说材料，殚精竭虑地拟订融资计划和实施步骤，把青铜峡铝厂独特的区域优势和领导团队的执行能力、企业的科技实力以及在国际市场上的知名度等，精心整理成一份份准备前往世界各大银行的演讲材料。他克服时差，争取时间，连续三十多个小时，不遗余力地"周游列国"，在世界各大银行之间游说、谈判。每一次拖着疲惫的身体回来，他仿佛耗尽了全部气力，很快就昏睡过去。而此时纷至沓来的内外事务，又使他不得不拖着虚弱的身体继续投入工作中。长期以来体力和精力的双重透支，使他身体的免疫能力急遽下降，疾病乘虚而入。短短半年时间里，原本很健壮的黄河瘦了十多斤。一个四十岁出头正值壮年的人，一下子苍老了许多。

初步融资成功后，被青铝人誉为"饭碗工程"和"生命线工程"的一、二期技术改造工程和续建"350工程"的"希望工程"项目建设全面铺开，陷入绝境的工厂重现生机。一时间，光大银行西安分行、深圳招商银行、交通银行深圳分行、建设银行宁夏分行、工商银行宁夏分行、国家开发银行宁夏分行等十九家国内金融机构也陆续赶来。一年多时间里，先后融资34亿元人民币，工厂发展的瓶颈豁然打开，并且打通了工厂今后持续的广阔融资渠道。

2006年，黄河由此左右逢源、内外顺畅，又为工厂成功地在境内外融资12亿元，使工厂在三个系列全面投产、氧化铝新一轮价格上涨开始之际，能够及时归还银行借款，进入良性循环发展轨道。

国际金融市场的成功介入，融资瓶颈的豁然打开，只不过是创造了工厂前进的必备条件。如何将资本有效地转化为产业优势，再把产业优势转化为最佳经济效益，才是事情的关键。要实现这一既定目标，对企业家及其团队的执行能力，是一个严峻的考验。

资金陆续到位后，黄河奔忙的脚步一刻未停。每次拖着疲惫的身躯出差回来，他又马不停蹄赶到技改现场，亲临一线，督战指挥，检查工程建设中的资金使用情况、了解工期和建设质量等情况，及时解决工程建设中的重大问题。黄河的行动如同一面旗帜，把大家凝聚和带动起来。在150千安电解系列技改现场，人们夜以继日、废寝忘食、顽强拼搏，分不清哪是工人，哪是干部，大家一样的装束，一样的热情。在距离限定投产日期的一百六十五天里，大家齐心协力、无私奉献、不计报酬，用青铝人特有的方式书写着

↑ 青铜峡铝业工人吃住在生产技术改造现场

大厂浴火重生的历史篇章。

2005年1月30日，厂区内彩旗飞扬，欢声雷动，鞭炮声响彻云霄。冬日的严寒掩不住全体员工的喜悦与兴奋。150千安电解槽系列正式通电投产了！在庆贺的会场里，大家能清楚地看到，许多人眼里含着喜悦的泪水。参加庆典的自治区领导感慨万千，青铝仅用一百六十五天，就完成了二期由106千安上插槽到150千安大型预焙槽的重大工程改造，其速度堪称国内电解铝行业建设史上的又一奇迹。2005年2月28日，150千安电解厂房里充满着喜庆的气氛，一期技改工程按计划全面投产了。为期一百六十五天的二期技术改造工程奇迹般圆满完成，验证了黄河团队决策的前瞻性和科学性、执行能力的果断性和顽强性。在一、二期技术改造工程如火如荼进行的同时，经过积极争取，被列为国家第四批国债专项资金项目、投资近30亿元的350千安电解系列工程建设，也在有条不紊、紧锣密鼓

↑ 2005年1月30日，150千安预焙电解槽系列投产仪式

地进行着。

开工于2003年4月1日，首批电解槽建成投产于2004年1月12日的350千安电解槽系列工程，是当时国内乃至世界电流最大、系列产量最大、技术最先进的电解铝生产线。其生产工艺技术在国内乃至世界尚处于"初试锋芒"阶段。工厂作为第一个吃螃蟹者，尝尽这种创新槽型的苦头。由于缺乏成熟的生产管理经验和技术指标数据可供借鉴，电解槽电压摆动大、电耗高，生产设备运行不稳定的问题成了继续投产启动后续电解槽的拦路虎。不解决这个技术难题，意味着建设前期所有付出将化为泡影，系列工程建设将宣告失败。黄河上任后，客观地分析了工厂所面临的严峻形势，以过人的胆识和气魄，果断做出加快350千安电解系列工程建设的决策，西为中用，坚决攻克350千安电解系列工程技术难关。

黄河邀请焦作万方电解铝业股份有限公司及贵阳铝镁设计院技术人员前来协助攻关。2004年11月18日，经过一个多月的潜心摸索、精心调试和细心操作，电解槽各项技术指标快速接近或好于设计值，单槽日平均电压保持在4.18伏。350千安电解系列工程技术难题的成功破解，为公司全面完成整系列270台电解槽顺利、平稳生产提供了强有力的信心和保障。这一战果，标志着青铝人成功驯服世界上第一批投产的350千安特大型预焙电解槽这匹"烈马"。后来世人称赞青铝人为运行350千安特大型预焙电解槽的"世界鼻祖"。

攻克350千安特大型预焙电解槽技术难关后，始建于2003年10月的350千安阳极系统也紧张有序地建设着。350千安阳极系统设计年产阳极炭块16万吨，是当时国内产能最大、技术最先进的电解铝阳极生产线。

2004年9月28日，正值中秋佳节。那天上午，煅烧车间里人头

↑ 2005年8月，外方技术人员来青铜峡铝业安装设备

攒动，彩旗飘扬。9时10分，在煅烧系统8号大窑下，隆重的揭彩仪式即将开幕。9时25分，8号大窑一次性点火成功。此时，锣鼓喧天，鞭炮齐鸣——煅烧8号大窑成功点火，标志着350千安系列阳极系统正式启动。随着大窑点火，打通成型、焙烧系统生产线工作也有序展开。2004年11月20日19时45分，高楼部成型系统被成功打通，现场所有人鼓起热烈的掌声。青铝人仅用三天时间，就实现了高楼部制糊成型系统安全平稳试车成功的目标，创下全国乃至世界同行业建设史上的一大奇迹。

黄河不仅是一位高瞻远瞩的企业家，更是一位博学多才、融会贯通的智者。多种优秀品质，熔铸了他高度的组织与统筹能力。从2004年8月18日一、二期技改战役打响，到2005年12月16日120千安、150千安、350千安电解系列和350千安系列阳极系统全面投产的四百八十五个难忘的日日夜夜，黄河率领青铝人，以大河奔流般的意志、百折不挠的精神和克服一切困难的坚定信念，树立起了半个世纪青铜峡铝厂发展史上的一座里程碑——形成电解铝58万吨、碳素制品28万吨的产能，跨越式攀上国有大型电解铝企业高峰，向世界展示了一个中国企业家在当代国际市场经济大潮中劈波斩浪的宏大气魄和逆境中奋勇拼搏的高贵品质。

一项宏大事业的开创，不仅需要坚忍不拔的毅力、超人的智慧，还需要忘我的工作热情和自我牺牲精神。2006年五一长假，黄河在北京上大学的儿子想念父亲，回来看望。一年多没有陪伴过孩子，黄河答应这次一定抽时间陪陪孩子。一天过去了、两天过去了、三天过去了……黄河始终忙得顾不上回家。假期第六天，儿子将要返校，打电话请求父亲回家陪自己吃顿饭，黄河答应了。可是，这天他不得不去银川参加一个重要会议。中午会议一结束，他立刻走出会场驱车赶回家里。然而，孩子已乘火车返校。黄河怔怔地站在尚弥漫着儿子气息的屋子里，禁不住泪眼蒙眬。他的内心深处充满说不出的内疚。

黄河博大的人生格局，来源于他对事业孜孜不倦的追求和对知识永不满足的渴求。从少年时代便形成的读书习惯，一直伴随着他。在常年没日没夜奔波的日子里，候机厅、宾馆里、汽车上都留下他勤奋读书的身影。黄河在哲学、经济、历史、地理、文学等方面的积累和修养，往往令专业人士惊愕不已。良好的文化素养对他的人生信念和价值观的形成，起到了潜移默化的作用。黄河也酷爱艺术。做一名摄影家是黄河至今难以释怀的梦想，可繁忙的工作使他无法全身心地投入到摄影艺术中去。为此，他非常羡慕一位有足够的时间和精力投身于摄影艺术，并取得巨大成就的摄影家朋友。

朋友赠送的很多来自西域、天山、草原的摄影作品，他时常一个人静静地去欣赏、去感受，洗净心灵，体验超越时空、超越生命的宽度和广度。

大规模的技术改造建设完成后，黄河将青铜峡铝厂的工作重点调整到稳定生产和达产达标上来。他充分调动各方面的积极性，一次次组织工程技术人员开展科技交流和技术攻关，使技改后的120千安系列、150千安系列在短期内达产达效，各项指标均达到国内同类槽型领先水平，产量和效益同步提升；通过潜心探索，攻克技术难关，350千安预焙阳极电解槽系列生产也保持了稳定态势，成为工厂经济效益增长的大主力。2006年，工厂规模效益充分显现，全年共生产铝及铝合金产品40.47万吨，分别是2005年和2004年的2.04倍和2.48倍，当年实现利润2.7亿元；累计生产阳极碳块21.88万吨，超设计产能5.88万吨，经营业绩达到历史最高水平。

在工厂电解铝各项生产经营指标节节攀升的同时，黄河坚持拓宽多种经营渠道，积极推进自备电厂和铝深加工项目。2006年3月18日，青铝煤电公司成立。黄河和他的经营团体开始按照煤、电、铝及铝深加工一体化的发展战略，积极推进15万吨铝板带项目建设，使企业生产经营步入持续、健康、协调发展轨道。

在工厂取得辉煌业绩的同时，黄河本人也得到了行业的认可和各种荣誉。"你的一再谦让，并没有动摇组委会维持当选决定的理由。因为，今天的宁夏更需要率军突围的将才。奋战半年建成目前世界上最先进、国内最大的电解铝厂。走南闯北、远涉重洋融资30多亿元投入生产技术改造，使10000多名工人看到绝地逢生的希望。"2006年3月19日，"宁夏2005年度十大经济人物"颁奖盛典在宁夏电视台演播大厅隆重举行。黄河以综合得票第一的绝对优势，当选"宁夏2005年度十大经济人物"。颁奖典礼上，那感人至深的颁奖词至今还回荡在青铝人耳畔。2006年，在北京召开的中国有色金属工业协会第二次会员代表大会上，黄河当选中国有色金属工业协会副会长、中国有色金属工业协会第二届理事会常务理事。2007年6月9日，在中国共产党宁夏回族自治区第十次代表大会举行的第三次全体会议上，黄河当选中国共产党第十七次全国代表大会代表。2008年，黄河被评为宁夏回族自治区劳动模范，并荣获全国五一劳动奖章。2008年6月30日，黄河入选奥运火炬手，并作为奥运火炬吴忠站传递最后一棒火炬手，亲手点燃了圣火盆。这是他个人的荣耀，也是青铜峡铝厂的光荣。当天晚上，黄河将属于他个人的奥运火炬献给青铝，永久陈列在展览室里，让奥运精神激励青铝人一如既往创造新的历史。

在实现了从资本到产业转化的战略步骤之后，如何通过改革，实现企业管理效益、营运效益、行政效益、文化效益的优化和最佳

↑ 2008年6月30日，时任青铜峡铝业总经理的黄河点燃奥运圣火盆

组合，从而实现企业经济效益的全面提升这一根本目标，是对企业家高超领导艺术的综合检验。

打造一个优秀的企业，除了要具备科学的发展战略外，还需要创新管理机制，提高管理水平，完善企业内部激励机制，建立适合现代企业制度的内部干部人事制度、收入分配制度和劳动用工制度。黄河和他的经营班子上任之初，在实施青铝一、二期技术改造工程和续写350千安预焙阳极电解槽系列工程的战略目标的同时，以尊重劳动、尊重人才、尊重创造的人性化管理理念，大刀阔斧地对工厂人事、机构和工资制度进行深层次改革，建立有青铝特色的干部晋升考评体系、岗位绩效工资体系和绩效考核体系。与此同时，就广大工人关心的中小学教育、社会治安、安全生产等问题进行妥善解决。

由于工厂原有的结构工资制度已运行了十多年，存在工资水平低、工资结构不合理、职称已不能体现职工专业水平和实际责任，绩效考核难以支持奖金按劳分配等方面的问题。这些不协调、不平衡状况已不能适应工厂发展战略的新要求。黄河果断做出改革薪酬体系的决策。这一改革本着向关键技术岗位和劳动强度大的岗位倾斜的原则，根据"按劳分配、按贡献分配、按价值分配"的工资分配机制，建立起以岗位重要程度、岗位在公司整体生产经营中的贡献程度和难易程度以及工人个人实际绩效为核心的工资制度，使职工收入得以普遍地、较大幅度地增长，使工厂的改革发展成果惠及每个职工，有效激发了职工工作的积极性和主动性。2006年，新的绩效工资体系全面实施，职工人均年收入增加9600元，激励作用充分显现出来。

"围绕中心抓党建，进入管理起作用"是国有企业党建工作的基本思路。几年来，黄河和他的经营班子始终支持、配合公司的党建工作，充分发挥党组织的政治优势，真正形成了"一心一意谋发展，聚精会神搞建设"的良好局面，为各项工作有效开展提供了坚强的思想、政治和组织保证。2006年，青铜峡铝业被中央组织部和国务院国资委党委授予宁夏唯一的全国国有企业"四好班子"荣誉称号。

随着企业规模的扩大，为进一步提高企业经营管理能力，黄河立足于企业长远发展规划，实施人才战略，深化"以发展吸引人，以事业凝聚人，以工作培养人，以业绩考核人"的用人理念，不拘一格使用人才。通过组织竞选、内部公开竞聘、对外招聘的方式，多渠道、多形式地吸纳人才，将真正有能力、有才干的包括技术工人在内的各层次人员，充实到经营管理、技术管理队伍中，逐步解决了工厂人员结构不合理、人才储备不足和人员结构老化问题。

为了整合资源，提升企业现代化管理水平，黄河根据企业发展，积极推进质量、安全、环境与职业健康"三标一体"认证管理体系；完成供应链及生产指挥系统网络化运行，实现了企业信息化管理；引入全员目标成本管理，充分展示了公司全新的现代化企业形象。同时，投资近2亿元建成10套净化系统，采用干法净化回收技术，使每年氟化物、烟尘及沥青烟排放消减率分别为94.77%、80.91%和64.17%，均达到国家排放标准。青铝地区环境保护发生了质的变化。在2005年国家环保总局首批21家符合环境保护规定的电解铝生产企业名单中，青铜峡铝业榜上有名。

产业链建设事关企业的整体实力和长远发展。青铜峡铝业在形成58万吨产能规模后，确保稳定合理的电力和氧化铝供应，成为企业延伸产业链和可持续发展的战略重点。为此，黄河和他的经营团

↑ 2009年12月，青铜峡铝业改制易帜

队根据国家政策，立足市场战略规划，打造完整产业链，积极推进自备电厂项目、青鑫方圆石墨化工程、通润铝材工程建设，从而夯实了企业发展基础。

加强产、学、研联合，建立以企业为主体、市场为导向、产学研相结合的技术创新体系。企业通过与中南大学、北京矿冶研究总院、北方工业大学、宁夏大学的领导和专家协作，举行以"自主创新，院企合作，支撑发展，面向未来"为主题的青铝首届"产学研"联合研讨会，与企业相关人员就铝电解及相关技术研究、节能减排技术等八个方面进行了深入细致的讨论，将企业具有的新技术工程应用能力和产业化实施能力强的优势，与高等院校、科研院所具有的知识创新和技术研发能力强、国外技术发展跟踪紧密等优势结合起来，建立战略联盟，整合人才、科技等各类资源，加强创新的目的性和针对性，提高创新的效益与效率，为实现青铝与高等院校、科研院所的"三赢"搭建良好的发展合作平台。随着产学研联合的不断深入，企业自主创新能力明显提高。

一个真正的优秀企业家，必须具有永不停息的创新精神。黄河始终坚持把科研、技术改造工作与经营发展紧密结合，立足自主创新，坚定不移地走"科技兴企"之路，大力开展科技攻关和技术创新，使得企业科研攻关、技术改造、科技管理、知识产权等工作都取得了长足进步。在他的带领下，青铜峡铝业先后自主完成国家、自治区重大技术创新项目12项，自主创新、自主研发项目45项，申请专利57项。专利技术、科研成果达到了国内领先、国际先进水平。黄河正是凭着火热的激情与永不停息的创新精神，与他的团队一道，不断进行技术改革和自主创新，推动企业技术的不断升级，创下了青铜峡铝业史上一个又一个崭新纪录。

清晨，站在工厂东部古长城烽燧上，向东望去，雄浑的黄河波澜壮阔，奔流不息。一轮朝阳从东方冉冉升起。在接下来的五年里，黄河带领青铝人继续发扬锲而不舍、艰苦奋斗的精神，充分发挥宁夏地区的资源和能源优势，积极推进煤电铝联营战略，与中国国家电力投资公司、西安迈科国际金属公司联手打造青铝股份宁东异地改造项目，把宁东建成煤、电、铝深加工产业链完整，具有核心竞争力，经济效益良好的大型综合铝冶炼企业，实现了再造一个青铜峡铝厂的理想，在宁夏大地上继续演绎中国电解铝工业的传奇。

而今，三线工业时代已渐行渐远，黄河也已近花甲之年，但我相信，21世纪初他带领工人们在中国工业史册留下的浓墨重彩的一笔，永远不会褪色。

一八 大厂工匠

循着父辈创业的足迹一路走来，不觉间我的血液融入工厂，根也扎在工厂，我大半生的命运都与工厂紧紧连在一起。

20世纪60年代中期祖国三线建设号角吹响，父辈们风餐露宿、肩扛人挑在大西北茫茫戈壁建成这座电解铝工业基地——304厂，与先后所建的301厂、302厂、303厂、305厂、306厂、307厂、501厂，一起构筑了全国瞩目的八大铝厂格局，奠定了我国电解铝工业强国的基础。

20世纪80年代，304厂一期80千安上插自焙阳极电解槽系列各项指标创下全国同类槽型最好水平，所生产的"QTX"牌铝锭商标驰名中外，在电解铝工业发展史上立下显赫功勋。我们这些铝业子弟，接过父辈旗帜，在20世纪90年代续写一期80千安上插自焙阳极电解槽系列辉煌、投入到三大电解槽（二期106千安上插自焙槽、三期200千安预焙槽、四期350千安预焙槽）系列生产建设中，使工厂成为当时世界技术先进、国内单体产能最大的电解铝厂，终成父辈眼里指得住的"铝二代"。

21世纪以来，我国电解铝冶炼技术已雄居世界领先水平。每年我们"铝二代"中都有技术工人被派到中亚、非洲一些国家，为其提供技术援助。他们凭借精湛的技术攻克一个又一个难关，屡次赢得彼国企业"China，OK！"的赞赏。20世纪上半叶，我国的工业是需要外国支援的，经过近一个世纪的发展，如今我们可以支援外国了。"我国的电解铝冶炼技术在当今世界已经走得很远！"我技校同学杨勇不止一次骄傲地说。提起我们"铝二代"，随口就能数出一串响亮的名字：杨勇、孙永浩、杨军、杜彦飞……

然而，历经国企改革的切肤之痛，在三线老工业残暮将尽之际，我们终究没有逃脱被时代搁浅的命运。

工业历史车轮滚动到2012年，电解铝产能由20世纪70年代末的36万吨飙升到2700万吨，翻了75倍，连续十一年居世界第一，电解铝产能过剩35%，行业亏损93%。

触目惊心的数据背后，蕴藏着电解铝行业深重的隐忧。无序扩张引发的产业危机，让电解铝行业哀鸿遍野。

二十年前从父辈手里接过接力棒，我们心里只有工厂。"再难也难不过我们的父辈。"每回遇到困难，杨勇就会用这句话给我们打气，鼓励大伙儿携手渡过难关。二十年后国有企业改制浪潮汹涌而来，重组、分流、转岗……工人阶级主人翁的荣光地位被时代浪潮裹挟着以各种名义一再转身，最终沦为语焉不详的社会底层。更为无奈的是，我们都已走向不惑之年。

昔日"领导一切"的工人老大哥是受人尊敬的，而今，他们已沦为一个需要通过社会呼吁来唤醒人们怜悯心的群体。谁也无力抵挡时代飓风的冲击，我只有在这令人哀伤的群体沉默里，在他们的汗水尚未被风干前，记下他们，在工业历史上留住一星微光。

杨勇是我们青铜峡铝厂1989级技工学校冶炼班的劳动委员，浓眉大眼，四方脸，块头大，嗓门也大，说起话来大声武气的。我们这些在他眼里花拳绣腿的女生，都有点怕他，课间见他过来就躲开了。

1992年技校毕业分配时，我们这些工厂子弟大都恳请父母在厂里托关系分配一个相对轻松的岗位，可杨勇却主动要求到电解生产一线。他说："学电解铝冶炼的，到电解厂房更能发挥自己的作用。"杨勇力气大、能吃苦，他做出这样的决定，完全符合他的硬汉性格，同学们并不感到惊讶。

1992年9月，杨勇技校毕业如愿以偿被分配到电解一分厂一车间。就在这一年，我国电解铝产量由20世纪70年代末的36万吨发展到109万吨，突破100万吨大关，我国电解铝工业开始向世界一流铝业强国迈进。1993年，借市场经济东风之势，厂里的效益如同插入沸水的温度计，一路攀升。工厂成功跻入中国企业一百强。接下来的四年里，效益一年比一年好，厂里到处弥漫着近乎夸张的喜悦，厂大门口、家属院、车间，处处洋溢着笑脸，大家为一年涨两次工资这样前所未有的喜事奔走相告，更为年底丰厚的年终奖笑逐颜开。

在电解厂房，杨勇从一个年轻气盛、不谙世事的学徒工做起，开始逐渐熟悉电解铝冶炼工艺。"那时，我把全部心思都放在电解槽上，脑海里成天就是炉膛、温度、分子比、电流、槽电压这些电解铝冶炼概念，总是琢磨如何提高电流效率、降低吨铝电耗、控制阳极效应系数这些生产技术指标，一天到晚心心念念，人都快魔怔了。"提起刚到电解厂房时的情景，杨勇摸着脑袋说道。

在熊熊燃烧的电解槽前长时间摸索，结合专业所学，杨勇逐步掌握了换极、垒墙、出铝、探摸炉膛等一整套电解铝冶炼工艺，在电解工岗位上干得得心应手。1999年厂里举办工人技术大比武竞赛，杨勇技压群雄，夺得冠军。自此，杨勇在探索电解铝冶炼技术上一发不可收。

↑ 20世纪90年代电解铝冶炼现场

2000年，厂里200千安大型预焙阳极电解槽启动，杨勇因过硬的电解工艺技术和管理才干，被调入电解六车间担任工区长。面对当时最先进且从来没有接触过的大型预焙阳极电解槽及生产工艺，他唯一能做的就是深耕细作，在干中学、在学中干。他从电解槽耐压试验、焙烧启动到正常生产，沉浸式守在电解槽旁，记下每一个参数变化及存在的问题，自己解决不了，查阅资料并虚心向专业技术人员请教。日积月累，200千安预焙电解槽通电焙烧、启动作业和生产管理技术全装在他的脑海里。2002年，由于大家对新引进的200千安预焙阳极电解槽管理经验不足，生产技术条件不过关，出现电压摆和长效应现象，电解槽多项指标开始下滑。对此，杨勇心急如焚，火速自费赴青海铝厂学习取经。他山之石，可以攻玉。回厂后，他很快运用所学知识解决了问题，200千安预焙电解槽恢复稳定生产。杨勇在对电解槽不惜代价的投入和付出中，积累了丰富的生产管理经验。2004年，三十出头的杨勇顺利通过全国首届技师考评，被聘为电解工技师。

无论工厂如何变迁，杨勇从来没有动摇过投身电解铝冶炼事业的初心。2004年6月，200千安预焙电解槽系列被加拿大铝业公司收购后，杨勇认真学习外企的电解槽管理方法，在电解铝生产技术中开展数据分析，实行科学管理。2008年，他管理的工区，电解电流效率全年达到95.26%，创公司200千安预焙电解槽系列历史最高水平，综合交流电单耗、氟化盐单耗、阳极毛耗等指标全部达标。出色的业绩为杨勇赢得了荣誉，他连续两年获得加拿大铝业公司"优秀员工"称号。

2009年4月，200千安预焙电解槽系列重回青铜峡铝业怀抱后，受国内经济下行和世界金融危机影响，职工思想波动大，人员流失严重。对此情况，杨勇找每一位职工谈心，讲工厂困难的暂时性和未来的发展前景，鼓励大家克服困难、树立信心。工人们被工区长的苦口婆心和以身作则打动了，纷纷放弃心中"小我"，树立奉献企业和岗位的"大我"，以饱满的热情投入到工作中。这一年，各项生产指标没有受到影响。年终盘点时，工区电流效率、综合交流电单耗等指标名列电解车间前茅。

2009年6月，杨勇所在电解槽系列部分新启动电解槽出现早期破损现象。他带领大家吃住厂房，日夜跟踪监控焙烧启动全过程。经过几轮监控，排除焙烧启动工艺异常情况，把问题锁定在部分电解槽大修质量不合格上，并及时进行整改，为后续电解槽生产线顺利启动奠定了坚实基础。2009年12月，杨勇被授予宁夏能源铝业"技术标兵"荣誉称号，被选为中电投铝业部督察组成员，到黄河鑫业指导工作。

2010年，杨勇所管理工区主要经济技术指标均优于其他工区。电流效率累计完成94.93%，高于其他电解槽系列平均水平0.18个百分点；吨铝综合交流电耗累计完成13902千瓦时/吨，比其他电解槽系列平均水平低了204千瓦时/吨；吨铝阳极毛耗降低至505千克，低于其他电解槽系列平均水平20千克。

↑ 电解铝换极作业

千淘万漉虽辛苦，吹尽狂沙始到金。从普通电解工到技术精湛的电解铝冶炼专家，杨勇在高温、多粉尘、强磁场的电解厂房"淬炼"了十八年。杨勇坦言："干电解，一定要在生产现场摸爬滚打、千锤百炼，才能对电解槽轻熟驾驭，保证良好的生产效率。"2011年，一串荣誉纷至而来：杨勇先后获得宁夏能源铝业青铜峡铝业股份公司第四届"十佳青年"称号、中国电力投资集团第二届"十大杰出青年"称号以及第一届"中央企业青年五四奖章"。

在杨勇无往不胜，迎来事业高光时刻的2001年，我国电解铝产能达433万吨，跃居世界第一。到2002年，电解铝企业猛增到138

家，产能上升至546万吨。电解铝产能如同驶离跑道的飞机，一路飙升，产能过剩成为必然。2004年，国家调整产业政策，严格环境治理制度，电解铝冶炼首次被确定为限制性发展行业。先后建设于20世纪60年代、80年代，曾为厂里创造巨额财富、赢得广泛声誉，为我国电解铝工业发展做出杰出贡献的一期80千安、二期106千安上插自焙阳极电解槽系列已进入暮年，工艺技术落后，环境污染严重，能耗居高不下，国家明令2005年内必须关停。为此，厂里自行融资30亿元，将一期80千安、二期106千安上插自焙电解槽分别改造为120千安、150千安预焙电解槽，让濒临关停的老电解系列起死回生。然而，投入巨额资金、寄予厂里人热切期望的120千安、150千安预焙电解槽系列投产后，产能增加了，铝锭质量上去了，但铝业行情却仿佛入冬的天气，一天冷似一天。厂里效益滑坡，奖金停发，工资下降，招收一批电解工，刚干熟练，就有大半嫌挣钱少，跑了。但电解工队伍的不稳定，丝毫没有削弱杨勇对电解铝冶炼事业的热忱、没有动摇他对电解铝行情回暖的信念。

二十多年的电解铝冶炼生涯告诉杨勇：挺住，一切皆有可能。

"同杨勇一起进电解的几十号人，后来调离的调离、转岗的转岗，剩下的没几个。不靠腔子里一股子热血，是熬不出来的。"电解维修工周志刚说。

"只要一上班，他就爬高上低，一刻不闲，厂房每个角落都能看到他忙碌的身影。有这样的工区长带着干，谁还好意思偷懒？"提起杨勇，曾经80千安老电解系列的天车工刘青钦佩不已。

"杨勇每天最早一个到岗，最后一个下班。那些年，没有休过一天假。家里的事情都撂给媳妇了。"磅秤房的周丽英说。

"记得有段时间，一些物料质量不达标，一台电解槽出现温度偏高、噪声增大、滚铝问题。电解槽'病了'，杨勇急得吃不下饭、睡不着觉。他守在'病槽'旁，紧盯各项技术参数，稍有变化，马上调整。精心照料三天三夜，槽子热平衡稳定了，'病槽'痊愈，恢复运行，杨勇却虚脱了。"一忆起这件事，曾经80千安老电解系列维修工张晓刚就说，"槽子康复了，杨勇病倒了。"

　　2015年，在电解铝冶炼行业面临困难的境况下，杨勇沉下身，想方设法降本增效。他充分运用质量管理工具对制约原铝液品级率提高的原因进行分析，制定相应的对策并实施。对策实施后，他所管理的工区原铝液铁含量由实施前的0.121%下降到0.093%，Al99.85及以上品级率由40.12%提升至79.4%，提高了39.25个百分点。同年，为了改善生产车间烟气净化情况，杨勇又带头参与到电解槽密封管理工作中，他与他的团队通过现场勘察以及技术分析，创新提出电解槽U型密封方案，减少烟气外泄，改善了电解车间的烟气状况，同时也凭此方案为200千安电解车间赢得厂年度创新大奖。他个人由于在年度工作中的优秀表现获得"2015年宁夏能源铝业先进工作者"荣誉称号。

　　2016年，厂里为提高市场竞争力，倡导生产精品铝。杨勇率先在自己所管辖的工区挑选出10台试验槽开展Al99.90生产实验。他和车间技术人员通过多次技术探讨，从阳极质量、覆盖料结构、工艺条件等方面分析影响Al99.90生产的因素，并制定了相应的对策方案予以实施，将试验槽原铝铁含量已从之前的0.076%下降到0.061%。接下来，他将和他的同事细化操作，对标管理，继续为电解槽的稳定生产而努力奋斗……

　　杨勇在电解厂房三十年的人生奋斗路，也是工厂三十年跌宕起伏的发展变革史。

作为一个三线二代，杨勇赤胆忠心，矢志不移，用三十年时光兑现了当初的诺言。他坚守在火热的电解铝厂房里，在减少停槽滞留铝、处理电解槽电压摆、降低电解槽阳极效应系数、解决电解槽阳极长包、降低吨铝直流电耗、提高原铝液品位、电解槽启动、延长电解槽寿命、电解工培训等方面贡献自己的血汗和才智，积累了丰富的经验，成为一位名副其实的"大厂工匠"。

中国工业浪潮奔流不息。杨勇在银色铝海里以赤子之心诠释着电解人的工匠精神，他的名字会镌刻在青铜峡铝业发展的丰碑上。

一九 一再转身

惦念已久，想去宁东煤田红墩子矿区看望张兴东他们。2017年10月的一个周末我动身了。

早在2008年12月26日与中国电力投资集团重组后，厂里就走上煤电铝产业一体化发展道路。2013年开春红墩子项目定下来，厂里陆续有人报名加入矿区基础设施建设队伍。

2014年10月，厂里80千安老电解槽系列关停，张兴东他们待岗的一百余人都去了矿区。

红墩子煤矿（面积约172平方公里，共有4个井田和2个勘查区，煤炭资源总量15亿吨，规划每年产煤900万吨）地处宁夏东部戈壁，毗邻滨河，与省会银川市接壤，离厂里一百余公里，四周光秃秃一片荒滩，冬天西北风呼呼地刮着，跟五十年前厂里初建时差不多，去了就得住宿舍、吃食堂。老职工年龄大了，舍不下工厂；年轻人嫌荒凉，也不愿去。我们这一拨四十上下的就成了主力。

临近矿区，我给张兴东打电话。他说井上井下的设施设备都已安装到位，开采证办下来就开矿挖煤，最近正忙着平整矿区外围。

通往矿区的沥青路两边，穿橙色矿工服的矿工散布在煤矿大门

↑ 红墩子煤矿

外拔草。看见我来了，张兴东抱着个大西瓜迎上来，后面跟着三个
也一人抱一个西瓜。

"来，老同学，吃瓜。上午有车路过市区拉的，压砂西瓜，甜
得很！"几年不见，张兴东额头长了皱纹、鬓角生了白发，但性情
没变，还是那么豪爽。

"太好了，我正渴得慌！"蹲在沥青路边吃瓜的当儿，围过
来一群人，回头一看，嗬，全是技校校友，陆建军、周洋、张志
涛……大伙儿边吃瓜边说起当年上实习课，在钳工房锉出的那些又
粗又笨的小榔头，有的简直就是一块四不像的铁疙瘩，把实习老师
气得哭笑不得。在钳工房笨手笨脚做工件的青涩模样仿佛就在昨
天，转眼我们已是干了二十余年的老工人了。"一晃，咱们的子女
都能接班了。"张兴东摇头笑着。

进入煤矿不久，张兴东被任命为一矿区工区长，他欣然挑下
担子，攒足劲带领大伙儿要在矿上干出个名堂来，就像当初在80千
安老电解厂房那样。他邀请经验丰富的老矿工手把手给新矿工传授

安全生产技能；带领矿工下井清理工作面，扫清障碍；组织篮球比赛，让大家强健体魄，增进友谊……

吃完西瓜，跟随张兴东进了矿区，我好奇地望着一座座高矗的煤塔、一排排崭新的宿舍楼，不禁惊叹：这可比咱们老厂阔气多了！张兴东憧憬煤矿投产后的光明前景：

"煤矿一投产，咱这定是井口人上人下，煤屑路车来车往，到处机声隆隆、乌金闪闪，跟集市一样红火。到那时咱们日子也就好过了。"

张兴东是我们青铜峡铝厂技工学校校友，学电解铝冶炼专业。他中等个头，古铜色皮肤，手臂粗壮，一个粗粗拉拉的西北小伙子。20世纪90年代初技校毕业，我们被统一分配到各班组，工种大部分是碳素车间、水风车间、供电车间的大窑工、运行工。后来听说张兴东在我们空压站对面的80千安电解厂房当了电解工，这着实让我吃惊不小，要知道，电解工是苦力活，大多是劳务工在干。

"我们班再的同学工种也没这么苦。"我纳罕着。

"张兴东他爸是工人呀，再的同学老爸要么是分厂厂长，要么是车间主任，最不济也是工程师。"和我一同分配到空压站的张倩说。

工余，我时常朝沥青路对面电解厂房敞开的窗户张望。烟雾蒸腾中，电解工们头戴披肩帽、面戴防护罩、身着亚麻布、脚踏长毡靴，全副武装成"古代骑士"，抡着铁钎在火舌汹涌的电解槽边专注地平整阳极炭块。此时电解厂房温度至少60℃吧，我想象不出一身"盔甲"的他们热成什么样……

我时常远远地在清一色身穿"盔甲"的电解工中，徒劳地辨认着张兴东的身影。

这天傍晚，我到班组外面透风，此时也到了电解工晚饭的时间。他们走出厂房，摘下披肩帽和防护面罩，拿着大号铝制饭盒三三两两地走向食堂。他们脸上蒙着一层灰，黑眼圈黑鼻孔，牙齿白得格外醒目。很快，吃饱肚子的他们，敞开衣襟，拎着披肩帽，惬意地朝厂房溜达过来。近了，我看清张兴东，他只是解开"盔甲"最上面的一粒扣子，一只手拿着饭盒，另一只手抱着披肩帽，步子走得迟疑而拘谨。

"张兴东！"我喊了一声，他循声瞅过来，很快认出穿劳动布工作服的我。

他下意识地看看自己又厚又脏、褴褛不堪的"盔甲"，脚往后一缩，迅速地伸袖子擦脸。但，满额头的汗水与黑灰搅和在一起，越擦越污。他看着自己黑污的袖子和手，终于放弃擦抹，一脸抱歉，似乎这个样子见老同学很不礼貌……这回，我没有笑。

"能撑住不？"我小心地问。

"苦和热都不算啥，难挨的是大组长的训。大组长都是从电解工干出来的，摸透了电解槽，平日里一丁点差错都休想逃过他的'火眼金睛'，就算在槽子里捞阳极残渣时铁钩子忘了预热这种小事，都给他一逮一个准。"他皱着眉头，耷拉着脑袋，似乎还陷在大组长的训斥中。

张兴东和上技校时那个威风的少年判若两人，让我一时备感陌生。

五年时光一晃而过。我们这一拨在机器轰鸣的班组、车间、厂房磨炼得脸黑糙了，双手长出了茧子。闲来，就像串门一样，我们会互相串串岗，看看大伙儿干得怎么样。这天，我和张倩去电解厂房，看看张兴东是不是还在干电解。

刚踏进厂房就听见一串呵斥声：

"靠边站、靠边站，没瞧见正出铝吗？离这么近，小心烫死你小子！"

"都说过多少遍了，收边时别踩壳面槽内阳极，等哪天把你脚爪子烫伤，你后悔都来不及！"

…………

这声音好生耳熟。

蓦地，一个熟悉的身影从车辆灯光交汇处走来。他板着脸，背着手，一边巡视电解槽，一边训斥槽旁干活的电解工。我认出来，这个威严壮实、像当年训斥他的区长一样训斥电解工的班组长，正是张兴东。他依旧穿着褴褛的"盔甲"，但步履坚定、踏实从容。经过电解"火海"里五年熏烤，他的脸膛变得粗粝而黝黑，沾满黑

← 青铜峡铝厂80千安上插自焙电解槽系列作业现场

灰的眉宇间透着一股坚毅。

此后，我时常在厂报看到有关张兴东工作先进事迹的报道，他的名字也每年会出现在厂年度"先进工作者"名单里，一度成为80千安上插自焙电解槽系列的生产骨干。

然而，一路攀升的电解铝产能最终使铝价跌破10000元/吨（炼铝成本15000元/吨），铝业行情从沸点降到冰点。

2014年10月老电解槽系列关停，张兴东脱下陪伴他在电解厂房奋斗二十二年的"盔甲"，带领老厂房里的100余名电解工离开电解厂房。

从十八岁到四十岁这二十多年，我们"铝二代"历经了青春伊始的激情投入到步入中年的落寞转身。岁月匆匆，时光漂走一代人的年华，而今我们白发渐生，工厂昔日的辉煌却难以再现，"铝业行情照此冷下去，咱们的出路又在哪里？"大伙儿聚在一起，不免叹息。张兴东点了一支烟，说起在厂里的这二十多年：

"1992年技校毕业进厂上班，正赶上厂里好时光，可惜那时咱们年轻，傻乎乎的，对效益上升、涨工资这些事情没什么概念，横竖都是学技术、挨师傅训，我还暗暗抱怨工资涨得太勤——逢涨工资必查考勤，丝毫不敢马虎，床头闹钟一响就得一骨碌爬起来上班，想赖床根本没门儿。

"咱们背后唤作'包青天'的大组长高青天，那叫一个凶，扯开嗓门一吼叫，我的腿立马打战。刚进电解厂房学徒，有一次平整壳面，我抡起铁锤就是一顿敲。哪知瞬间传来一串吼声：'你当这是打铁哩兔崽子，有你这么平整壳面的吗？要一下一下来，不能用力过猛！'只见'包青天'板着黑脸膛训斥着，一把接过我手中的铁锤示范起来，'这下给我记牢咯。下次再干不好，看我怎么收拾你小子！'当时吓得我浑身直哆嗦，接过'包青天'撂过来的铁锤半天回不过神。待我动作慢下来，边敲打边琢磨他教的技法时，他又训斥起另一个电解工：'捞个渣你都捞不起来，笨熊！就这么个活，槽子上挂个馒头，狗都会干！'说着，他从那个电解工手里接过大钩，奋力两下就把漂浮在铝液上的碳渣扒出槽沿。一上班，'包青天'铿锵有力、不绝于耳的训斥声就会响彻厂房，把'突突突突'的打壳机声都压了下去，咱们电解工都服服帖帖的。"

听着张兴东的讲述，我的思绪回到二十年前。那时，厂里捷报频传，办公楼宣传栏、电影院玻璃橱窗、单身楼电视厅节目预告栏、粮站墙壁……到处张贴着"我厂铝锭今年产销两旺，实现盈利3800万元"，"我厂提前三个月完成全年奋斗目标"，"我厂跻身中国企业500强"的大红喜报。涨工资，发奖金，还隔三岔五发米面油、鸡蛋、牛羊肉、带鱼、芦柑……各种福利应有尽有，令人眼花缭乱。

接下来几年里，厂里效益一年比一年好。

当年在职工代表大会上，老厂长挥着拳头激越地号召大家："铝价高，销路好，我们要做的就是'三个上去'——生产管理上去，冶炼工艺上去，铝锭质量上去。炼铝靠工人，工人靠技术。说到底一句话，我们要把技术搞上去！"

张兴东又点了一支烟，接着讲道："一时间，厂里掀起'比、学、赶、超'热潮，车工比备品配件加工水平、钳工比锯割与锉削技能、焊工比焊接功底、运行工比运行设备故障分析与排除能力、电解工比出铝本领……人人都在各自岗位上摩拳擦掌。"

"电解那么苦，这么多年你是咋熬过来的？"我很佩服张兴东。

张兴东笑了笑，说："咱厂是电解铝冶炼厂，电解厂房是一线、核心，咱们铝业人尤其咱们铝业男子汉，只有干电解才得劲。想着这，再大的苦累也不算啥。"说到这里，张兴东掐灭烟头，叹口气，沉默了。初冬的阳光透着淡淡暖意，铺陈在早已废弃的游泳池里，坑坑洼洼的水泥池底挤出的一星半点野草已枯黄了。大伙儿围坐在残破的游泳池看台上默不作声。

是的，我们这艘在银色海洋乘风扬帆半个世纪的铝业巨轮，已风烛残年，无力承载过多的负累了。曾带给我们无上优越感的种种福利，只能作为沉甸甸的"包袱"忍痛甩掉：福利分房取消、子弟学校交给属地教育局、职工医院承包给私人……如今，住房贵、上学贵、看病难，微薄的工资，再精打细算也难以为继。

我转头看见游泳池门口停放着几辆旧自行车，就问张兴东：

"你也骑自行车过来的？你的摩托呢？"

"卖了。闺女上高中，要交学费、补课、买复习资料，样样得花钱。家里实在紧巴，就卖了摩托买辆二手自行车。"张兴东苦笑着说。

一向只顾埋头摸索技术的张兴东，如今也不得不勒紧腰带过日子。

我们一直当作大树安心依靠的工厂真的衰老了……

我提议去老厂房看看。

进了厂区，一阵冷风裹挟着沙尘漫卷过来。老厂房门前衰草披离，黄叶纷飞。进了厂房，一台台老旧的电解槽如同一个个寿终正寝的老兵，寂然地卧在时光的尘埃里。泛红剥蚀的槽壳，无言地诉说着工厂半个世纪的兴衰。一抹残阳透过破旧的窗户照在冰凉的电解槽上，光影斑驳，如同一部泛旧的工业历史。张兴东抚摸着曾经侍弄过的958号电解槽，擦拭着槽沿的黑尘，陷入沉思——他准是又忆起自己十八岁进厂房干电解时那火焰奔腾的电解槽、那生龙活虎的青春了……

许晓华忆起2014年10月120千安预焙电解槽系列拉闸停槽的情景：

当时，张兴东摩挲着958号电解槽舍不得走。

"张班长，该锁门了，咱们走吧。"一名电解工催促着。

所有电解工都跟在张兴东后面等着。

厂房里静悄悄的。

过了老半天，张兴东才慢慢地转过身……

短短一个时辰，张兴东像是一下老了。他望着958号电解槽，颤抖着嘴唇，终究没有说出一句话。

张兴东一步一回头向厂房大门走去，电解工排队跟在后面。走到厂房门口，他又转头望着那些电解槽。这时，电解工队伍里有几个开始抹泪，他强忍住泪水，扭过头，狠狠心，带着队伍迈出厂房大门。

张兴东是带着满心的眷恋和不甘走出电解厂房的。

自2015年3月来到红墩子，张兴东带着矿工守在矿上，井上井下，忙这忙那，时常一连三个月顾不上回家。

三个年头过去，刚来在矿区围墙边种下的一溜苹果树都挂了果，却迟迟等不来开矿的消息。

2018年春，矿区传来消息——煤炭产能过剩，国家提倡清洁能源，红墩子矿区开采证停办。煤矿最终只得关井闭坑、解散人员。

又要转身。

暮春时节，阵阵春潮扑向矿区。一队面色苍白的矿工，背着破旧的行囊，落寞地走向矿区大门。排在队列里的张兴东，疲惫，茫然，步履迟缓。他的曾干过二十二年电解，早已被氧化铝粉尘、沥青烟、氟化物、强磁场侵蚀的身躯，这一次，似乎已彻底被摧毁。

张兴东微驼着背走出大门后，停下脚步，整了整行囊，回望即将荒芜的煤田，围墙边的苹果树仍浑然不觉地盛开着一树树雪白的繁花，他有些动容，脸上的皱纹荡了荡，转而，神情又黯淡下去。

良久，他默默地转身，踽踽地走了。

他花白的头发在风中飘舞。

时代的变革风起云涌、势不可当。如今，作为一座曾经无比辉煌的三线铝工业基地，在改制、转型、重组的阵痛中，苦苦挣扎，日渐老去。

我们这些三线子弟、铝二代，从父辈手中接过工厂，20世纪90年代也曾续写老电解槽系列的辉煌。然而，历史车轮驶入21世纪后，宏观经济需求下行，电解铝产能过剩，国企改革浪潮滚滚而来。在工厂改制、转型、重组的改革中，我们一再转身，苦苦支撑。

离开红墩子煤矿后，张兴东他们有的待岗，有的买断工龄在老厂区做点小生意，有的战战兢兢地拥入城市，在社会的风浪里拼搏浮沉……

然而，不管今后生活多么艰辛，我们没有怨言。在我们心里，我们的工厂，"仅你消逝的一面，足以让我荣耀一生"（《二十四城记》）。

二〇　自备电厂

　　六年，在历史的长河中只是短暂的一瞬，而对于青铜峡铝厂自备电厂，短短六年，让世人见证了一颗现代化火电新星从黄河西滨茫茫戈壁上毅然崛起的辉煌传奇。

　　2006年7月3日，宁夏回族自治区领导亲自带队在青铜峡市西南方向的一片荒原上选定了青铜峡铝厂自备电厂厂址后，青铜峡铝厂自备电厂诞生了。从这一刻起，自备电厂人发扬老三线人"艰苦奋斗，无私奉献"的创业精神，栉风沐雨，风餐露宿，随着2008年8月28日主厂房基础第一锹开挖，随着2010年11月24日1号机组168小时试运行圆满完成投入商业运营，自备电厂创造了区内同类型机组项目建设速度快、施工质量优、安全事故零的奇迹。2011年7月，在自备电厂1号机组投产后面临任务指标差、全面亏损的严峻形势下，自备电厂总经理马志明临危受命，迎难而上，带领新一届经营班子，励精图治，奋勇鏖战，全面开展设备整治，加大技改创新力度，向内深挖潜力，严控经济指标；向外寻求机遇，力降经营成本，2011年公司实现发电量44.1亿千瓦时，超额完成年初下达的44亿千瓦时任务；2012年（1—11月）累计完成发电量41.75亿千瓦时，累计机组平均利用小时数6326小时，发电量和设备利用小时数在区内相同容量机组排名第一。企业入厂标煤单价较年初降低36元/吨，相对低于周边电厂，为企业盈利8000万元奠定了坚实的基础。短短一年半时间实现了扭亏为盈、夯实基础上台阶"两级跳"，神奇盘活企业，跨越式发展将企业带入良性发展轨道，成功实现了煤电铝联营战略，优化了全区电源电网结构，为中国最大电解铝生产企业——青铜峡铝业建立稳定充足的电能供给保障体系，实现了良好的经济效益和社会效益。自备电厂也因此荣获2012年宁夏企业文化创新成果奖，机电检修部主网因此荣获2012年宁夏电力行业优秀QC小组三等奖，以非凡的成就诠释了铝电人团结奋进、锲而不舍的精神气概。

创建一个企业时，肩负什么样的使命，具有什么样的社会价值，对确立工人奋斗的信念具有决定性的作用。2006年6月，在"为社会创造真实价值"的崇高使命的感召下，初创期的铝电人众志成城、凝心聚力，在青铜峡市西南戈壁滩上吹响了创业的号角。

自备电厂项目是国家铝电联营的重点能源项目，同时也是自治区"十一五"重点电力规划和能源专项规划的试点项目。项目竣工决算总投资24.56亿元，由国电英力特能源化工集团股份有限公司和青铜峡铝业股份有限公司各出资50%合资建设运营。自备电厂项目建成运营，意味着中国最大的铝业基地——青铜峡铝业完整铝电产业链正式形成。对于提升青铜峡铝业国内外市场竞争力，促进地方经济发展具有高度的战略意义。

众所周知，电解铝工业是高能耗工业，吨铝电耗约达15000千瓦时，约占电解铝产品成本的40%。因此，电价和电力供应是电解铝企业生存和发展的关键。在此背景下，青铜峡铝业与宁夏英力特电力集团于2006年5月26日达成战略合作：双方各出资50%，成立青铜峡铝业发电有限责任公司，建设青铜峡铝业自备电厂2×330兆瓦机组，在互利共赢的基础上实现铝电联营。

2006年6月1日，青铜峡铝业发电有限责任公司一届一次董事会胜利召开，会议确定了领导班子成员，公司宣告正式成立。

至此，承载着宁夏青铜峡能源铝业和宁夏英力特电力集团公司深切期望的自备电厂，拉开了创业的序幕……

创业之初的项目审批阶段，铝电人千里奔走，全力以赴。作为国家铝电联营的试点项目，自备电厂的审批核准条件十分苛刻，不仅涉及多家单位和政府部门，还涉及大量的国家法规和程序文件。自备电厂项目前期筹备组仅有五人，他们怀着对事业的执着追求，肩负着公司的重托，不辞辛劳，常年奔波，在北京、上海、西安等各大城市留下了匆匆的步履，在国家各部委、自治区各厅局穿梭着忙碌的身影。最初的时期，他们一年之中的大部分时间是在火车上、飞机上和异乡的客栈度过的。功夫不负有心人。2007年4月28日，自备电厂终于拿到了国家环保局对公司项目工程环境影响报告的批复。

争取项目核准审批的同时，项目建设的前期准备工作也在同步进行。2008年2月28日，春寒料峭，荒原萧然。在猎猎的寒风中，公司开始组织人员在遍地枯蒿的戈壁滩上平整场地，准备启动土建工作。数十名员工扛锹背耙，埋头苦干。从春到夏，三个月的野外辛劳，场地平整工作于5月28日进行了竣工验收。随后，7月25日至8月25日完成了场地施工图详勘。9月3日主厂房和锅炉基础开挖。9

月11日至13日主体施工单位招标、主体施工合同洽谈。9月16日主体施工单位现场踏勘。10月初，施工单位、监理单位以及建设单位全部入驻现场办公。

一个个具有历史意义的日期闪电般划过铝电事业宏阔的天空。10月16日，项目取得了国家能源局关于开展前期工作的来函。同日，工程举行了施工启动仪式，锅炉基础浇注了具有历史意义的第一罐混凝土。一个打开制约中国特大型铝业持续发展瓶颈和提升宁夏重工业经济格局的火力发电企业项目投入到火热的建设热潮中。

万事开头难。项目建设开工之后面临着地质条件复杂、施工图纸交付滞后、主辅机设备供不应求、现场交叉作业等诸多困难，如何实现施工安全，消除和控制各种不利因素，保证施工进度，成为摆在公司面前的亟待解决的难题。

在严峻的局势面前，公司领导班子审时度势，迅速制订出可行性方案：一方面，按照施工进度计划，严格控制工程进度；另一方面，开展"同坐一条船"，"一荣俱荣，一损俱损"的理念宣传战，协调施工单位以及设备厂家，及时调整付款方式，加大奖励力度，最大限度地为工程建设提供方便。两个并行的方案出台后，2000余名施工人员在方圆0.24平方公里的现场，栉风沐雨、废寝忘食，打响了一次又一次攻坚战。

安全是生命的保护神，安全是效率的指航灯。自备电厂在项目开工之初就成立了由公司和各参建单位主要领导组建的工程安全管理委员会。在具体施工中，严格遵循"横向到边，纵向到底，责任到人，不留死角"的安全施工原则，把"抓安全就是做善事"的理念贯穿于各项工作中，真正做到了安全施工、文明施工。整个工程建设期间未发生任何人身伤亡、火灾、机械设备损坏等事故。

自备电厂项目始终牵挂着各级领导的心。2006年7月3日，自治区党委书记陈建国带队，会同自治区有关部门的专家、领导确定了青铜峡铝业自备电厂厂址、供水方案和煤炭运输方式。2006年11月8日，中国国际工程咨询公司组织专家对项目进行评估，自治区副主席齐同生、政府副秘书长梁积裕、经委副主任王永耀出席了会议。在项目核准期间，自治区副主席齐同生曾多次过问项目核准情况，听取项目核准情况汇报，并指导项目核准工作。2009年6月26日，自治区党委书记陈建国亲临项目工地，听取工程建设情况汇报，检查指导工程建设工作，使工程参建员工备受鼓舞，以百倍的干劲投入到工作中，奋力拼搏，忘我奉献，保证了工程各节点计划的顺利完成。

"宝剑锋从磨砺出，梅花香自苦寒来。"2010年5月28日12时58分，自备电厂机组集控室现场一片欢腾，1号机组汽轮机冲转一次成功，顺利达到额定转速3000转/分，并成功定速。随后五个月

↑ 青铜峡铝业自备电厂

后的2010年11月5日和11月24日两台机组分别顺利完成一百六十八小时试运行，开始投入商业运营。

"一滴水，只有融入大海才不会被蒸发；一抹绿，只有融入森林才不会孤单。"在铝电创业大旗下，公司所有领导和全体员工全身心扑在作业现场，"上下一盘棋，干群一条心"，自2008年10月16日项目建设大幕拉开到2010年11月24日1号机组一百六十八小时试运行圆满完成投入运营的七百多个难忘的日子里，铝电人栉风沐雨、夜以继日地苦战在黄河西滨的戈壁滩上，用豪情壮志谱写了一首英雄的史诗，用热血和汗水奏响了一曲胜利的凯歌。

自备电厂顺利投产运营，实现从基础建设跨入主体产业的战略转化后，如何通过科学决策、民主管理、高效运营，实现效益最大化，使公司步入可持续发展轨道，向"把自备电厂打造成为国内一流火力发电企业"目标迈进，是新时期的首要任务。

自备电厂实现战略转化，跨入商业运营阶段，时间很快进入2011年。作为"十二五"开局之年，2011年也是自备电厂全面进入生产运营的第一年。众所周知，这一年国际形势异常复杂，美国经济持续低迷，欧洲债务危机愈演愈烈。在国际经济险峰大浪的波及下，我国经济形势也处于多重矛盾之中，通货膨胀、货币紧缩、成本上扬、行业竞争激烈等宏观经济压力，致使下游企业困难重重、举步维艰。

自备电厂机组投产后的半年里，因实际燃煤与设计燃煤的巨大差别，锅炉除灰、除渣系统超负荷运行，锅炉频繁结焦，连续二三十个小时的打焦工作每周要经历二到三次，员工劳动强度很大。2011年5月，西安电专顶岗实习的十四名学生截至7月签订合同时仅剩几个人，公司员工也纷纷辞职。一时间公司人心浮动。屋漏偏逢连阴雨。机组刚投入运行,又逢国内燃煤价格连续攀升,各项经济技术指标也不尽如人意。四面堆积的一系列棘手难题,使得刚刚投运尚在摇篮期的企业举步维艰。

紧要关头,2011年7月11日,国电电力果断推举清华大学电机系毕业、时任国电大连庄河发电有限公司副总经理的马志明接任自备电厂公司总经理。

马志明临危受命,孤身一人、千里赴任自备电厂公司总经理后,面对制约公司生产经营的种种因素,利用自身二十二年国电从业生涯积累的丰富经验、放眼全国的开阔视野和对发电行业深度认知的战略眼光,审时度势,科学分析,一个扭亏为盈的清晰决策很快在他脑海里形成:以电力企业永恒的主题——安全为重心,插上严控燃料价格和提高发电量两个翅膀,力克难关,逆境突围,快速、高效地实现效益腾飞。

决策一出,立即执行。首先从安全入手,马志明和他的经营班子秉承"零违章、零缺陷、零事故"的安全管理理念,积极构建本质安全型的人文管理模式,针对设备和操作中存在的问题,坚持做到技术措施到位,执行不留死角。在"咬住安全工作不放松"的一年半里,马志明不但"忘我",还舍弃了与远在大连的家人的团聚。2012年春节期间,在持续低温大雪等恶劣天气影响下,机组运行极其不稳,随时都可能发生机组解列等恶性事件的发生。为避免机组非停事故的发生,马志明舍"小家"顾"大家",始终坚守在生产现场,查设备,消缺陷,定制度,盯整改,完善各项事故处理预案,与员工一起度过除夕之夜,确保了机组稳定运行。在马志明的带领下,公司截至2012年11月底,长周期安全运行737天,各项安全生产指标可控、在控,为公司全线投入扭亏为盈的生产经营保驾护航。

在公司"大安全"格局中，开始放开步伐，大胆强化生产经营力度，严控燃料价格。针对燃煤价格、运输成本大幅上涨的现状，马志明和他的经营班子加大燃煤市场调研的力度，依据当时煤炭市场走势、周边电厂合同定价及采购策略定位等对燃煤供应市场进行研判分析，集体讨论次月公司的采购策略。2012年初，在周边电厂纷纷涨价储备冬储煤时期，采取静观其变的策略，待其他公司冬储煤即将结束时，公司开始大量储备燃煤，在煤价不涨的前提上，储备燃煤25万吨左右，仅此一项就节约燃煤资金375万元。2012年先后六次调整采购价格，降幅达91元/吨。根据机组情况，大量采购经济煤种代替统配煤，降低标煤单价，全年累计节约资金1672万元。同时，主动出击，以硫分为突破点，与宁煤集团积极沟通，促使石沟驿煤价及超载拉运取得突破，煤价累计下降83.5元/吨，运价下降5.45元/吨，累计节约燃煤成本523.06万元。在结算上，创造性地提出燃煤结算按照热值区间加权平均的结算方式，促进入厂煤的稳定性，有效地遏制劣质煤进厂的同时，使得煤价下降3.5元/吨，节省燃煤成本426万元。2012年10月，完成入厂煤采样机改造工作，实现了无人值守，有效降低了入炉煤热值差。

为了降低煤价，公司还对磨煤机进行增容改造，将出力由原来40.9吨/时提高到46吨/时；对碳精密封进行改型，消除了碳精密封频繁泄漏的问题。在解决设备系统问题的同时，2012年6月，空冷系统完成喷淋降温装置的加装，当月就使供电煤耗下降5～7克/千瓦时；2012年10月完成入厂煤桥式采样机改造，使入厂入炉煤热值差平均降低约250千卡/千克。

有效控制燃料价格后，接下来，牢牢把握公司电量生命线，打响公司全员"争电量"攻坚战,力争电量稳步攀升。按照马志明提出的"全员营销策略",全公司上起总经理,下至公司员工,全局动员,以自备电厂优势,结合青铜峡铝业股份公司宁东项目用电负荷情况,与电力公司交易、调度中心多次积极协调沟通,争取电量。同时,根据年度发电量按月度进行分解至每天、每个班组,确保在有限范围内争取负荷,做到度电必争。在多措并举下,2012年1—11月累计完成发电量41.75亿千瓦时,累计机组平均利用小时数6326小时,发电量和设备利用小时数在区内相同容量机组排名第一。公司入厂标煤单价较年初降低36元/吨,较周边某电厂降低26%,为公司8000万元盈利奠定了坚实基础。

在实施马志明"以安全为重心,严控燃料价格和提高发电量"决策之初的2011年7月21日,马志明上任第十天的全公司中层以上干部大会上,他掷地有声地讲:"要全厂动员,全力以赴,科学分析,加大设备治理,解决结焦问题,务必尽早将兄弟们从劳动强度很大的打焦工作中解放出来,以稳定我们的队伍。"为提高运行指标,公司先后十余次组织人员到大武口电厂、六盘山电厂、东胜电厂、大同二电等兄弟企业进行调研。在"走出去"的同时也"请进来",很快,国电电科院的专家来了,对锅炉设备系统进行全面诊断,他们提出煤种变化巨大,灰熔点低是主因,燃烧配风不当是次因。请电科院技术专家指导锅炉燃烧配风调整,改善了还原性气氛,提高灰熔点,缓解了结焦。接着,成立燃煤掺烧办公室,严把入厂煤源关,积极调研市场,尽量采购高灰熔点煤;购买了一台灰熔点测试仪,提前检测,为配煤掺烧防止结焦提供了参考依据。终于这些措施见到成效:不再打焦,人员归位,市场职能部门人员可以理论结合实践开展规范节能降耗技术管理工作,运行人员精心调整主辅机经济运行；检修人员设备到人，开展定期维护保养工作。稳定了人心，理顺了生产工作秩序。

工欲善其事，必先利其器。随着发电机组运行时间的推移，设备隐患与安装缺陷不断凸显，对机组发电量造成很大影响。为了保证公司的发电量，圆满完成各项目标任务，公司于2012年9月的低负荷时段，全面展开1号机组大修工作。

面对繁复而艰苦的大修形势，在2012年9月4日1号机组大修动员会上，马志明给大家鼓劲："1号机组A级大修是公司今年的头等大事，我们要紧盯目标、加强管理，确保大修后机组长周期连续安全经济稳定运行，为争创区内机组大修精品工程和国电系统'红旗机组'奠定坚实的基础。"动员会刚一结束，马志明就带领大家投入到大修工作中。在1号机组大修的五十三天里，他几乎一直守在大修现场，一会儿督战指挥，一会儿检查工期和大修质量，一会儿解决大修所需资金，一会儿协调1号机组大修与2号机组生产运行情况……马志明的行动是一种无声的号召，把大家的工作热情和责任意识充分调动起来。在马志明无声的感召下，全体大修人员一丝不苟地坚守在工作现场，累了就在现场歇一歇，饿了就在现场吃盒饭，齐心协力、任劳任怨忙碌着。尤其到了大修后期，大修人员每天加班到凌晨2点，第二天8点继续坚持上班。任务重，工期紧，超常规的大修工作使很多员工的手上磨出血泡，胳膊腿脚无一处不酸痛，可他们仍然坚持工作，努力保证工期进度。

1号机组大修，得到了各级领导的大力关心和支持。国电英力特集团公司副总经理楼小明，副总工程师、安全生产部主任姜汉国多次深入大修一线为广大干部员工送上温暖和关怀。

历经五十三天鏖战，1号机组终于于11月3日实现满负荷运行，

↑　工人检修机组

成功并网归调。至此，自备电厂1号机组A级大修圆满结束，比原计划的五十五天工期提前两天完成任务。采用低弹燃烧器，1号炉结焦问题基本解决。机组检修后热耗由修前的8553.38千焦/千瓦时降到了8278.19千焦/千瓦时，供电标煤耗较修前降低13.3克/千瓦时，厂用电率下降约0.6%，空预器漏风率降到4.5%，排烟温度降低10℃以上，过热器和再热器减温水流量几乎为零。做对比试验时，2012年11月16日，2号炉再次结焦，而使用同一煤种的1号炉安然无恙，长期困扰自备电厂的结焦问题得以彻底解决。

　　2012年是公司跨越式发展的关键一年，面对集团公司年度绩效考核指标及年度综合计划，在加大技术改造的同时，马志明和他的经营班子开始从管理入手，提出了"向管理要效益"的目标。在完善绩效管理体系，将精细化管理渗透到每一个环节的同时，结合公司生产、经营工作的实际情况，将各项考核指标按月度进行层层分解，严格可控指标及各项费用的支出，并通过绩效考核实现过程控制，形成"横向到边、纵向到底，人人肩上有指标、个个指标连绩效"的局面；加大机组对标管理力度，对内将经济运行小指标竞赛与运行日常操作相结合，运行分析与安全生产以及机组效益相结合，专项节能与长远节能相结合，把节电、节煤、节油、节水同治理设备跑、冒、滴、漏相结合。对外开展与酒泉、六盘山等同类型机组对标，燃煤指标与区域内发电企业对标，同时向国内同类型机组先进指标看齐。

在"眼睛向内挖潜力"的同时，马志明开始"眼睛向外找机会"。首先，在物资采购上，以"多家竞争，比价采购，质优价宜"为原则，截至2012年10月31日，比价采购签报628批次，降低成本100多万元。其次，在资金运作上，控制融资规模，降低财务费用；与股东方积极沟通采用"大票换小票"业务，共置换承兑1.02亿元，置换现金4500万元，缓解了电费票据结算率过高导致资金紧张的情况。以"效"为先，马志明带领经营班子成员用敏锐的洞察力和判断力，将一个个决策落到实处，为公司争取每一笔效益，用"精"管理的背后更是他用"心"在管理。

因各种原因，当时公司的薪酬体制始建于工程初建期，在薪酬结构、薪酬分配方面已不能很好地满足公司发展，同时，受年度工资总额的制约，使薪酬分配中"同工同薪"未能落到实处，"同岗不同薪、新人员收入过低"的矛盾日渐凸现。如何实现薪酬这块蛋糕公平分配，积极调动员工的主观能动性成为亟待解决的问题。2012年初，马志明开始对公司原有的薪酬分配进行了"开刀"。他首先提出了"中层干部薪酬不予调整，薪酬分配要从基层一线新员工开始"的原则。2012年10月，在不突破全年工资总额的前提下，对公司2009年以来公开招聘的新人员，尤其对从事生产岗位的130

多人的薪酬进行了调整，缩小了差距，化解了长期存在的薪酬分配矛盾，极大地稳定了员工队伍。

企业文化是企业的灵魂，是企业成长的关键。打造一个生命力旺盛、竞争力强大企业，必定要依托于优秀的企业文化。企业文化说到底就是企业的"人性化"。缔造出凝聚人心的企业文化，企业方能在市场风浪中扬帆远航。在狠抓生产、挖潜增效的同时，马志明未曾一刻放松企业文化的建设。2012年，马志明和他的经营班子一道，在认真总结自备电厂六年多发展经验的基础上，积极探索出以"和谐家园，光明未来"为主题的企业文化体系，凝练出自备电厂的企业发展目标、价值观念、企业精神、道德规范，并在全公司范围内全面推行和实施，以提升公司竞争软实力。马志明还时时把企业文化在全公司范围内的渗透挂在心上，特意提议在员工生活小区圆拱门上写上"沁馨苑"，让员工的家园成为诗意的栖居地。在大力构建企业文化的同时，公司还注重社会形象宣传。2012年，公司先后在《中国电力报》、中国电力新闻网等媒体上发表文章40多篇，鼓舞了员工士气，弘扬了企业精神。因企业文化建设成绩显著，自备电厂被自治区企业文化协会授予2012年宁夏企业文化创新成果奖。

2012年是自备电厂各项指标全面好转的一年，也是党风廉政建设硕果累累的一年。企业通过开展六期党风廉政专题讲座、组织关键岗位人员赴女子监狱进行警示教育、与关键岗位员工进行廉洁恳谈等多项富有特色的廉政建设活动，以真实案例告诫员工攀比、贪念、侥幸等不良心理都将导致自我毁灭，唯有坚持正确的人生观、利益观和权力观，忠诚企业，爱岗敬业，才能在人生道路上把住风帆，不致偏航。在效能监察工作中，公司树立了"关口前移，控制风险"的全新监管理念，在燃煤接卸验收把关方面，每天安排专人对燃煤采、制、化进行全过程监督，并对采样间、制样间、化验室存样间实行了双锁管理。为防范关键岗位人员的廉政风险，公司对燃料运输部、化验班关键岗位实行轮岗制。在纪委人员积极配合燃料管理各项工作中，2012年1—10月份，在纪委专人全程监督采、制、化过程中，严把到厂燃煤质量关，完善合同，加强验收。公司高效的党风廉政建设，确保了燃料、石灰粉等大宗生产物资采购全程监督，通过督促关键岗位人员轮岗等方式，关口前移，惩防并举，为公司生产经营管理保驾护航起到了奇效。公司全年无违规违纪事件发生。

企业发展的竞争，根本上是人才的竞争。上任以来，马志明实施"人才强企"战略，在进行人才引进、信息管理等工作的基础上，一刻没有放松对人才的培养。在员工培训上，马志明倡导"培训是员工最大的福利"。结合公司生产实际情况，坚持"不求所有，但求所用，以我为主，讲求实效"的方针，加大了对员工新知识、新技术的培训。要求各工种、各岗位员工都要"精一、会二、学三"，激励员工做"工作学习型、生产技能型、管理创新型"人才，以培养更多的"技术专家""技能高手"。培训取得了实质性效果：7月，在国电电力系统组织运行调考中取得团体第三名的好成绩；8月，发电部实现了"五值四倒"。2012年4月，发电部一值值长柳军获"自治区首席技师"荣誉称号，公司以此为契机，选拔了一些优秀技术人才组建了"首席技师工作室"，进行技术攻关。通过全方位、多层次的培训工作，全面提升了员工队伍整体素质，为公司发展提供了人才保障。公司机电检修部主网也因此获2012年宁夏电力行业优秀QC小组三等奖。

马志明自上任以来，与他的团队一道，迎难而上，负重拼搏，不断进行改革创新和产业升级，在自备电厂史上留下了一系列精彩篇章。

　　再来看马志明上任的第二年，也就是2012年的经营成绩——数字是枯燥的，但这一串凝聚了马志明和他的团队太多心血和智慧的数字又是那么精彩：

　　自备电厂累计完成发电量41.75亿千瓦时，占年度计划发电量的93.83%。较上年同期40.03亿千瓦时增加1.72亿千瓦时，增幅为4.3%。

　　累计完成供电煤耗349.23克／千瓦时，较年度计划值高1.23克／千瓦时。较上年同期361.30克／千瓦时降低12.07克／千瓦时，降幅为3.34%。

　　累计实现收入9.50亿元，占年度总收入10.12亿元93.87%。较上年同期8.50亿元增加1.0亿元，增幅为11.76%。

　　累计实现利润5927.43万元，较去年同期增加8427.43万元。较上年同期增加7418.42万元。

　　这一串彻底扭转了亏损被动局面的数字背后，隐含了动人的故事。

　　大家都记得，一年半前，马志明孤身一人，肩负着国电的重托，不远千里，从素有"浪漫之都"美誉的海滨城市大连赴任地处西北茫茫戈壁的自备电厂时，没有顾上休息一天，简单的行李一卸，就投入自备电厂千头万绪的工作中。自此，煤厂、汽机房、锅炉房……每个火热的工作现场处处都能看到他忙碌的身影。忙碌在自备电厂的五百多个日日夜夜里，几乎只有工作没有生活，马志明完全把自己忘了。但他无法释然对儿子的内疚。2011年，儿子正值高三向高考冲刺阶段，最需要父亲的陪伴和辅导，他毅然离开了家，而且一年半的时间里几乎没有空回去看看儿子，就连给孩子打电话都忙得抽不出空。"我这一走就是一年多，正是孩子成长的关键时期，却没能给孩子应有的关爱，我欠孩子的太多了。"每次提起孩子，马志明的眼里就写满了歉疚。

2012年11月，在庆贺自备电厂1号机组大修胜利竣工庆功大会的当天，我迎着戈壁刮来的晚秋的冷风，赶往自备电厂，准备采访马志明总经理。

进入通往自备电厂的戈壁腹地，迎面而来的是满目的荒凉：稀稀拉拉的枯蒿在荒原上瑟瑟发抖，细碎的沙石旋成一个风柱，瞬间又飞扬四散。只有那高高耸立的烟囱和供电铁塔在凛冽的寒风中无言地诉说着青铜峡铝厂火电事业的艰辛历程。在这茫茫戈壁上，联想到即将去采访的马志明总经理，他走过书香馥郁的清华园，走过浪漫的海滨之都，一个清华大学的天之骄子，一个国电集团的电力专家，在生命最丰沛的时期，放下所有的荣耀和光华，赴任这片茫茫戈壁，在萧瑟寒风中，我动容了，心里陡然升起一股由衷的敬意。

走近马志明，他对自备电厂事业的信念和展望令人振奋。

笔者："马总您好。您作为一个老牌的清华大学生、一个获得过多项荣誉的国电电力专家，从海滨城市大连离开家孤身一人来到荒凉的西北戈壁，您是怎么看待这种落差的？"

马志明："过去的已经过去了。关键是国家培养了我们，给了我们知识和积累，我有责任按照组织的安排带领大家把这个企业做好做强。"

笔者："您是在自备电厂建成投运半年、全面亏损的情况下上任的。您带领铝电干部职工短短一年半时间实现了扭亏为盈、夯实基础上台阶'两级跳',跨越式发展盘活了企业,将企业带入良性发展轨道。您是怎样看待所取得的成绩的?"

马志明:"企业从我接手至今,所有指标都翻了一两番,这都在我们的预期内。我干电力二十年了,心里有数,清楚一个火电企业的瓶颈和突破口在哪里。这一年半,我就是针对制约企业的瓶颈,找出突破口,带领大家脚踏实地,扎扎实实,有计划地一个关口一个关口地攻克。从一开始我就坚信,我们咬牙坚持下来,事总能成。"

笔者:"您的人生信条是什么?下一步您准备带领自备电厂往哪个方向发展?"

马志明:"我也说不上有什么具体的人生信条,就是抓住所有的时间和所有的政策机遇干事,工作中的每一分收获都能带给我一种幸福感。每天扑在工作上心里就觉得踏实。

"一上任我就把企业的发展分为'三步走':第一步,整治设备,保证安全稳定运行;第二步,加大技改力度,完成高效化检修,提高经济技术水平;第三步,通过人员培养提高技能素质,紧盯国电集团内部先进火电,开展对标管理,争创指标一流、管理一流、效益一流、队伍一流'四个一流'的现代化发电企业,成为行业典范。现在我们已经完成前两步了,接下来我们就要奔着第三步努力了。说实在的,能把我们这个企业打造成区内乃至国内一流火力发电企业,能以良好的经济效益回报股东、回报社会,为员工创造美好生活,我无论付出多少时间、付出多少血汗都是值得的。"

一席朴实的肺腑之言捧出了一个国家转型时期的电力专家的一颗赤子之心。我再一次动容了。透过厂区外戈壁荒原上高高的烟囱和供电铁塔，我看到了自备电厂事业蓬勃的绿色。

历经六年艰苦卓绝的奋斗，自备电厂这颗灿烂的现代化火电新星毅然矗立在黄河西滨的茫茫戈壁上。站在新的历史起点上，自备电厂将按照国电集团要求，一如既往地发扬铝电人锲而不舍、锐意进取的精神，开拓创新，乘势崛起，争创指标一流、管理一流、效益一流、队伍一流，为早日把自备电厂打造成为国内一流火力发电企业而奋斗。

站在黄河之滨，放眼茫茫戈壁，顽强的沙蒿忍渴耐旱深深扎根于苦焦的荒原，默默地为戈壁荒原披上一袭生机勃勃的绿衣。未来，铝电人用激情、汗水和梦想铸就的"沙蒿精神"将在戈壁根深蒂固，生生不息。

二一　不忍离去

作为一名三线工厂子弟的我，子承父业，从父辈手里接班的一刻，那打小听惯的、空气一样无处不在的机器轰鸣声，不再是背景，而成了基调，无论世事如何变迁，都始终萦绕在耳畔。

父辈用他们的智慧和血汗，换来我们极有尊严的生活。20世纪80年代初，西北城市刚兴起或尚未兴起的露天游泳池、灯光球场、游乐园……我们全有。还有福利分房、免费医疗，以及夏天取之不尽的汽水、冰棍、茶叶、冰糖，逢年过节一次不落的米、面、油、鸡蛋、带鱼……周边的老乡歆羡不已："进了304，没有愁心事。"有闺女的都巴望嫁到我们厂享福。

20世纪90年代初，我们陆续走上父辈曾奋斗过的岗位。就像当年父亲那样，在哥哥心里，厂里的事就是自己的事，厂房的活就是自家的活，时常和工友们在厂房里忙起来不计早晚。十年里，浸透他们汗水的80千安、106千安上插自焙电解槽系列所生产的"QTX"牌铝锭商标在英国伦敦交易所和上海交易所注册，产品出口免检，畅销海内外。一批批技术工人先后远赴吉尔吉斯斯坦、非洲等国为其提供电解铝冶炼技术支援。哥哥也由一名电解下料工成长为电解铝冶炼工艺专业工程师。

然而，一个行业的兴衰无不与时代变革息息相关，一个工人的命运总是和工厂的命运紧密相连。

1992年，体制与市场碰撞，我国电解铝产能驶入增速快车道。到2012年，电解铝产能由20世纪70年代末的36万吨飙升到2700万吨，产能过剩35%，行业亏损93%。2013年，国家首批淘汰落后产能企业名单出炉。2014年，电解铝老生产线关停。

从生意兴隆到门庭冷落，我国电解铝行业风华不再，留下的是弥漫整个行业的浓浓忧伤。随之而来的国企改制浪潮席卷全行业，重组、转型、分流……我们曾经拥有的自豪和荣光，已然成为历史。工人阶级一直以来的优越感，被挤兑、稀释，直至荡然无存。

一个万人国营大厂分崩离析之际，有人选择离开，有人选择留下，然或去或留，无论是去是留，心里都弥漫着太多的无奈和感伤。厂里职工有的买断工龄自谋生路，有的到社会风浪里浮沉飘零……哥哥他们这拨四十出头，有技术、有经验的铝业工人，被新建的一批民营铝厂看中，频频投来橄榄枝。

但他们执意留下。

留下，更多的是因为不舍，舍不下留在这里的热血青春，舍不下留在这里的欢笑歌哭。如今，厂里六十多幢厂房、车间，依然发出机器轰鸣声的不到一半。家属院街巷晚上八点一过，空无一人，唯有寂寥的晚风阵阵荡过。留下的人，在奄奄一息的工厂默默坚守，一如从前。

这里，我要记录的留下来的一员，是我的哥哥——李振军。

奔忙三个月，2018年9月，儿子"小升初"择校终于尘埃落定，我得以松口气回趟厂里。回来前两天，哥哥打电话说已考上驾照。以前他总说考那没用，一个月两千来块工资，一来买不起车，二来就算勉强买了也养不起。我说将来说不定厂里效益会好起来，趁现在还能学动，先考上再说。好说歹说，他才报了名。

踏进厂里，一股苍凉的戈壁山风夹杂着淡淡的烟气味扑面而来。才几个月没回来，竟像隔了多年，这熟稔的气息格外亲切，我有些动容。从山顶公园绕进生活区，眼前一片衰相，家属楼墙体剥蚀，窗户残破。沥青路上枯叶、纸屑随风翻卷。曾经一家家欢喜迁入新居的红火情景犹在昨天，几年不到，已颓然衰败。

走进家属院，一个眼熟的老人正佝偻着腰在楼前垃圾箱扒垃圾，走近一看，是吴亮（已于半年前病逝）的老父亲，我劝道，吴叔您年龄大了，该在家多歇着，扒拉这些不卫生，对身体不好。他叹道，厂里高中不办了，强子（吴亮的儿子）在城里上高中处处花钱，我那点退休金紧巴巴的，捡些纸壳瓶子卖了挣一个算一个。我把一袋枣子塞给吴叔，叹息着回了父母家。

父亲和哥哥坐在椅子上抽烟，母亲在厨房拣菜。哥哥还是那身灰旧的劳动布工作服，额头皱纹越发深了，头发白了大半。哥哥长相酷似当年演霍元甲的演员黄元申，相貌和身材相像，连发型也一模一样。有一次我拿黄元申的照片给母亲看，母亲说："你哥咋穿了身练功的衣服？"我说："妈，错了，这是'霍元甲'。""哦哦，这也太像了吧，连我这当妈的都认错。天底下真有这么像的人，比双胞胎还像！"可以想象我哥有多帅。但我就纳闷，我们家的大帅哥，如今咋就不注重自己的形象了呢。

"如今厂里关的关、停的停，该没那么忙了吧？哥，你下班咋不换掉工作服？"我问道。

"打那麻烦干啥，厂房指不定哪阵有事，换来换去耽误时间。老系列虽停了，350千安照常生产，中电投把咱厂重组后，人员朝宁东铝业、太阳山光伏发电、香山电厂四散了，现在比以前更忙。"哥哥说。

我想起几个月前，哥哥曾说红墩子煤矿开采证没办下来，老厂过去的三百来号人要回来。说这话时，哥哥过早苍老的脸上露出自老系列关停三年多来难得一见的笑容："这批人回来，咱们厂房力量就强了，干啥都不愁了！"那神情，仿佛急不可待要迎接远方归来的亲人。

前些日子，我又听说红墩子那三百来号人要去贵州一家矿山打工。

"听说红墩子那三百来号人不回来了，要一起去贵州挖矿。"我小心地问哥哥。

"爱回不回！离了他们，槽子照运转，铝照出。"哥哥口气很硬，但眼里难掩对昔日工友的不舍和牵挂，说话间眼眶就红了。

"也只是那么一说。都拖家带口的，贵州那么远，哪能说走就走。说不定过段日子都就回来了。"我这么一劝，哥哥紧锁的眉头稍稍舒展了一些。

我想换个话题，打破沉重的气氛，就随口提起厂里买断工龄的那批人，谁谁在银川开了家洗车行，已经买房买车在城里安家；谁谁开大货车一年十万二十万地挣钱；谁谁跑出租，已经准备自己买车入户……

哥哥默默地吸着烟，无动于衷。

我正说着，他忽然想起个事，掐灭烟头跟我说："过几天要给

↑ 青铜峡铝厂电解一车间原貌

咱们350新分来的复转军人培训安全生产，我做了个PPT，发给你，你把文字给我捋一捋。"

···········

哥哥心里只有工厂。

"上厂里的技校，毕业后不愁回不了厂。"跟当时所有工厂子弟的想法一样，1991年哥哥高中毕业，没有迟疑，直接报考厂里的技工学校。要知道，20世纪90年代初，"进铝厂难，难于上青天。"1993年技校毕业，哥哥分配到父亲曾奋斗三十多年的80千安自焙阳极电解槽系列厂房，当了一名电解下料工。

上班头几年，哥哥跟所有小年轻一样，爱逛。他和工友们穿厂里统一发的灰色涤卡风衣进银川，齐刷刷走在街上，回头率百分百，很多人低声说，准是304厂的。进了商店，一听304厂的，商品立马涨价。但无所谓，反正工资高，大伙儿不会计较，买了就走。

商场营业员说，每月一到铝厂快发工资那几天，他们就得加班加点忙进货。

哥哥开着料罐车，穿梭在火焰昼夜不息的电解厂房，给电解槽运送氧化铝粉。寒来暑往，一干就是十一年。2004年8月18日，运行三十六年，为我国电解铝工业发展立下显赫功勋的80千安老电解系列进入暮年，拉闸停槽，进行技术改造。2005年12月18日，80千安自焙阳极电解槽系列技改后的120千安预焙阳极电解槽系列顺利通电投产，重新焕发生机。哥哥又到120千安电解槽系列做了一名电解工艺技术员。

↑ 青铜峡铝厂工人与为国家和工厂做出巨大贡献的80千安上插自焙电解槽依依惜别

在电解厂房里多年的烟尘浸润，哥哥越来越像父亲，脸庞黝黑，眼神刚毅，常年一身灰色劳动布工作服，腰里别一袋工具，骑半旧的自行车忙来忙去。他眉头总是锁着，似乎永远有思考不完的技术难题，抑或是作为家中老大、第一拨接班的铝二代，心头的责任太沉。

哥哥平时话少，但和父亲坐一块说起厂里的事，话匣子就打开了，从电解槽来效应的应对措施、电解工防暑技巧、铝业行情到电解铝行业发展前景……"总之咱厂再好不过了，咱们这拨年轻的好好干，将来还会更好。"末了，哥哥总会盟誓般来这么一句。

作为一名铝二代，工厂是哥哥的全部世界。有一回，他到银川办事，住了几天回来后，不止一次笑话了省城的"没意思"："连广播的声音都没有，早晨上班都听不到国歌，待那里有个啥劲。"

他不关心工厂外面的人和事，他所歆羡的、比较的对象都是厂里的。他教育儿子总拿厂里的标兵、劳模说事，谁谁谁大学毕业回厂里，十年不到，摸透电解铝冶炼工艺，在车间独当一面，已被提拔为车间副主任；谁谁谁干一行钻一行，守着电解槽二十年磨砺成炼铝专家，已进入电解铝行业跨世纪人才名录……

2013年，国家首批淘汰落后产能企业名单出炉，电解铝行业赫然在列。2014年10月，120千安预焙阳极电解槽系列关停，哥哥告别奋斗二十一年的老电解生产系列，又奔赴350千安预焙电解槽系列，继续躬身在电解厂房。

以下是哥哥刚进厂时厂里的背景：

1992年社会主义市场经济确立之际，我国电解铝工业也正大踏步向世界铝工业强国迈进。1992年到2001年，电解铝产能从109万吨迅速发展到342.46万吨，占全球总产能的15.7%，全球排名从1991年的第六位跃居2001年第一位，我国首次由电解铝净进口国成为净出口国。

1993年，在市场经济大潮推动下，电解铝行业快速发展，电解铝产品产销两旺，厂里效益翻倍增长。厂里顺势而为，扩建电解铝产能、分流内部服务单位、发展第三产业……这一年，工厂成功跻入中国大型国有企业一百强。自此，工厂发展驶入快车道，拔地而起的新厂房、高耸的新烟囱、油黑的新沥青路，雨后春笋般不断涌现。生活区新建的一栋栋家属楼、新开张的一家家餐馆、繁华的商业广场，无不洋溢着一派过节般的喜气。家庭影院、BP机、"大哥大"、摩托车，俨然成为厂里人家的"标配"。厂房、车间、上班路上、广场上，到处晃动着心满意足的笑脸。

20世纪90年代我国电解铝产能的快速增长，极大地弥补了西方世界原铝产能关闭对市场的影响。我国原铝产量在世界所占份额也由1995年不足10%，上升到2003年的24.7%。

经过半个多世纪的风雨历程，我国电解铝产能成为"世界之最"的同时，电解铝节能技术也跑在世界前列。2012年3月16日，中国铝行业传来喜讯：国家科技支撑计划重点项目"低温低电压铝电解新技术"顺利通过科技部验收，吨铝直流电耗由2008年的13235千瓦时降低到11819千瓦时，降幅达10.7%，这标志着我国电解铝节能技术已达到国际领先水平。

而今，电解铝行业三十载辉煌虽已成过往，但是，只要电解槽冶炼的火焰一息尚存，就会有哥哥这样的铝二代矢志坚守。

自从2014年10月120千安预焙阳极电解槽系列拉闸停槽，厂里职工买断工龄的买断工龄，分流的分流，两年不到，一个万人大厂职工剩下不到五千。哥哥到350千安预焙阳极电解槽系列做了电解铝冶炼技术专工后，比以往任何时候都忙。这两年回厂里见哥哥一面都难，更别说聚在一起吃饭了。这几天碰巧哥哥为新入职员工做培训，才得空坐下来。哥哥向后捋了一把浓密而花白的头发，点了一支烟，平静地说起在厂里工作二十五年的点点滴滴：

"比起初中技校毕业十八九岁的那些小兄妹，咱们高中技校的一毕业就二十出头老大不小了，学徒期短，上班半年差不多就能自己上手。

"1993年9月，咱们这批高中技校毕业生分配到80千安（自焙阳极电解槽系列厂房），成为电解工、天车工、下料工。相比厂房里的其他工种，咱们下料工算是轻松的，每天开着料罐车在料塔和厂房间跟班送料（氧化铝粉），不用整个班次守在电解槽旁挨烤，又赶上厂里效益连年翻倍增长的好日子，每月工资、奖金一分不少，一年两次涨级一次不落，一年下来加上年终奖，咱们每个工人挣的钱，别说买'大哥大'、BP机、家庭影院，就是买辆夏利轿车也问题不大。

"但甘蔗没有两头甜。下料工是电解辅助工种，跟真正的电解工没法比，人家吃几年苦下来，要么电解工艺技师，要么大组长，今年当劳模，明年评标兵，厂报登、广播讲，光荣又体面。不过眼热归眼热，半途转电解工，就得从头学起，丝毫不能含糊。厂里效益这么好，定要扩建，把电解铝冶炼学精，总有用上的一天。想来想去，我决心上电大，学电解铝冶炼专业，将来做一名电解工艺技术员，这样就能为电解生产使上更大的劲。"

我说："我就寻思那时下料车开得好好的，你怎么又一门心思考电大，原来心里早有打算。你跟咱爸一样，心还是拴在电解上。"

哥哥笑了笑，接着说：

"有了念想，就有了心劲。我重新捡起高中课本，得空就在下料车驾驶室、车间值班室啃起来。上夜班安静，送完料回值班室泡杯酽茶，学到天亮，能记下不少东西。

"考上电大，三年后毕业。那三年上班除了干活就是学习，班组的人都笑话我：'一个大老爷们，干点啥不好，一天到晚啃书本装斯文。'那几年除了张罗工友家的婚丧嫁娶，班组聚会都顾不上去，惹得大伙儿都斥责我太不像话。

"1999年电大毕业，车间电解生产技术岗位没有空缺，我仍开下料车。到2001年，咱们国家电解铝冶炼经过近十年飞速发展，产能达433万吨，跃居世界第一。铝锭生产得太多就不吃香了，铝业行情下滑，厂里的效益大不如从前，新分配来的大学生干不了多久就跳槽，很难再留住人才，厂里开始重视我们这些专业对口的技校生和电大生。不久，我被借调到车间（80千安上插自焙电解槽系列）以工代干当电解工艺技术员。机会来之不易。自此，我就一心扑在电解上了。"

"你哥自打当上技术员，劳动布工作服再没离身，一天到晚忙得不着家，饭都顾不上吃。在你哥心里，电解厂房比家重要多了。"母亲在一旁嗔怪道。

哥哥捋起劳动布工作服袖子，弹了一下烟灰，接着说：

"书本啃得再多，不下厂房跟班干，也摸不透电解槽。自打干上电解工艺技术员，每天一早打开电脑登录厂里的局域网，花半小时把当天该处理的事项处理完，我就下厂房了。

"别小看电解工这活，光酷热就够人受的，几十台电解槽里烈焰翻滚，近千度的热辐射穿透槽盖板散发出来，厂房被烘成一台大'烤箱'，数九寒天温度都没下过60℃，披肩帽、防护面罩、亚麻布双层工作服、长毡靴，这身'盔甲'必不可少。没有干过电解，想象不出干电解的热成啥样，半寸厚的工作服后背始终被汗水泡透，没干过。还有震天的打壳噪声，大伙儿根本听不清讲话，只能互相打手势。还有能让铁棍自己立起来的强磁场，让你推不动小小的斗车、拿一根铁棍都吃力，扛着工具在槽子中间没法走稳。想想看，在这样的'烤箱'里抡大锤、打壳、平槽，那是啥滋味？人和机器没法比，一个班次下来，大伙儿每人差不多要喝掉十来杯水，两腿都在打软。摘掉面罩，头上冒着热气，脸上的黑灰被汗水冲出一道道印子，跟战场上下来的士兵差不多。

"炎热的夏天是电解人最难熬的日子。每年进入三伏天，电解厂房温度高达65℃，连铁铲把都烫手。记得有次夜班启动槽子，温度太高，口袋里的手电筒都被热气烤弯了，只得拿到窗口用手扳直。

"'年轻人，莫叫苦，你们才干电解几天，才出过多少汗？真正的苦你们还没碰上，你们的生皮子还得好好熟一熟！'大组长吴升升时常狠狠地拍一把新来电解工的肩膀，边说着，边习惯性地把脖子里黑乎乎的毛巾拿下来拧一把，汗水立刻雨线般流下来。

"两台电解槽之间过道的宽不过两米，互相散发出的高温喷吐在一起，热得让人喘不过气来。计测的大组长们在这里测量槽温，豆大的汗珠从额头淌下来，把工作服衣襟打湿一大片，但他们从不理会，专心盯着每一组数据，记录从未出过差错。

"在大伙儿戏称'炼狱'的厂房里，我每天跟着电解工一起干，半年下来，换极、熄效应、捞残渣、加料、打火眼……都能拿下来。碰到电解槽运行不稳定，还跟着电解工艺师学到不少处理方法。"

"你哥以前白白净净一张脸，进电解厂房没多少日子就黑了，尤其干上技术员这两年，头发白了一茬，饭量也不如从前了。"母亲在一旁心疼地说。

"妈您就别担心了。每天在厂房跟这些拼苦拼累的电解人在一起，谁还顾得了自己，都想着怎样把电解槽摸熟吃透，挑起大梁。"

哥哥安慰着母亲，接着说：

"物极必反，盛极必衰。自1993年以来，在市场经济'大手'的宏观调控下，咱们国家电解铝产量像驶离跑道的飞机，一路飙升，2003年增长到540多万吨，占世界总产量的近25％，连续三年排名世界第一。但电解铝企业并未收手，产能和投资仍在大幅增长，光2003年，在建项目就有47个，建设规模500万吨，投资额350亿元。

"到2003年这一年，电解铝冶炼企业数量已超过国外电解铝冶炼企业的总和。限制电解铝行业快速扩张的大势已定。厂里只能顺势而为，向国家提交节能降耗技术改造申请。国务院批准咱厂电解铝环保节能降耗技术改造项目请示的文件下来后，2005年12月18日，由已到暮年的80千安、106千安（上插自焙电解槽系列）改造成的120千安、150千安（预焙电解槽系列）全面通电投产。也是赶得巧，新电解槽系列投产后缺电解工艺技术员，我很快如愿以偿到120（千安预焙电解槽系列）当了一名正式电解工艺技术员。

"自2001年被借调到80千安（上插自焙电解槽系列）以工代干当电解工艺技术员，到2005年来120千安（预焙电解槽系列）成为一名正式电解工艺技术员的四年里，我每天跟着电解工、电解技师和技术员边干边摸索，打壳、换极、加料、提升母线、熄效应、捞残渣、打火眼、倒换电解质、出铝……电解厂房里大大小小的活都干过，电解槽运行出现的问题，像'针振''电压摆'这些都解决过多次，积累不少经验，咋样优化工艺技术条件，咋样控制阳极效应系数，咋样加强侧部散热……心里都有数。

"按理说，技改后的120千安（预焙电解槽系列）烟气少了很多，老厂房不像80千安（上插自焙电解槽系列）那样黑烟滚滚，但还是热、忙。这倒都习惯了。但一样的电解厂房，比从前更先进的电解槽，却让人感觉不到20世纪90年代那种热火场面，双手使着力，心却是乏的。

"铝价一跌再跌，产能仍在飙升。厂里效益下滑，物价上涨，工资下降，日子越过越紧巴，大伙儿看不到希望，厂房招收的劳务工，前前后后跑掉大半，分配来的大学生干不了多久也跑了。一直守着的就是咱们这些老电解人。

"到2012年，产能已达2700万吨，产能过剩35%，行业亏损面93%。2013年，国家首批淘汰落后产能企业名单出炉，电解铝行业没能幸免，厂里淘汰落后产能已成定局，电解铝行业三十载辉煌画上休止符。

"2014年10月，咱们花费近十年心血的120千安（预焙阳极电解槽系列）拉闸停槽。"

说到这，哥哥眼眶红了，他赶紧点支烟平复自己的情绪。

"当上技术员这十年，你哥恨不得整天整夜熬在厂房，忙得连吃饭的工夫都没有。知道你哥忙，家里大事小事都不给他说。'认真认真，到头来一场伤心。'这不，你哥车间还是关了。"母亲难过地说。

"厂里有厂里的考虑，老电解槽系列停了，还有新电解槽系列。技术在身，在哪个厂房都一样干。"父亲不以为然地说。

"哥，120（千安预焙阳极电解槽系列）停了，你们这条生产线上内退的、买断的、辞职的，加起来过半了吧？"

哥哥深吸了一口烟，缓缓地说："2014年确实走了不少，不到一半也差不多少。要走的人，咱留不住。"

我知道哥哥怀念那些离去的工友，就劝慰道："细算来，到2014年建厂整整五十年，半个世纪，老去两代人，咱厂也老了，子弟学校划归属地（高中部撤了），职工医院私人承包，连环境保护科也精简得不剩几个人，山顶公园的树和草都没有人修剪，长荒了……每个工人肩上都扛着一大家子人，父母看病、孩子上学、给孩子娶媳妇买房，样样离不开钱，厂里一千多块工资，那些离开的人也是没办法。"

哥哥听罢，不再言语。

"那么多人都走了。哥，你真的一点都没想过离开？那时明明有几家民营铝厂都来咱厂挖人，专挑你们这种有技术、有经验的老电解人。"明知问得多余，我还是忍不住问了。

哥哥说："没有，从来没有。你想想，咱爸是建厂第一批工人，咱们又是第二代工人里头一批，干二十来年了，有经验，能扛事，如今铝行业虽不景气，但咱厂毕竟还没有倒闭，350（千安预焙阳极电解槽系列）照常生产，咋能忍心把厂子撂下？再说，而今再难，也难不过咱爸这辈创业者。"

哥哥一口气把话说完，生怕我再提"离开厂里"几个字，他似乎不能再承受这几个字刺刀一样一遍一遍挑他的心。

2015年，哥哥离开自改造投产到关停、奋斗十年的120千安预焙电解槽系列，又奔赴350千安预焙电解槽系列，成为一名电解铝冶炼专业工程师，继续躬身在电解厂房。这一年，哥哥四十四岁。

"厂里人少了，活儿却没少掉多少。你哥到350（千安预焙阳极电解槽系列）比在120（千安预焙阳极电解槽系列）还忙。那会儿三个人的活一个人干，现今五个人的活一个人干，工艺、工资、核算，还兼着车间仪表班班长，忙得一天到晚不见人，大年三十都在加班。平日里在厂房吃饭，不是盒饭就是方便面，又累又吃不好，眼看着头发大半都熬白了。"说起哥哥在350（千安预焙阳极电解槽系列）这三年，母亲几度哽咽。

哥哥平时难得陪家人。2016年侄子考上大学，哥哥答应为侄子送行。9月3日侄子临行前打电话恳求爸爸回家送自己上火车。原本一直很繁忙的350（千安预焙阳极电解槽系列），这几天又有一台电解槽停槽大修，作为电解专业技术人员，哥哥必须守在现场。这天，他心里一直惦记着回来送儿子，处理完手头的事穿一身黑乎乎的工作服往回赶。但回到家已经迟了，儿子已坐火车走了，他怔怔地望着空空的屋子，潸然泪下……

↑ 青铜峡铝业350千安电解铝生产系列外景

回厂里时间总是过得飞快，跟哥哥说着话，不知不觉一天就过去了。母亲刚从厨房忙活出一桌子饭菜，一家人坐下来正要吃饭，哥哥的手机响了。接完电话，他二话没说，顺手抄起一个塑料袋装了两个饼子出了门。

　　"再忙也得先把饭吃了啊，都端上桌了。"我和母亲急忙追出门。

　　"你们快进屋吃。有台槽子（电解槽）'针振'了，我得赶紧过去处理！"哥哥应了一声就匆匆消失在茫茫夜色中……

　　三线二代从小到大，从青春红颜到华发渐生，半个多世纪里，我们亲历了电解铝行业从中国工业王座上跌落的全部历程。如今，说起20世纪下半叶厂里动辄千人会战的盛况，短暂的兴奋过后，是长久的沉默。这沉默背后，隐藏着我们难以言说的感情。

　　时代的变革总是让人猝不及防。历史车轮驶入21世纪后，我国电解铝产能过剩，电解铝行业几经变革，依然无法扭转衰落的命运。而今，我们的工厂作为一座曾经无比辉煌的三线电解铝工业基地，在改制、转型、重组的阵痛中，日渐老去。奄奄一息的工厂里，每年都会有一些老一辈创业者被时光带走，厂公墓新添一座又一座坟冢，原本空旷寂寥的墓园，坟头日渐增多，挤挤挨挨的，像厂里的另一处家属院。

　　随着父辈的人生渐次落幕，哥哥这拨铝二代第一拨工人也年届五十，走向暮年，但他们自己似乎浑然不觉，一如戈壁的骆驼草，历尽荣枯，不改葱茏，仍坚守在厂里。他们手持铁钎侍弄电解槽的专注神情，三十年来从未改变。

　　如今，作为我国工业化奠基的三线建设，已成为一个时代的背影，渐行渐远。哥哥时常喟叹，咱厂不知还能支撑多久？但转而又坚定了语气：它存在一天，咱们就守它一天！哪天它不在了，咱们仍埋在它遗迹旁的墓地里，与长眠的父辈一起，永远守着它从未走远的荣耀……

二二 最后的队列

　　沥青浇筑的厂大门门庭，平阔光亮如一面黑色的镜子，阳光洒下来，闪烁着无数熠熠生辉的"黑钻石"。几只麻雀盘桓在门庭上空，地面上映照着几个飘忽的小巧身影。刚上班那时，我迷恋这些，厂里人熟视无睹的这个地带在我心里是一道妙不可言的风景。没事我就在这里溜达，我还希冀能遇上厂里参加各种活动的队列。当我目送着昂扬的队列走过这华丽的门庭时，心里就击鼓般涌起一股莫名的兴奋。

　　那时，不论一月二月三月四月，还是五月六月七月，厂里总有捷报传来，铝锭销售势头如何旺盛，又要扩建多少万吨产能。那时流行的传说是，在电尚没有投入人类使用的19世纪初，若想把铝从化合状态分解出来，让它以纯净夺目的姿态遗世独立，只有几个在有色金属堆里摸索了半辈子的德国人能办到，他们用钠还原氯化铝，鼓捣出世所罕见的纯净铝块。拿破仑第一次遇见就被它银光凛冽的风华倾倒。于是，这位大梦想家为展示身份，在枫丹白露宫招待政要，一律换作奢华的铝餐具，宫廷贵妇更是佩戴着名贵无比的铝首饰相互攀比。自此，近两个世纪后的20世纪80年代，恰逢重工业风生水起，铝以工业原材料的身份再一次显赫起来。

　　工厂效益好了，往深里的好处我想不来，只记得那时总是招工、盖家属楼、植树、涨工资、发福利、组织文体活动。上班路上、家属院、菜市场，到处晃动着吃饱喝足后心满意足的笑脸。那时我二十出头，正青春，心思在厂里的职工运动会、文艺会演、技术比武上，只要车间有名额的，都不会错过。那时的我，只要站在那俨然的队列里走上一回，人就神气了，再寻常的日子也能活出光彩。

↑ 青铜峡铝厂工人技术比武

　　每年的职工运动会是厂里的盛典。每到开幕式，各方队穿上红色的、橙色的、蓝色的运动服，举着队旗，唱着队歌，意气风发地走出厂大门，走向体育场。此时，厂广播正播放着《欢迎进行曲》，大门四周彩旗招展，门庭摆满盆栽鲜花，一群麻雀蹲在岗楼上大声欢叫，门庭两边站满观赏队列的职工和家属。空气中弥漫着近乎夸张的喜庆气氛。我们蓝色方队走过厂大门时，每个人胸腔里都鼓荡着一股子天地间舍我其谁的豪气，胸脯挺得老高，努着脸，像是马上要去打谷场与小伙伴们打一场较量实力的群架似的。我用余光悄悄朝岗楼看了一眼，执勤保安正行着标准的军礼，目光注视远方，似乎要望到理想的尽头。我庄严了心情，铿锵着步子，感觉所有人都在用赞赏的目光注视着我们。这一刻，我听到自己加重了的呼吸声。

我走队列一度上了瘾。那是1998年的4月，春风吹绿了草甸子吹绿了白杨吹绿了河柳，文艺青年刘福明、丁翼亭、李少军已从六盘山、萧关、黄河古渡踏青回来，眼里流淌着山川的浑厚苍茫和河流的浪漫不羁，一逮住我就吟诵北岛的《走吧》和海子的《面朝大海，春暖花开》。但这些都不足以打动我。我报了分厂的健美舞队，要参加厂里的健美舞大赛。两年来，我眼前不断浮现着分厂健美舞队领舞吴学琴台上的舞姿，耳边萦绕着观众哗哗的掌声。刚

↑ 青铜峡铝厂职工运动会

参加工作不久，正赶上厂里举办健美舞大赛。那天下午，厂体育馆座无虚席，舞台口深红色丝绒幕布徐徐拉开，咔咔、噜啦啦——动感劲爆的桑巴旋律响起，霓虹灯疯狂旋转，五色光柱摇曳不定。盘着高高发髻、身着金色亮片健美裙的领舞吴学琴，抬腿、扭胯、甩头，啪！音乐戛然而止，她似笑非笑的明眸风情万种地掠过全场；咔咔、噜啦啦——音乐再度响起，她的步子轻挑慢踏，伸臂、垂头、转身，投下一个神秘莫测的微笑，眼梢妖媚地一挑，音乐又止，我瞪大眼睛中了魔怔般当场痴住；紧接着，一段高亢的桑巴风情女声传出，她轻踏碎步抬臂摆手，一个侧腰送胯，分厂健美舞队踩踏着舞步摇手摆胯闪亮登台，引爆全场……我这才从她夺魂的魅惑中回过神来。回到家，我找来桑巴舞曲磁带，对着穿衣镜一遍一遍地练习。我渴望进入健美舞队登台表演，哪怕只是站在最后一排。

这个春天，机会终于来了。我们在分厂工会活动室跟着吴学

↑ 青铜峡铝厂职工文艺演出

琴刻苦训练了一个月后，如愿以偿参赛了。那天下午，我们的队列走进体育馆时，舞台已经布置好了。和往年一样，依旧是吴学琴领舞开场，霓虹灯激闪，桑巴女声风情狂野，舞台在燃烧，观众在沸腾。随着吴学琴给出的妖娆倩姿，我们在千万双目光聚焦下列队踩着奔放的旋律，曲臂托肩摆腰甩胯激情上场，我初次登台的激动和兴奋顿时湮没在海啸般的掌声中……

站在一个个整齐有力的队列里，走过春秋，走过风雨，十几二十年一晃而过。2010年以来，时代变革，经济下行，产能过剩，工厂的效益如插入雪堆的温度计直线下滑，职工工资一降再降……再看看我们自己，白发隐隐，眼角织满细纹，眼神凝滞无光。诗意栖居工厂谈文说艺畅意人生的憧憬犹在昨日，转眼，时光已飘走了我们的容颜。工厂的荣光已成往事。

工厂沉寂，喜鹊无踪，何谈活动？人们就像老式钟表一样缓慢而毫无新意地度过每一天。那天刚上班，厂房传出老生产线拉闸关停的消息，大家仿佛突然被雷电击中，怔在那里：

"啥，拉闸？这么大的国有厂子还能说停就停？"

"停产了我们这些工人喝西北风去？"

正在维修管道的张光明撂下手中的管钳说："我得找厂长讨个说法去！"说罢径直向厂办公楼走去。

厂房里仍在"炸锅"："停产了我们就下岗失业了，我们可都是国家职工。"

"自打一上班就在这条生产线上，二十年了，舍不下啊。"

…………

大家叹惋着、痛心着、不甘着、忧虑着，不得平复。临近下班，张光明像一个战败的士兵，敞开着工作服扣，散乱着头发，拎着安全帽进了厂房，疲惫地朝工友望了望，一言不发进了休息室。厂房里终于安静下来。那些曾经轰鸣着的机器，如同老牛般静卧在厂房深处，反刍着往昔的岁月。

这天，太阳依旧透过泛黄的玻璃窗照进厂房，大家像往常一样，到岗，开班前会。此时，工区长拿着一份文件走了进来。他没像平日那样粗声大气地吆喝着问候大家，而是冷峻地环视了我们一眼，坐在长条椅上镇定了一下情绪，咳嗽了一声，觉得不妥，挪了下身子，又咳嗽了一声，盯着文件看了一会，像一出大戏的过门，梆子响了很久，戏才缓缓出来——他终于不安地吐话了："刚接到厂里通知，我们生产一组今天下午拉闸，这周做好停产后续工作，回家待岗。"他一口气说完，眼里蓄满阴郁，扭过头匆匆走了。工区长的话犹如一块沉重的石头，砸在每个人的心头上。休息室陷入一片死寂。

停产后的厂房静得像一座古墓，咳嗽一声都会被自己的回音

↑ 青铜峡铝厂寿终正寝的电解槽

244

吓着。没有往日轰鸣的机器轰鸣声，没有高温、粉尘。消亡时的厂房和初建时的厂房竟出奇地雷同。我拿着扫帚，张光明扛着铁锹，马立军推着手推车，一个清扫一个掌车一个撮尘土，都只是默默干活，没有言语。扫帚、铁锹不时发出的响动，听上去寂寞而恍惚。

一周后，停产的厂房收拾干净了。工区区长来到厂房，对大家看了看，又看了看，顿了一下，狠狠地吸完最后一口烟，踩灭烟头，也不看大伙儿，低沉着声音说："都换上工作服，穿戴整齐到厂房门口集合，准备解散。"说罢，盯着厂房看了良久，确信自己把厂房的前世今生都看进眼里装在心里后，转身寂寥地走了。随后，工友们都默默地到更衣室更换工作服，就像每次参加活动一样。作为留守厂房做最后交接的人员，这次我没有列队。站在更衣室门口，只为再看一看那一张张熟悉而亲切的面容。

戈壁的秋空，苍茫，高远，西风掠过高低错落的厂房阵阵吹来。我蹲在厂大门不远处目送即将离去的工友。下午四点的太阳照在厂大门上，拉出一片黯淡的影子。几只疲倦的麻雀收起灰色的翅膀落在岗楼上。不时有一两个下白班的工人推着自行车从侧门出去。执勤保安在岗楼外徘徊走动。这是厂大门口再平常不过的下午时光，然而今天再看时，却恍若隔世。

十多年来，一次技术比武，一次植树劳动，一次职工运动会，从青春到不惑走过的那一个个队列，电影镜头般在眼前闪现。蓦地，地面上出现了一行队列的影子，我心头一惊，站起身来，只见六十个身着蓝布工作服的工友排成六行，走向厂大门。队列走得很慢，那些承载着无尽眷恋和不甘的脚步是迟疑的，似乎随时都要停下来。

终究还是走到了厂大门前。领队张组长怅然地向执勤保安指着队列说了一声，厂大门就徐徐打开了。这个即将永远告别岗位的队列，队员们垂着头，微弓着腰，努力保持着队形，缓缓走出了沥青浇筑的工厂高大的门庭。执勤保安严肃着一张沧桑的脸，缓慢地举起手，为他们行着最后一个军礼。在下午斜射的阳光下，门庭上的"黑金刚"，闪烁着金色的光点。这一刻，泪水无声地滑过我的脸颊，透过模糊的视线，我看到那一个个怅惘无助的背影，在门庭踯躅了片刻，渐次散开，各自踽踽走远了。

二三　黄昏履历

成批的晚霞铺陈在西天，有淡黄的，有橘红的，有粉红的……像极了色彩斑斓的青春。霞光映照下，远处戈壁上矗立的古烽燧和连绵的山塬呈赤褐色，犹如远古遗迹，看上去神秘而魔幻。我们几个解开劳动服扣子，坐在冷却塔旁吹着凉风向西眺望，出神，想心事。

这多么惬意，多么自在。我醉心于这样的黄昏。每天晚饭后，电解厂房生产高峰一过，空压机卸了负荷，大家就闲了下来。一心谋着中大奖的金学生师傅蹲在班组墙角拿张旧报纸写写画画，专心地排列组合彩票数字，我们几个就把轰隆运转的机器撂给金师傅，跑出班组去透风。

大伙儿就这么坐着，吹风，看晚霞，看山塬。我扫了一眼他们几个，林玉洁的眼睛仍是含情带梦一副情痴的样子，手托下巴，微蹙着眉头，准是又在暗暗比较车间那个钳工和那个技术员哪个更中意；吴卫东一脸茫然，肯定还在纠结是安心做个运行工，还是设法调到运输分厂当司机……大伙儿虽在一个班组朝夕相处，少不了当参谋出主意，但有些事还得自己做主。可这些事又是那样的难以定夺，盘在心头，剪不断理还乱，不如先放一边，就这样静静地待在一起看天。

晚霞徐徐飘游着，不住地变幻着形态，应和着我暗自浮动的心事。进厂上班三年了，我已穿旧两身劳动服，随身携带的螺丝刀也秃了两把。一天到晚侍弄机器，日子久了，人都木呆了。一想到多年后，我就变成金师傅汪师傅刘师傅那样木讷的老工人，把大半辈子都撂在这些机器身上，就不甘心。坐办公室多好，穿花裙子，吹电风扇，星期天还能搭上厂里的班车到银川逛商场。当然，要坐进办公室，起码得有一张文凭。一想到这儿，我就坐不住了，得回班组抓紧翻书学习。"哎，咱们回去吧，我得看书学习了。"我一句话把大伙儿从梦幻中拉回现实。"咘，咱们工人靠的是手上的技术，你总抱个书本子啃啥，快好好儿坐这凉快着，待会电解厂房打壳咱们再回去。"吴卫东颇不以为然。

我们接着看天。此时，晚霞更红了，锦缎一样大团大团地铺展开来，染红了大半个天空，把粗犷的戈壁荒原，坚硬的烟囱、厂房晕染成活泼泼的橘红色，流光溢彩，犹如梦想一样美好。望着一团团缓缓飘游的"锦缎"，我的神思又回到"坐办公室"的憧憬中。平日里，每当我流露出对当工人的不满情绪、嫌弃灰不拉几的劳动布工作服时，父亲就重复那句已说过上百遍的话："这年头能进咱厂当个端铁饭碗的工人容易吗？多少大学生挤破头都进不来。就你这身劳动服，多少人做梦都想穿呢！"确实，自国家1982年提出"优先发展铝"方针后，电解铝行业成了时代的"宠儿"，厂里每年需要的大学生不过一二十人，就算是专业对口的高才生也未必能进来。我们这些三线工厂子弟若想留在厂里，最直接的办法就是报考厂里的技工学校。怎奈技校毕业的我们几乎都下车间当了工人。

我也晓得，在我们这万人大厂，坐办公室的不过五百人，这个群体要么是大学生，要么是厂长、副厂长、车间主任的亲属，而我这样一个出身于工人家庭的工人却一心想坐进办公室，说白了，就是和自己过不去。但青春的力量就在于折腾。我不妨先考取大学学历，万一哪天机会来了呢？

心里一番挣扎，我回过神来，红霞渐渐变为紫色，戈壁的古烽燧和山塬也只剩下隐约的轮廓。夜色从四周涌过来，我们起身迎着隆隆的机器轰鸣声回了班组。

那些年数不清的黄昏里，我们就这样坐在班组外面，望着缤纷的晚霞，边迷茫边成长。

时光如水，转眼十年。

这天下午厂里开职工代表大会，各车间代表满脸荣光地会聚礼堂。大会还没开始，我坐在座位上东瞅西望，有不少熟悉面孔，这

↑ 青铜峡铝厂职工代表大会

一张张面孔已褪尽青涩，濡染了工业风霜。时间过得真快，一晃我们这一茬已过而立之年，当年的学徒都成了主力。正暗叹，有人向我挥手，仔细一看，是吴卫东，他肩上还挎着绶带。我很兴奋，猛劲地向他点头会意。走出老班组这两年，大伙儿各忙各的，难得一见，今儿定要好好聚聚，把老时光找回来。

大会散了，刚走出礼堂，吴卫东就迫不及待地跑过来张罗："把老班组那几个喊上，咱们一起上山顶公园！"

"我这就给他们几个打传呼。"应了一声，我便奔向IC电话亭。这当儿，吴卫东喊了两个徒弟到商店买了一堆白酒、红酒、健力宝、罐头、火腿、花生、瓜子搬到山顶公园高处的亭阁里。不大工夫，林玉洁、冯子明、霍晓华都来了。

此时，夕阳衔山，红云从西边烧过来，烈烈地，火山喷发一样，映得漫天漫地一片辉煌。这辉煌丰富极了，厂房是金红色，管道是赤褐色，连一柱柱烟囱里喷吐的团团烟气都变成梦幻般的玫瑰色了。工厂只有在夕阳中才肯呈现它被灰色遮蔽的荣耀。霞光把大伙儿的脸庞也照得红亮红亮的，像逢了大喜事一样。大家打开酒瓶，干了三杯，兴头就上来了，大谈全球铝业格局、伦敦有色金属交易所、电解铝行业的大势与前景……言语间满满的大厂情怀。吃着聊着，话题转到各自的人生时，吴卫东把袖子一捋又举起一杯酒："来，为咱们梦想终成，干了这杯！"咣咣咣，杯子碰在一起，响成一串激越的音符。

几杯酒下肚，人就舒坦了，大伙儿靠在亭阁石柱上嗑着瓜子望天。这时，红云渐渐以星火燎原之势烧红大半个天空，我们在满目红光中用回忆缀连今昔，更多的是对幸运之神的感激。五年前，厂里扩大产能，运输分厂司机紧缺，吴卫东写了份岗位调整申请送到厂劳动人事处，不久就收到佳音，如愿以偿地进司机班当了一名司机。而今他已当上班组长，一天到晚威风凛凛地带领二十多个司机开着东风货车为电解厂房运送原料。林玉洁最终嫁给了英俊能干的钳工周立强，生了个宝贝女儿，一家三口过得和和美美。我也在考取大专文凭、给厂报写了三百多篇新闻稿件后的两年前，坐进办公室当上了宣传干事。

注视着越烧越烈的红云，我心里腾起更深的热望："不出意外，再过几年，卫东能评上工人技师，我评个政工师，玉洁爱存钱，存款怎么也破六位数了。"吴卫东也是信心满怀："咱厂照这样火下去，那都是顺理成章的事儿。"林玉洁则是满心感念："说实在的，能在咱们这样的国营大厂干上自己喜欢的工作，过着旱涝保收的日子，真真儿做梦都能把人笑醒。"不得不说，是时代的变革成全了我们。这要放到在一个岗位干到退休的老一辈心里是不可想象的。

笑谈间，红云悄然淡去，暮霭次第深沉，家属院灯火通明，我们起身回家了。

一个厂，一辈子。像父辈那样，守着自己熟悉的一切，从青丝满头到白发成霜，没什么不好。看看那一张张慈眉善目的面容，就晓得这样的一生是安宁的。

然而，世事无常，兴衰难料。谁也不曾想到，21世纪伊始，电解铝行业发展方兴未艾，盛极而衰的魔咒已在暗处诵念。先是建设于20世纪中叶、在中国电解铝工业史上鏖战半个世纪的上插自焙阳极电解槽系列进入暮年，工艺落后，于2004年被责令停产改造。随后几年，又因我国原铝产能无序扩张引发严重产业危机，致使电解铝行业江河日下、哀鸿遍野。在行业飓风的裹挟中，与所有电解铝厂一样，求生存的本能使我们的工厂走向重组、分流、转岗的艰难自救之路。在一次次伤筋动骨的改制中，我们随工厂几经浮沉，最终散落天涯。

送别他们几个，我最后一个离开。我特意等下班的人都走尽了，才到车间收拾自己的私人用品，这样能避开老师傅和老工友，免得走的时候忍不住掉泪。我把工具一一擦拭干净放进工具箱，归置好文件，把办公室做了最后的清扫，锁好门，把钥匙交给打更大叔，捧着陪伴自己二十年、杯身印有"青铜峡铝厂建厂30周年纪念"字样的搪瓷茶杯离开了车间。沿着厂区沥青小路无声地走着，走到厂大门口时，我的步子停了下来。我默默地转过身，此时，落日像一颗蛋黄，无力地向西沉去。高低错落的厂房披上一层茜红的轻纱，但仍旧难掩疲惫的倦容。一柱柱矗立了四十八年的烟囱黑黢黢的，喷吐的烟气盘桓在空中，迟迟不肯散去。我一一看尽那些老厂房老班组，我要把它们留在心底，一起带走。静静凝望间，一阵冷风吹来，我把目光投向暮色中深邃的苍茫戈壁，心底陡然升起一股悲凉，有情的人类终不抵无情的荒原，戈壁仍是那片戈壁，仍是初见时的模样，而我们却要告别青春、告别故土，走向陌生的他乡。要知道，这片我们无数次穿行过的戈壁上有多少骆驼草，就有多少我们逝去的青春和时光。

时候不早了，该走了。又踯躅片刻，我狠了狠心，跨出厂大门，而就在离去的一瞬，我的泪一下子涌了上来，一种被连根拔起的锐利疼痛顷刻穿透了我……

又是十年。

再度相聚，我们已近知天之命。前年清明节，大家从各地赶回老厂，有的看望尚健在的父母，有的给已故的父母扫墓。各自忙完，我们几个仍旧约在山顶公园见面。厂里重组后，我们那一茬四散在几内亚、北京、青海、银川、宁东、红墩子等地。2014年两个老电解系列拉闸停产后又分流出去一拨人，老厂仅剩不足原来五分之一的人。而今，厂里只剩下第一代老三线人坐在家属院门口晒太阳。昔日人流如织的山顶公园鲜有人迹，密布公园的树木在被人们遗忘的时光里恣意生长，大大小小的花园被纷乱芜杂的荒草湮没。天色已晚，沉沉的暮霭低垂在天边，犹如浓得化不开的愁绪。

我们带了一些啤酒和吃食，登上山顶公园高处的亭子。打开啤酒，几杯下肚，漂泊异乡的孤苦无依、渐行渐远的老厂往事一起涌上心头。说起在老厂一起度过的那五千多个黄昏，大伙儿都有些微醺，眼眶也湿润了。而事实上，人生就是一个不断告别的过程，与时代告别，与亲友告别，直至最后与生命告别。我于是劝道："好不容易聚在一起，应该高兴才是。再过几年咱们退休就都回厂里养老。"这么一说，浓浓的惆怅才雾一样渐渐散去，大家便扳着指头算起了退休的日子。

父母上岁数了，近两年，不光过节，平时但凡有空我就会回老厂。在厂里，隔三岔五就传出父亲的老工友病重的消息，我便陪父母过去看望。到了这些叔叔家，父亲和叔叔说着老厂房的往事，嘴边总不离那一串熟悉的名字，谁谁那时候怎么怎么的，后来又怎么怎么了；谁谁去世几年了，谁谁前几个月去世了，谁谁前几天刚去世……而说得更多的是那些四十多岁就病逝的劳模："李有新、常万财他们几个要是活着，现在也七十出头了。"

"你们电解人就是把命看得贱，明明已查出肝硬化，厂里给调个轻省岗位让养病，愣是不去，死犟，带着病干活，还跟没事人一样，不倒下才怪……"说起父亲老厂房那几个早逝的劳模，母亲总是不住地叹惋。

"电解人要没这股劲头咋能成事？天天学大庆，白学了？大庆没有王进喜他们拿身体豁上去，第一口油井也没那么快打出来。咱厂也一样，没有李有新、常万财他们拼上命，出双零铝也赶不到那几个铝厂前头。"干了一辈子电解的父亲，一提电解人就急。

父亲七十几的人了，又有高血压，母亲怕父亲血压再飙上去，赶紧把话岔开，对因尘肺在家静养的赵建才叔叔说："他叔，不管啥病都是三分治七分养，要放宽心才好……"

晚饭后，我会在厂里转转，到摆满我们往昔脚印的大食堂、灯光球场、体育馆、图书馆，还有几家老馆子去看看。每到一处，我都像见到久别重逢的老友，心动难抑。食堂紧挨门口的墙面上那几

↑ 青铜峡铝厂职工图书馆

个依稀的黑手印，是我们排队打饭时嬉闹玩耍时按上去的；体育馆排球场拦网下那道隐约的划痕，是与兄弟单位比赛时林玉洁扣球不小心摔倒留下的；图书馆标有"文学书籍"的书架一角那张模糊的港台明星贴画，是我找书时顺手贴上去的……这一处处早已被时光冲淡的痕迹，此时都如生命的印章清晰地烙在心头，让我舍不下，丢不开。

天色黑尽。我习惯性地走到西大门，朝着正对工厂方向的那片已长眠很多父辈的墓地肃然地站一会儿，便折身返回了。

家属院只有零星的灯火寂寥地亮着，巷道里空空的。我在院门口低回，想一些远远近近的事情。

夜深了，厂区传来的机器轰鸣声湮没了地面上所有的响动。该回屋了。此刻，我心里只有一个念想，就是等过几年退休回到老厂，家属院里的万家灯火能再度点亮星空。

二四　技术为王

　　20世纪60年代中期，乡亲们都在为吃饱肚子而发愁。孙永浩的父亲作为"老三届"的毕业生，正赶上祖国三线建设大潮、一家大型铝厂在离家不远的戈壁一隅奠基开工，他随即被招工进厂成为一名吃商品粮的工人。在乡亲们的艳羡中，孙永浩父亲穿上四个兜的劳动布工作服，骑上崭新的自行车，神气地穿梭在工厂里。

　　像孙永浩父亲那样当一名国家工人是光荣的，一辈子吃穿不

↑　青铜峡铝厂整装待发的车队

愁，不光厂里的汽车司机尊重他，就连念过书的知识分子也一口一个"孙师傅"地叫着。

20世纪90年代初，初中毕业的孙永浩还真的赶上了厂里技工学校招生的事，父亲极力让他报考，这位老三线人还把厂里的光荣历史给他讲了一番："改革开放后咱们国家各行各业发展快得很，争抢着要铝锭，1982年中央确立'优先发展铝'方针，厂里二期工程上马，效益翻一翻，咱厂的日子就像正月里的社火——红火得很，多少人挤破头都进不来。你小子考上技校一毕业就是一名国家工人，多好！"

于是，孙永浩考入了厂里的技工学校。1992年技校毕业后，孙永浩子承父业，当了一名汽车修理工。孙永浩的梦想实现了。

瘦高个儿，两眼炯炯有神，又细又长的双臂，一双粗糙的大手。"这小子一看就是块修车的好料。"初次见到孙永浩，车辆修理班班长就这么断言。

走出技校大门刚上班，我们偷空就溜出班组去找同学、找伙伴。这天下午，班长到车间开会，师傅在机房忙活，王小霞趁机扯着我的衣袖说："不如咱俩到汽车修理车间看孙永浩去。"就哄师傅说我肚子疼，她陪我上医院。"好主意。走。"我俩在师傅秘而不宣的笑容中登上自行车跑了。

五月天气，戈壁的风轻柔而温暖地漫过厂区，沥青路两旁的槐花争相绽放在枝头，高压线、管道、厂房墙头到处蹲着交头接耳的麻雀。外面的世界真快活，灰色的劳动布工作服也掩不住我们巨大的兴奋。

"看，汽车修理车间到了！"王小霞喊道。抬眼望去，左一排叉车，右一排下料车，前一排大巴车，后一排面包车……士兵一样整齐地停放在车间院落里，整装待发。

我俩把自行车往车间院外一撂，从车辆缝隙间左钻右钻，鱼儿一样钻到敞开的汽车维修间。只见一辆料罐车被天车高高吊起，孙永浩站在车底下用扳手费力地卸螺丝，手上、脸上挂着一坨坨黑机油。

双手叉腰站在车头前盯他干活的师傅，训斥声不绝于耳：

"惜力气怕油污就干不了修车这一行，才站车底下俩钟头就不耐烦了，我前脚一走你后脚就溜号。

"别小瞧咱们修车这行当，下料车坏了，下不成料，电解槽就没法炼铝；叉车坏了，铝水出来没法送到铸造，就浇铸不成铝锭。厂里生产哪样离得了咱们修车的？"

…………

看来师傅的斥责声一时半会儿停不下来，走出车底毫无希望，孙永浩朝我们挤挤眼，示意别等他了。我们会意地点点头转身跑了。

学徒三年，我们这一拨人出徒了。1992年参加工作以来这三年，厂里效益节节攀升，厂里抓得也越来越严，对我们这拨青年工人盯得很紧，都签了师徒协议，包教、包学、包会。师傅们拿出各种绝活传帮带，恨不得一夜之间让我们独当一面。上班时间大伙儿别说窜岗游浪，就是下班得空也乖乖儿围着师傅讨教。大伙儿难得见上一面。

"是骡子是马，拉出来遛遛。把这拨新出徒的小年轻也拉出来比试比试。"老工会主席在动员大会上对着麦克风挥手高亢地讲道。这年五一劳动节前夕，准备参加厂里一年一度技术比武的工人

↑　青铜峡铝厂汽车大修厂房

都在摩拳擦掌，我们也在师傅一遍又一遍的叮嘱中演练着。

　　四月底的太阳已经有了威力，把偌大的赛场晒得热烘烘的。各工种比赛项目准备就绪：汽车修理工维护作业车辆底盘二级、钳工找正机泵联轴器、焊工V型坡口单面焊双面成型、车工加工联轴器螺栓、电工安装变频器和液位控制。汽车修理工、车工、钳工、铆工、电工、焊工百余名技术工人穿着整齐的工作服，聚在赛场攥紧拳头铆足劲静等开赛。裁判哨子一响，赛手们步履沉稳地走向赛场……

　　孙永浩从容地走到指定的参赛车辆前，目光坚毅地朝车辆扫了一眼，捋起袖子，右腿一伸侧身一仰钻入车底。他站在车底下，扳子、管钳、螺丝刀轮番上阵，专注地对准底盘，拧、扳、撬……双手变戏法一样生动地演绎着自己的本领。此刻，各工种赛手们争分夺秒又沉着有序地完成着各自的参赛项目，观摩者不时地锐声叫好。

　　沾满机油的有力大手，油渍斑驳的工作服，戈壁山风吹黑的脸庞，壮实的肩膀——钻在汽车底下历练三年，昔日那个腼腆话少，一见女生就脸红的高个子少年长成一个魁梧男子汉了。

正午的太阳把赛场照映得一片灿烂。经过三小时比拼，孙永浩以精湛的技术拔得车辆底盘二级维护作业同台竞技头筹。领奖台上，激昂的《义勇军进行曲》驱散各工种"技术尖子"竞赛一上午的紧张和疲惫，他们都挺起胸膛，站得笔直。孙永浩神情庄严地注视着前方电解厂房上空猎猎招展的国旗，心说攒足劲要修出更多的车，给电解生产添一份力。

"修车得先懂车，得把它的零部件、构造、行驶原理一整套全吃透，就像当医生要先掌握人体各器官机能，才能诊断出患者的疾病一样。"当工友向孙永浩请教修车经验时，他有一套自己的心得，"弄透车，对症下药，总有办法修好它。"

20世纪90年代初到21世纪初这十年，我国电解铝工业借市场经济东风大踏步向世界铝工业强国迈进，电解铝产能从1992年的109万吨迅速增长到2001年的342.46万吨，全球排名从1991年第六位跃居2001年第一位。我们的工厂1993年也成功跻入中国企业一百强，一时声誉鹊起，名动中国电解铝业界。

电解铝产能连年扩张，车辆使用率一次次刷新纪录，故障也层出不穷。每年到生产高峰期，出故障的下料车、叉车一辆接一辆地往汽车维修车间送。电解生产不能耽误，故障车要随修随走，不能隔夜。这是一场战役，得拿出战士临战的劲头来。孙永浩每天天不亮赶到车间，穿过排成长龙的故障车，三步并作两步冲进维修间，站在车底开始一天的忙碌。有时候活儿赶得太急，午饭干脆让徒弟去食堂买几个馍，站在车底下就两口矿泉水凑合一顿。

临近黄昏，长龙一样的故障车只剩下"龙尾"，这时，孙永浩才能松口气，喝杯茶抽支烟缓一会，再接着把那几辆"龙尾"一一修好，这一天才算忙完。此时往往已是傍晚，车间院子空了，落日的余晖洒在孙永浩身上，他活动活动筋骨，让浑身的关节嘎巴嘎巴响一通，洗把手便披着夜色回家了。

孙永浩一边忙车辆修理，一边钻研吊车液压系统图。修过无数车辆的孙永浩，对每个液压零件都熟稔在心。凭着清晰的记忆，他手工绘制了液压系统图纸，并对十六吨吊车液压系统大修中遇到的问题和相应解决办法进行详尽记载，为车间留下一份珍贵的"修车指南"。此后，同事们凭借这份"修车指南"，在短时间内就能解决吊车故障，为工厂生产保驾护航。1998年底，孙永浩因车辆维修创新工作取得优异成绩，被分厂评为"优秀员工"。

在厂里汽车维修车间一忙就是十年，孙永浩已记不清自己修过多少辆车、送走多少张满意的笑脸了，唯有满手的老茧记载着他三千多个被汗水浸透的日子。

工业历史车轮驶入21世纪，经过三次大规模扩建，厂已成为产能过五十万吨的特大型铝业基地。厂区鳞次栉比的新旧厂房、高低不等的大烟囱、错综复杂的管网，生活区连成片的家属楼、繁华的商业广场、剧院、图书馆、学校、邮局、游泳池……一个老三线工厂就是一个小社会，一个融入每一个三线人血液和爱的小社会。

此时的孙永浩已被厂里评定为"汽车维修高级工"，他还考取了"汽车维修技师"职业技术等级证书，成为一名电解铝行业汽车维修专家。厂里的司机遇见他，像敬当年他的父亲那样"孙师傅长孙师傅短"地给他敬烟、请教有关车辆的一些问题。这样的时候，孙永浩就会很受用，觉得这辈子值了，没有白活。

此时的孙永浩，带徒弟也像当年师傅那样，双手叉腰站在车头前盯着车底下干活的徒弟大声训斥、讲厂里的生产是如何地离不了修车工……

我们这一拨工友的孩子也逐渐长大，工友们千方百计把子女送到大城市读书深造，将来好走出老厂，脱掉劳动布工作服穿上白衬衫，过上城里人的体面日子。孙永浩儿子也考上大学，大伙儿就问：

"永浩，孩子准备选什么专业？"

"汽车修理。"

"你在汽车底下油乎乎站半辈子不够，还让儿子也受你这苦？"

"修好一辆车的成就感，并不亚于科学家做成功一项实验。"

孙永浩的话在大伙儿意料之外，又在情理之中："掌握一门技术，才是真正的铁饭碗。"

技术，是工人的命脉。

我相信，十年后，我们的电解铝三代，又将有一位电解铝行业汽车维修专家脱颖而出。

二五　远逝的机器轰鸣声

　　起初，我并没有把空压站当成家。我对它还没有感情。

　　20世纪90年代的国有工厂，都有着庄严的气质，慢的节奏。

　　每天清晨六点半，厂广播站的高音喇叭准时响了，我在嘹亮的国歌声中醒来，缓缓地蹬着自行车到职工食堂吃早饭。

　　早点始终是豆浆和油条，像一组深度匹配的螺丝和螺帽，打到早点的，已坐在简易餐桌上吃起来，有的还不时地抬起袖子抹一下油嘴，心满意足；排队打早点的，手里都捏着火柴盒大小的彩色塑料饭票，有的正小声说笑着，脸上都荡漾着憨厚的笑容。职工食堂里弥漫着工人劳动布工作服散发出的淡淡机油味，但职工们似乎永远不厌烦。我当时不到二十岁，脑海里尽是花花绿绿的幻想，尽管食堂里的豆浆油条确实很好吃，但我仍然无法理解吃顿豆浆油条何以让他们如此知足。

　　吃完早饭，汇入上班的自行车河流。紧紧跟在三三两两悠然骑行的职工后面，一路听着他们的谈笑声，很快就到我上班的空压站了。

　　此时，机房60分贝的轰鸣声里，上夜班的师傅们做最后的巡视，检查每台空压机有无跑、冒、滴、漏的现象；观察运行机器电气盘面上的电压、电流是否稳定在额度值范围内；查看一、二级缸体上插着的温度计数值是否正常；对着手腕上的电子表数注油器滴数是否在15~20滴/分以内；用螺丝刀刀口顶在缸体上，刀把支在耳朵上倾听气缸内活塞往复声响有无异常；检测一、二级气缸冷却水温度是否低于40℃……师傅们一丝不苟，所有机器巡查结束，值班室汇总所点检的各项指标，由一名记录人员在交接班记录上记下每项数据，各自确认后，正式签字交班。交班完毕，他们遂又拿起抹布，或站或蹲在值班室墙边，一边擦着手里的扳子、螺丝刀，一边等候着上白班的师傅们接班。五分钟左右，常常是接班师傅的交接时间，对所有机器细详地看、摸、听，与交班师傅们核实检查结果、核对交接班记录，确定准确无误，签字接班。

终于顺利交接了，交班师傅们松了一口气，马上就下夜班回家了，脸上的皱纹舒展了，熬了一夜的倦容散去了，露出宽慰的笑容。简单洗把手，拍一把肩膀，递上一根烟，似乎已成了交接班的惯例。

各生产单位的压缩空气用量骤增。值班室电话响得接不迭：

"喂，您好！空压站吗？电解二车间风压不够，请增压！"

"喂，您好！空压站吗？铸造车间风压不够，请增压！"

"喂，您好！空压站吗？碳素车间风压太低，请增压！"

白班师傅们第一时间先启动4台40立方空压机把风压增到用户常规需要的0.6兆帕以上。运行机器增了近一倍，排气压力上升就很快，接近0.75兆帕，压力报警器就会疯狂地鸣笛警告。要把每一台空压机的风压都控制在0.6~0.7兆帕之间，就要挨个儿频繁地开、关排气阀。机房里晃动着纷乱的脚步，班组的空气空前紧张起来……此时，90分贝轰鸣声的机房里，储气罐排气阀在沉重地喘息，挂着一层灰锈的玻璃窗有规律地颤抖着，师傅们一刻不停地跑动忙碌，脸上的汗水如决堤的洪水恣肆流淌。

老师傅们不声不响地侍弄机器。我悄悄地注视着他们。

老操作工，都有一副呆板的面孔，脸色晦暗，手背粗糙，腰背弯成变形的钳子，像极了一个个移动的雕塑。偌大的机房里，轰鸣的机器和沉默的操作工，一对多么互补的组合。而我，就是多年以后的他们。每一次想到这里，我心里就一片迷茫。移开视线，抬头仰望，机房黑黢黢的房顶，永远可疑得像一片没有星子的夜幕。

他们忙他们的，我只管捏着黑乎乎的小扳子，望着机房窗外一线凉薄的天空发呆。出神间，耳边传来师傅的呵斥声："嘿，发什么愣！"

我慌忙跟到师傅身后。

"咋操作空压机你看懂了吗？要记下，以后你要独立操作。"

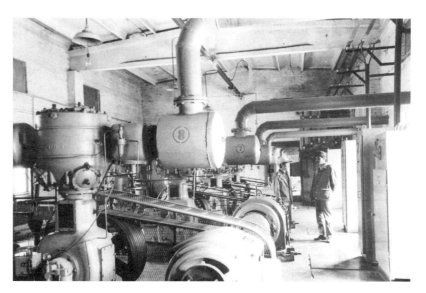

↑ 青铜峡铝厂动力水风空气压缩机机房

265

我的目光赶紧追随师傅的双手，看他如何调试电气电压，如何调节注油器滴数……忙活半晌，空压机运行平稳，我才跟着师傅回到值班室。这是相对比较清闲的时间，老师傅们有的喝口水缓缓劲，有的靠在长条椅上闭目养神。我却很难在一杯水、一面长条椅背上获得安慰。我和几个小工友蹲在墙角滴溜着眼睛打量他们。当他们抬头看我们时，我们的目光迅即躲闪开，垂下头，虎着脸拧着劲。

"这些个本厂子弟，就是浮华、骄气，咱几个老的口气稍微硬点就拧头翻白眼，都来仨月了还学不会盘车，尽仗着自个娘老子偷懒耍滑。"这样的时候，红脸膛的张兴国师傅气就不打一处来。

跟几个老师傅正说着，他又转过头来对我们几个吼："你们娘老子给厂里挣下功劳，你们就想跑这儿睡着拿工资吗？这样子混下去你们以后咋办哩？看来还得好好给我熟熟皮子才中用。去，你们几个，把图纸拿上，到管网区先把咱们所有用户的管道线路认清楚！"

我们拿了图纸，逃也似的冲出轰隆隆的机房，沿着管道爬低上高，眨眼间就蹿上兄弟单位备用的料塔。足有三间房顶大的巨型塔顶，正好做瞭望台。

摘掉安全帽，站定，放眼望去，戈壁荒原一片苍茫，目极处，天地相接，横亘着一道永恒的地平线；近处，烟塔、厂房鳞次栉比，电解生产一线的国旗高高地飘扬着，远远近近的机器轰鸣声汇成一曲雄壮的工业交响乐章。

我被眼前壮美的工业图景深深震撼了，心中升起一种难言的崇高感。此时，阵阵西风从戈壁深处吹来，掀动着我的头发和工作服衣襟，我们就那么久久地凝望着，时间仿佛静止了。

半晌，余兵努着脸说："我们已经是厂里的一分子了，迟早都要独当一面。"说罢，他看了看大家，似乎觉得这句话没有分量，顿了顿，又补充道，"学下一门技术，这辈子就捧上铁饭碗了。师傅就是这么说的！"

我们几个互相看着，盟誓般郑重地点了头，起身戴好安全帽，整理好工作服衣领，下了料塔。再进空压站时，机器的轰鸣声，骤然响成给人鼓劲的乐章。

三年后，随着几套工作服穿旧，小扳子咬齿磨老，我已成为一名熟练的空压机操作工。

上班时，我不再捏着小扳子跟在师傅身后，而是师傅拿着钳子跟在我身后。当我麻利地穿好工作服，戴好安全帽，迈出值班室，到机房娴熟地盘车、摇油、检测仪表、启动电源，随着"轰隆"一声巨响划过机房，空压机平稳地运转起来时，师傅核桃皮一样枯焦

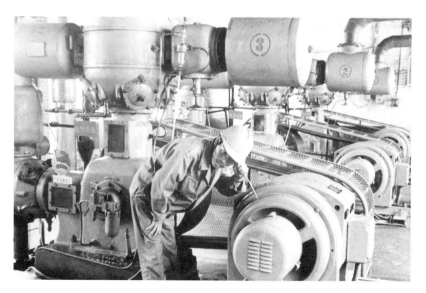

↑ 工人为空压机听诊

的脸上就会露出憨厚的笑意。

余军更是他师傅的得意徒弟。当他拆洗空压机排气阀，两手浸泡在洗油里几个小时不得腾出，他师傅就会沏一杯热茶喂给他喝，还常在人前不无自豪地夸他："咱余军如今都成大拿了，我现在只给他打打下手，可轻省哩。"

我们几个青工个个都是"青年先锋岗"成员，每人分配了两台空压机，每隔一段时间还要评比。每天上班我总是扳子和抹布不离手，漏一滴油也要换垫片、紧螺丝，有巴掌大的一点灰尘都要马上擦掉。每隔几天，我会将所有的机器比照一下，听一听，摸一摸，看谁的机器保养得最干净、运行指标最好。

清晨的阳光透过机房玻璃窗照在机器上，给它们镀上一层金光，明灿灿的，连冷却器都透着一丝暖意。这样的一刻，我就会站在轰鸣的空压机前静静地望上一会儿。或许是偏爱吧，瞅来瞅去，还是我的两台空压机看上去更出色一些，连阳光都愿意在它们身上多照耀一会儿。这时，我心里就暗自乐着。

上夜班，漫长的夜晚，我们最惬意的事，莫过于干完活缠着张金宝师傅讲述工厂往事。张师傅曾是电解一线生产工，20世纪60年代中期厂里投产进来的第一批工人，是厂里的活历史，装着一肚子故事。

最让他津津乐道的是，1987年厂里显著的效益名动国内有色冶金系统，中央领导人视察电解一线时慰问电解工的场景。一讲起这一段，他的神思顷刻间穿越时空回到那个遥远的年份。他娇憨地笑着，捋一把袖子，口气也大了："中央领导还和咱们握了手哩！我当时就站在队列里，是第五十一个和领导握手的。领导紧紧地握住我的手，笑着鼓励我。我那阵手抖的，拽得心都发颤！"

每次回味到这里，张师傅就两眼炯炯，满脸放光。但很快，他又陷入无限懊悔中。他说："都怪我当时没多个心眼，咋就没靠前站呢？那天咱厂电视台记者拍照片时愣是没把领导和我握手的镜头拍进去，不然我早就拿到照相馆放大裱好挂在客厅了。如今我给娃娃们讲起来，他们愣是不信，当我瞎编哩。"一说到这儿，大家就前仰后合笑得不行了，困意全消了。

年底，电解一线生产任务紧迫，用风量骤增，机房里二十台空压机就开始昼夜连轴转。班长望着轰鸣不息的机器，眉头拧成疙瘩，他说："咱们人加班加点还有下班休息的时候，可它们，这些日子有过一时半会的休息吗？这要搁给人，早累趴下了。"他心疼着，长叹一声，蹲靠在墙角。班长刚接过黄小丽递上的热茶，猛地又想起有一台空压机二级气缸超温了，嘱咐我们要盯紧这台机器二级气缸的温度计，再升温就要另外启动一台冷却水循环泵给它降温。但他终不放心，又放下茶杯起身去查看。

年复一年，戈壁上的骆驼草绿了黄，黄了又绿。

我手上的茧子愈发厚了。我习惯了在机房忙活半天，喝上一杯浓茶解乏。

我越来越分不清空压站和家的概念。下班了，我仍旧喜欢穿着工作服。当我穿着灰色的劳动布工作服，骑着自行车绕过一幢幢灰色的厂房、车间时，心情是明亮的，甚至洋溢着一种自豪——做一名有技术的国家工人，心里是踏实的。

十年后，国有企业改制浪潮滚滚而来。

重组，分流，转岗，这些陌生而尖锐的名词，猛烈地撞击在每一个人的心头上。

"我们会就此丢掉铁饭碗吗？"

"我们会扔掉手上的技术吗？"

…………

一块巨石打破平静的湖面。我们惶恐、忧虑，猜度着各种可能……

老师傅们在值班室长条椅上木然地坐成一排，望着机房飞速运转的电动机一言不发。我们几个眼巴巴地在老师傅们脸上踅摸着，似乎那些纵横交错的皱纹里暗藏有答案。

我们也不得不打听一些小道消息。颇有几分见识的班组通讯员刘华说："厂里整的这些名堂，无非是淘汰落后工艺，转型升级，减员增效。"

"那咋办？富余人员咋办？"我一听着急了。

刘华乜斜一眼机房，确凿无疑地说："辞退临时工，由富余人员顶替。"我脑际闪过那些没有技术含量的临时工岗位：仓库值守、浴池工、清洁工，但仍然心存侥幸，或许刘华都是道听途说吧。

一天，两天，三天……时间的发条上了锈。老师傅们沉默了，连厂子"活历史"张师傅都不言语了，值班室静得只听见隆隆的机器轰鸣声。

开春了，几场"摆条风"刮过，满山遍野的骆驼草生出嫩芽，给戈壁披上了一层朦胧的绿纱。透着丝丝暖意的地气升腾着，厂子氤氲在一片薄雾中，烟塔、厂房的轮廓柔和了许多。

蓦地，一声火车的呼啸从戈壁深处传来，划破厂子的天空。

一列"黑色巨龙"高扬着头，喷吐着蓬勃的蒸汽，拖着一串集装箱蜿蜒而来，轰轰烈烈地驶进厂区……

这天早晨，跟往常一样，机器轰鸣声中，夜班人员巡视、写记录、交班；白班人员检查、签字、接班。交接完毕，大伙儿到机房分头开、关排气阀控制风压、加注润滑油、排放储气罐废油……

机器运行平稳。回到值班室，我们刚坐下喝茶，班长进来了。他捧着一份红头文件，颤抖着双手，盯着文件从头到尾，一个字一个字，看了又看，良久，抬起头来，失神地瞅了大伙儿一眼，沉重地说："厂里文件下来了，咱们40立方空压机全部关停，班组所有人员待岗等厂里另行安排。"

"啥？"老师傅们一听傻了眼，眼睛瞪得老大，半天说不出话来。张兴国师傅长叹着，踟蹰片刻，仍拎着管钳去了机房，微驼的背影活像磨蚀变形的大扳子。

机器轰鸣声消失了。

停止运行的机器通体冰凉，寂寞无声。摸上去，缕缕寒意沁入手心，仿佛传递着自己被遗弃的凄凉。

我用抹布擦拭着机身上的灰尘，擦到我那两台"青年先锋岗"机器，一种莫名的伤感涌上来，心里一阵阵揪痛。透过气缸斑驳的漆面，我看见清晰可辨的往昔，那悄然流逝的青春……

机房里静得令人惶恐。

大伙儿默默地清扫着机房的角角落落。"活历史"扫着地，沉闷的叹息仿佛从地下发出的。余兵规整着工具，干了一阵，干脆撂下，蹲在机房门槛上，拧着头跟自己赌气，像是在酝酿如何找厂里讨个公道。张兴国师傅握着盘车的钢管，边用袖子擦拭着上面的浮尘，边端详着这根从青年握到中年、一头已磨得锃亮的钢管，眼眶潮湿了……

解散会上，车间主任也来了。班长详细汇报了班组从组建到关停近四十年的情况后，车间主任做总结。最后，他看了看我们几个年轻人，说："等厂里扩建时，再建几个新空压站，把你们再调回去。你们还年轻，又是骨干，好钢要用在刀刃上。"

我扔掉倾注十年心血的机器操作技术，看管厂里的一处废旧物资仓库。仓库毗邻戈壁，距离生产区远，距离家属区更远，像一座被时光遗忘的小山包。

闷得发慌，我就在仓库门口种下一棵沙枣树。

不久它就扎了根，长出新的枝叶。闲来没事，我就站在沙枣树旁望着对面的茫茫戈壁出神。荒原上那一簇簇骆驼草，它们不曾攀比黄河水养着的河柳，摇曳着柔娜的枝条勾逗人的情思，也不曾羡慕舒爽地扎根水田的稻子，由农人侍候着生长，谷穗饱满了还要低下头博个谦虚的名头。它们就那么安心地守护在戈壁上，春来，发出星星点点的嫩芽，给荒原披上一层新绿；秋天，茎叶萧萧，把荒原染成一片金黄。

每天忙完仓库里的事，我仍旧捧着空压机操作规程，对照理论，在实物图上比画着。我怕手生，怕遗忘，怕回不去。

每年开春，我就会进厂区转转，翻一翻厂报，听一听广播，打探一下是否有扩建的消息。厂大门两边的槐树年轮一圈一圈地记录着我寻索的足迹。

十个年头过去了，库房门口那棵沙枣树已有碗口粗，沙枣花香飘过一个又一个端午。那本空压机操作规程也已泛黄，封面的空压机图片几乎被我的目光穿透。我曾经盘车的手臂也日渐松弛，双手有了细密的皱纹。

这年春天的一个下午，我又走进厂区。

走在熟悉的沥青路上，厂广播正在高分贝地播放：厂里产能连年过剩，今年计划淘汰一批，老生产线全部拉闸关停……我愣在那里，像一只离群走失的羔羊，不知所终。耳边回荡起熟悉的空压机轰鸣声，一串冰凉的泪水悄然滑落……

徘徊许久，我忍不住又循着老空压站的方向走去，很快，我看到了它。它老了。墙体褪色，房檐剥蚀，几根蒿草在房顶上随风飘摇。

曾经走过十年的小径，积满尘埃，荒草萋萋，踩上去寂寞而恍惚。走到门口，我被一把锈蚀的大锁挡在门外。绕到窗前，透过挂满蛛网的玻璃，我看见了它们，那一台台使尽气力的空压机，漆层剥落，锈迹斑驳，仿佛陈列在殷墟里的古器，披着尘埃的外衣，静静地沉睡在时光深处。

此时，料峭的寒风从戈壁吹来，机房里的灰尘舞动起来，仿佛向我求助：如何让这些机器复活过来，重焕生机？我抬头望天，苍穹无言，荒野茫茫，一行大雁盘桓在戈壁上空。我听到心头破碎的声音。

天色向晚，寒意袭来。我踽踽地离开厂区。

我的身后是一串孤零零的脚印。

二六　永恒守望

人到中年的时候，有一天，一个问题不经意跃入我的脑际：在哪里度过晚年？我不假思索的回答是：告老还乡。没错，当然是回故乡。但到底回祖籍中卫，还是回青铜峡铝厂？我来听听同在厂里的老乡刘士民怎么说。

"不回老家，就在老厂。大半辈子都撂这儿了，咋能走得开？别说咱们一直守在厂里的，就连半道从厂里出去闯荡的那些伙伴们也喊着退休回来哩。咱们生是三线人，死是三线鬼。"刘士民拂了一把斑白的鬓角，不容置疑地说。

"三十年了，从当徒弟到带徒弟，睁眼闭眼都是师徒兄弟们在一起的一幕一幕。厂房、大烟囱、山顶公园、灯光球场、露天游泳池、食堂……厂里的一砖一瓦、一草一木，看着就亲。这些年也出去转过，到哪都待不住，只有回到厂里心里才踏实。"

刘士民一番话击中我心底最柔软的地方，一股难言的感动涌上心头，我沉默了，鼻腔开始发酸……我颤声回应："嗯嗯，咱们就在厂里养老，哪里也不去。"

我们的血脉什么时候融入工厂，我们的祖籍又是什么时候在记忆中渐行渐远的呢……

　　从戈壁吹来的山风阵阵荡过露天游泳池，围墙边的杨树黄叶簌簌飘落，脚下不时地卷过来几片枯叶，打几个旋儿四散了。坐在游泳池看台说话的当儿，我注视着眼前这个奔五十的老工人，高大的身材已有些弯曲，黑中带灰的四方脸爬满皱纹，额头几道尤为醒目。夹着烟卷的手粗笨、皴裂，手心攥满老茧，手背重叠着新旧不一的伤痕，和三十年前那双在灯光球场拍篮球的红润活泛的手完全两样。

↑　青铜峡铝厂露天游泳池

　　日头渐渐偏西，风冷了。刘士民掐灭烟头，伸手向上一挑，竖起深蓝色工作服衣领……就在这一刹那，我想起三十年前大伙儿坐一起谈天起风的时候，他也是这样伸手向上一挑竖起衣领。就是这样一个不经意的动作，刘士民连同大伙儿在厂里度过的青春年华，那些喜怒哀乐、荣辱得失，一股脑儿涌现在眼前。

"刘士民这家伙可真行，咱厂子弟工种都没他分得好。"1992技校毕业分配工作时，刘士民分配到80千安上插自焙电解槽系列当了一名高压电工。厂里有句俗语："紧车工，慢钳工，吊儿郎当干电工。"电工多吃香，又体面又轻省。以往的外招技校生别说电工，就是车工、焊工、钳工这些技术工种都轮不上，大部分都到生产岗位当了三班倒的运行工。"刘士民篮球打得好，投篮神手，哪个车间都抢着要哩。谁不想自己车间篮球队在灯光球场上一举夺魁。"的确，刘士民高大魁梧，又打得一手好篮球，厂里的好工种自然挑着干，技不压身嘛。一时间，大伙儿对他歆羡又钦佩。

20世纪90年代初，盛行集体主义，团结就是力量，工人们习惯并热爱集体运动。作为我国八大铝厂之一的铝工业基地，青铜峡铝厂格外看重工人的体育运动，篮球赛、足球赛、乒乓球赛、拔河比赛……隔三岔五就要举办一场赛事给大伙儿鼓鼓干劲。那时，有体育特长的工人不亚于当今的明星，深受工人们追捧，他们的一举一动都会成为大伙儿工余的话题。

五一劳动节前夕的这场篮球赛尤为精彩。激战一个月，电解队和动力队突破重围，进入总决赛。这天下午下班不大工夫，灯光球场泛旧的水泥看台上已坐满前来助阵的啦啦队员和球迷。晚上七点，球场灯光亮起，随着一声响亮的开场哨声，总决赛开始了。这些素日亲密无间的工友，一上场俨然变成对手，在球场上你争我抢、挡拦掩护、卡位抢篮板……不放过一个得分的机会。高大魁梧的刘士民在篮板前时而飞身投篮，时而三分线外起三步扣篮，时而勾手投篮……动作干净利落，潇洒自如；每次投篮成功，他都会举起那双细长灵活的手兴奋地向空中挥舞两下，在两队运动健儿中尤为抢眼，灯光球场的深照灯似乎都暗淡了。在啦啦队此起彼伏的叫好声中，比赛结果锁定为41：34，电解队最终登上冠军宝座，队友们一高兴，欢呼着，把刘士民举抬得老高。

长得高大壮实，又打得一手好篮球，哪个师傅都喜欢带这样的徒弟。"来，小刘，以后你就是咱电工班的人了！"刘士民来电解一车间电工班报到，一进门，班长就高兴地给大伙儿介绍，并把目光转向班组技术大拿余耀民。"分给我，我给咱们带！"不等班长开口，余师傅一口应承下来。

电是电解铝生产的心脏，心脏好，电解槽才能平稳运行。要想守护好这颗心脏，就得下苦功把电工技术学到家。一踏进电工班，刘士民就拿出篮球场上拼搏的那股决心和勇气。

先从缠电动机线圈学起。按师傅教的方法，根据电机的级数、匝数和线径，做绝缘、绕线、下线、烤漆……就像上学时打篮球练习投篮那样，刘士民静静地俯在班组值班室铺着黑色胶皮垫的工作台上专心缠线圈，工友谈天的声音都隐没了。

"这小子能坐得住，又细心，不出一个月就缠得一手好线圈，是块学电工的好料！"工友们大声地夸赞刘士民，他学技术的劲头更足了。每天一上班，师傅到厂房干活，刘士民拿着工具相跟着，不离左右。不久，电缆和电线识别、导线连接、电机绝缘测量、电路硬线配盘……他都游刃有余。"小刘，你去看看6号槽槽控机咋的了？电解工打来电话说电解槽监控界面槽控机处于阳极降动作状态，显示3号故障代码。"师傅喊刘士民去处理，自己端起茶杯慢悠悠地喝起茶来。刘士民拿了工具立马赶去检修。他晓得，3号代码含义是槽控机动力箱内接触器吸合后不能正常释放。他首先断开AC380伏和AC220伏电源开关，打开接触器灭弧罩发现主触头没有损伤，接触器正常。他又用万用表检测回路也正常，问题肯定出在机

↑ 青铜峡铝厂工人在维修电气设备

械上。他用内六方扳手检查固定装卸刀蝶簧的四个内六方螺钉，发现四个螺钉断了三个，他立即从工具包取出三个新螺钉换上。更换完毕，重新启动槽控机，监控界面数据正常，故障排除。一杯茶的工夫，6号电解槽槽控机已正常运行，师傅满意地点着头。"果真名师出高徒啊。余师傅你才带了小刘不到一年，小伙子就出徒自己上手了！"电解工围上来纷纷夸赞。余师傅听罢，拍拍刘士民的肩膀："小刘，好好干，要让流动红旗在咱们电工班安家落户！"

除了喜好打篮球，刘士民最大的嗜好就是钻研电气维修技术，家里电脑中存的几乎全是电气维修方面的资料。工友们常说他，干电工就像打篮球一样乐此不疲。

每天一上班，他把工具袋别在腰里，手里握着电笔，循着电解厂房里的变压器、线路，逐个检查，汗水湿透衣背也浑然不觉。

三年后厂里举办的一次电工技术比武中，刘士民以扎实的技术功底，荣获一等奖。这一年厂里年终表彰会上，他又被评为技术标兵。

技术学到手，刘士民和老家青梅竹马的姑娘吴燕结婚了。婚后不久，赶上厂里福利分房，刘士民分得一套两室一厅的楼房。在一次厂子弟小学教师招聘时，他干脆让在老家县城当教师的媳妇报名考进子弟小学，和媳妇在厂里团圆了。"刘士民这小子人好命也好，一结婚就分了楼房，媳妇还考进厂子弟学校当了老师，一下子成了双职工家庭，啥好事都给他轮上了！"工友们无不羡慕。要知道，20世纪90年代当一名铝厂工人该有多优越：翻倍上涨的工资、月奖、季度奖、半年奖、年终奖……免费医疗、福利分房，还有逢年过节的米、面、油、鸡蛋、带鱼，夏天取之不尽的汽水、冰棍、茶叶、冰糖……"嫁到青铜峡铝厂，三天一只鸡，两天一个髈，过门就能住楼房。"周边老乡有闺女的都盼着嫁到厂里享福。

婚后第二年，儿子阳阳出生，刘士民一家成了名副其实的铝厂工人。

刘士民回故乡老家的次数少了。

好日子总是过得飞快。一晃十年。

工业历史车轮滚滚向前，到2002年，我国电解铝产能上升至546万吨，如同驶离跑道的飞机，从1992年到2002年的短短十年，产能从109万吨飙升到546万吨，连续两年位居世界第一。2004年，国家调整产业政策，电解铝冶炼首次被确定为限制性发展行业。分别建于20世纪60年代、80年代，曾对我国铝工业发展做出杰出贡献、让青铜峡铝厂声名鹊起的一期80千安、二期106千安上插自焙阳极电解槽系列已进入暮年，工艺技术落后，能耗居高不下，国家明令2005年内必须关停。坐以待毙，不如绝地重生。厂里毅然选择自行融资30亿元，将一期80千安、二期106千安上插自焙电解槽分别改造为120千安、150千安预焙电解槽，让濒临关停的老电解系列起死回生。2005年12月18日，技改后的电解槽顺利通电投产。

2015年底，刘士民被车间任命为120千安预焙电解槽系列电工班班长。技术改造后的新电解系列招收一批新工人、小年轻，其中不少是"铝三代"。这些年轻娃娃在互联网环境中长大，信息广、想法多、爱自由，管理他们，刘士民摸索出一套办法，那就是既要爱护又要严厉，要给空间又要定规矩，要鼓励又要施加压力——他把父亲般的"严"和"爱"用到他们身上。有的年轻人经不起诱惑，有时会偷偷喝酒、赌博、打手机游戏，一经发现，他就把他们的工资卡收来交给他们的家人保管，只定期给他们生活费。这一招很灵，这些年轻人很快就老实了。"把孩子交给刘班长，咱们就放心了。"厂里的老工人不止一次这样感激地说。

"工人都是好样的，就看怎么带。教他们学技术得先端正他们的态度。毛捋顺了，倔驴就乖了。"

"咱们工人的尊严打哪里来？技术，精湛的技术。万贯家财不如一技在身。"刘士民常这样教诲他们。

"啥叫成功？对于咱们工人，把岗位技术干到极致，就是成功。"

"电气维修容不得半点马虎，一个小小的开关停送电，就有可能让机器停产，让工人送命。"

…………

年轻人成长得很快，一年后差不多都能上手干活了。

刘士民该松口气了。给年轻人派完活，他就背着手，把玩着一支手柄磨得掉了色的电笔，在厂房里转着看电气情况，就像老人手里握着健身球锻炼身体。

不出几年，电解一车间电工班被厂里评为"信得过班组"。

然而，风起云涌的时代变革，势不可当。工人的命运总是随着工厂的兴衰而沉浮。到2012年，我国电解铝产能已达2700万吨，连续十一年位居世界第一，产能过剩35%，行业亏损面达93%。2013年，国家首批淘汰落后产能企业名单出炉，电解铝行业赫然在列，产能过剩终成定局，2014年10月，120千安预焙阳极电解槽系列拉闸停槽。

电解铝行业三十载辉煌终成过往。工厂老了。

工人能掌握机器的命运，但掌握不了自己的命运。

随之而来的国企改制浪潮席卷全行业，重组、转型、分流……工人阶级一直以来的优越感，被挤兑、稀释，直至荡然无存。

我们这拨四十出头，有技术、有经验的铝业工人，被一些民营铝厂看中，他们频频投来橄榄枝。尤其像刘士民这样的技术尖子，走出去，无论到哪里都能吃上一碗好饭。

但他执意留下。

他舍不下留在厂里的热血青春，舍不下留在厂里的欢笑歌哭。

2015年，刘士民又到350千安预焙电解槽系列继续干电气维修。这一年，他四十一岁。

到350千安预焙阳极电解槽系列后，刘士民几乎天天加班，周末也从来不休息。

"厂里人少了，活儿却没少掉多少，忙得一天到晚不见人。平日里在厂房不是盒饭就是方便面，机器这样下去都受不了，何况

↑ 工人测试电极

人。"说起刘士民在350千安预焙阳极电解槽系列这三年,妻子心疼不已。

大伙儿都知道,工作上再大的事,大不过电解生产。除非拉闸停槽,运行中的电解槽万不可断电。连续维修作业成了电工的常态。

平时一接到故障电话,刘士民立马把电笔往兜里一插,顺手抄起工具袋就往现场赶。

有次抢修厂房1号机组正赶上三伏天,厂房气温高达70℃,作业空间狭小,他就踩在1号机组的支架上,一个上午,又一个下午,任汗水全身湿透,也不去管它。怕体能耗尽,过上半天,徒弟递上一袋汽水,他用牙咬开一饮而尽接着干。"师傅,十二点多了,快下来吃饭!"徒弟在下面喊。"活急,耽误不得,小赵你去食堂买几个包子来。"他几口吃完徒弟递上来的菜包子接着忙乎起来。俯身在机组上干了十五个小时，1号机组顺利启动，他一松劲，双腿一软，瘫坐在扶梯口。徒弟把他从扶梯背下来，他找个通风墙角，窝躺下一会儿就睡着了。徒弟望着师傅被汗水冲得一道一道的脸庞，鼻腔一酸，眼眶湿润了。

我问起他的苦累时，他总是说："没啥，大伙儿都这么干。"

刘士民最大的愿望是退休后开一家家电维修部，一般的电路问题直接免费上门维修，"一个是退休有事做，一个是能接着发挥自己的技术为厂里人服务，再一个工友同学也有个聚会的地方。"

从十八岁到四十四岁，刘士民在电解厂房电气维修岗位度过所有的青春年华，他记不清有多少次被急促的电话铃声惊醒，有多少次披星戴月到厂房，多少次匆忙放下手中的碗筷⋯⋯

这天抢修完电动机回来，他觉得胸口又憋又闷，豆大的汗珠从额头渗出来。"今天你脸色很差，要不上医院看看？"妻子关切地问道。"不要紧，就是有点累，睡一觉就好了。"他说。

以往不管睡多晚，早晨六点半厂广播国歌一响，刘士民准醒。今天过了七点，他还睡着，妻子推了他两把，他还是没有醒来，"士民，上班了！"没有回应。妻子这才意识到情况不妙⋯⋯

赶往宁夏医科大学总医院急救中心，已经来不及了⋯⋯

妻子含泪紧握着他的手，他艰难地说了一句"把我埋在⋯⋯'五村'"就松开了手⋯⋯

刘士民去世的第一个清明节，大伙儿去给他扫墓。

路过厂里，绵密的雨丝仿佛苍天的泪，无声地滴落在厂大门口一簇簇迎春花上，惹得片片嫩黄的花瓣也潸然泪下。

"这两年厂里五十上下的都去世一拨人了，有咱们技校的校友，也有二期投产招工进厂的工友，大多直接倒在岗位上。"

"就算大伙儿没日没夜地苦干，搭上命，铝业行情还是没能回暖，厂里效益仍旧一再下滑。这没有指望的日子啥时候是个头？"

"就看这次混改，要能改成，没准咱厂就会好起来。"

"但愿吧。到那时咱们到士民坟前，把好消息捎给他，让他也高兴高兴。"

上山的路上，大伙儿你一言我一语，试图稀释浓浓的悲伤。到刘士民坟上祭扫时，我们几个女同学还是忍不住哭出声来。

"也不用太难过，咱们迟早也会埋在五村的，那时大伙儿又相聚了。"吴晓东劝道。

站起身来，透过一座座新添的坟头，泪光中，我看见工厂一幢幢高矗的大烟塔依旧生生不息地喷吐着烟雾……

二七　世纪复兴

原本，我和工友们都已接受与工厂一起悄然终老戈壁、消失在工业历史长河的现实。周边人们也摇头叹息，把老厂唤作"僵尸企业"。然而，在这个神奇的时代，一切皆有可能——青铜峡铝业不可思议地奇迹般复苏，而且愈走愈稳健，恰如沉睡的雄狮已然苏醒，怒吼着迈入高质量发展快车道。

时代变化快到令人目不暇接。2016年，牵动全球资本市场神经的供给侧结构性改革落地后，我国电解铝产能天花板限制在4500万吨，野草般疯长十余年的产能彻底被遏制。青铜峡铝业借供给侧改革东风，走上绿色低碳转型和高质量发展快车道后，很快迎来盛况——自2019年下半年起，电解铝价格一骑绝尘，工厂一改过往十年颓势，实现华丽逆袭。截至2022年底，从累计亏损数十亿元到盈利3亿元，实现"满血复活"。工友们一个个喜不自胜，逢人就夸：

"我的工资由'3'打头变成'4'打头了！"

"今年收入比去年又涨一万四，芝麻开花节节高啊！"

"这个月绩效系数又高了0.5，总共涨1600多元了！"

"老厂越来越好了！"

　　…………

　　这两年，工友们腰包渐渐鼓起来，他们个个扬眉吐气，脸上荡漾着胜利的微笑。我那些随工厂浮沉近三十年的技校同学早已成为各岗位"老把式"，而今见面张口就是：国有企业战略重组、电解铝科技创新赋能、绿电铝生态集成发展、电解铝绿色低碳高质量发展、综合智慧能源、未来铝业发展……这些来自顶层设计的专业术语，被工友们自豪地挂在嘴边，成为日常用语。

　　前些天一个周末，韩永东从几内亚公司轮岗两年回来，我们几个老同学把他约到小坝吃饭。饭桌上，杨勇一再地把话题往铝业行情上引："知道铝价为啥一涨再涨吗？铝是绿色金属，向下取代镀锌钢，向上换掉不锈钢，在有色金属性价比中那是妥妥的C位。现今时兴的新能源轻量化车身、太阳能支架、光伏铝边框，样样离不开铝哦……"不大工夫，餐厅又坐了一桌兄弟单位火电厂的工人。我扯扯杨勇的袖子，使了使眼色，低声说："快别秀优越感了，当心'拉仇恨'。"大家这才心照不宣地笑着转移了话题。

　　说起在几内亚的这两年，韩永东留有非洲印记的黑脸膛仍挂着梦幻般的沉浸式笑容，他对万里之遥的热带工作生活体验唏嘘不已，又感动万分：

　　"没去几内亚之前，百度了这个国家，晓得它在西非西岸、常年35℃以上高温，典型的黑非洲、热带气候。想着不就天气热了些嘛，但也不过三四十度，比起咱们电解厂房平均60℃那还是凉快不少，就背起行李跟大伙儿一起开开心心到银川河东机场登机了。

　　"初来乍到，几乎风餐露宿。这也没啥，当年咱厂创业者都是这么过来的。可过了一段日子体能就难以支撑，毕竟在万里之遥

286

的非洲呀，一天二十四小时又闷又热又潮，没有一丝凉风，身上一直淌汗。出湿疹、热感冒是家常便饭。但几内亚铝土矿贮量世界第一，而铝土矿正是我国电解铝生产赖以生存的'米'。就凭这，再热，咱们也能挺住。老厂微信公众号上还发文赞美咱们是'鏖战非洲的勇士，逐梦几内亚的战将'，这点苦又算什么。"

我打趣道："韩主任，那你们在几内亚维嘉营地多久后住进室内、吹上空调的？"

"一个月左右吧。咱们毕竟是有'基建狂魔'之称的中国人，名副其实的中国速度呀。"韩永东像孩子一样骄傲地说道。

"那你们也没受上多久罪嘛。"我们几个开心地戏谑道。

"那还不得感谢科技的力量。"韩永东憨厚地笑道。

韩永东接着给我们讲他们在几内亚的采掘工作：

"几内亚矿山露天开采现场距离维嘉营地三公里左右，庞大的采矿机昼夜不停，轰轰作响。采矿机像庄稼收割机一样开过去，鸡蛋大小的矿石被采掘、破碎、翻打上来，采矿机犁过的红土地像醉酒的夕阳一垄垄铺陈在蓝天白云下，原本枯燥的开采工作多了几分异域的浪漫色彩。

"大晴天里，骄阳似火，毒辣的太阳高悬头顶，35℃以上的高温无情地炙烤着大地，炙烤着辛勤劳作的人们；遇到大雨天，乌云像饥饿的巨兽从大西洋上空翻滚狂奔而来，一时间

↑ 飘在几内亚矿区上方的中国国旗、几内亚国旗和国家电力投资集团旗帜

电闪雷鸣,大雨瞬间向大地倾泼下来,大伙儿往往来不及躲进狭小的皮卡车内,就被淋成了'落汤鸡'。当然,最美好的还是阴天不下雨的日子。仲夏季节湿润的凉风,带着西非大地特有的红土味、花香味、青草味扑面而来。这时摘下严实的防晒帽,挺直腰杆,迎风而立,做个深呼吸,缓解一下不断弯腰劳动的疲劳,那种舒爽和怡然是一种实实在在的幸福。"几内亚矿山开采无疑是辛苦的,暑热,潮湿,高强度作业,加上疫情,没有炽热的报国情怀是难以坚持的。我对韩永东他们充满敬意。

↑ 在几内亚项目公司一起工作的中国工人和几内亚工人

"自2019年5月29日开工以来,几内亚公司克服几内亚总统大选政局动荡、雨季施工等困难,与参建单位逆势而上,接力奋进,不断将工程建设节点推向前进,创造一项又一项记录,为'一带一路'建设添砖加瓦,用坚守海外一线的每一分钟向公司送上最长情的告白。

"2021年6月7日晚,几内亚青铜峡铝业开发项目首船铝土矿石经过中国远洋集团'兴隆'轮横跨三大洋,历时45天约11800海里,顺利抵达国内唐山京唐港。

"首船铝土矿发运，标志着几内亚一期工程由基建转入生产运营。后续源源不断的铝土矿发运回国，对促进中几两国建立长期战略合作伙伴关系具有十分重要的战略意义，为增强青铜峡铝业全球资源配置能力和成本竞争力提供了强有力的保障。"

↑ 2021年6月7日晚，几内亚青铜峡铝业开发项目首船铝土矿石顺利抵达国内唐山京唐港

韩永东讲述在几内亚红土地上奋斗的两年，那些劳模的身影始终奔忙在他眼前：

"几内亚项目公司副总经理吴志双，响应组织号召，投身海外项目开发工作的日子里，凌晨迎月上岗，晚归月影相随，监督指导现场公路桥梁基础浇筑、港口钢板桩沉桩、胸墙等关键环节施工，确保工程任务保质保量完成。他组织开展'奋战一百天'保节点工期动员，通过自己的实际行动凝聚队伍奋斗力量，圆满完成简易装船机装船目标、重载调试目标及正式装船目标，为项目顺利由基建期转入商业运行奠定了坚实基础。他常说：'干一个项目，就要树一个标杆。'"

工厂半个多世纪的发展，离不开吴志双这样的开拓者，无论过去、现在还是未来，奉献和牺牲始终是常态。而这一次，企业精神扬帆出海，在几内亚落地生根。忆起时局动荡的几内亚，韩永东至今心有余悸。

"2021年9月5日清晨几内亚发生军事政变，首都多处发生激烈枪战。枪战事件后，为保障营地人员安全，保卫港口、发电站、皮带机等重点资产安全成为吴志双最为重视的一件事，夜间巡逻也成为了常态。他在现场第一时间成立应急响应小组，靠前指挥，临危不乱，晚上组织营地中方员工夜间值班，持枪军警二十四小时值守，一言一行，一举一动，让员工们行得放心、睡得安心。

↑ 几内亚矿山的中国工人

"吴志双的父亲去世时，远在一万五千公里外的他因蔓延的疫情、熔断的航班，无法回国守孝。'我没回去，是我的遗憾，也是我父亲的遗憾。'倔强的吴志双强忍着眼里漫出的泪水说出夹杂着悔恨和无奈的伤痛。为了不影响正常工作，吴志双强忍悲伤，强装洒脱，继续投入到几内亚开发项目建设中。同事们都说：'吴总的头发都白了！'

"吴志双轮岗结束回国不到半年，而今为何再次踏足几内亚，吴志双从未作答。也许他愿做'拓荒者'开山辟路，也许他不舍大西洋彼岸这片红土地，但无论出于什么原因，他都将一如既往地带着无限的爱和忠诚在'一带一路'建设上务实进取，映照初心。"

说到这里，韩永东动容了："功成不必在我，功成必定有我。我深深向过去、现在和未来奋战在几内亚项目的工友们致敬。"

几内亚铝土矿项目如此令人挂心，源于我国电解铝生产原料的坎坷"身世"。自2002年起，我国成为世界最大的电解铝产销国，但我国铝土矿资源并不丰富，品质也不尽人意，一直以来主要依赖于东南亚、澳洲等地进口。2014年1月12日，印度尼西亚宣布铝土矿出口禁令，国际铝土矿行情由此一路上涨，致使我国进口成本持续攀升的电解铝行业一度陷入"望天吃饭，等米下锅"窘境。

2016年，我国电解铝工业人乘着国家"一带一路"倡议劲风，毅然跨境出海，与位于西非西海岸、铝土矿储量居世界第一、有"地质奇迹"之称的几内亚携手合作，实现电解铝产销世界第一大国和铝土矿储量世界第一大国的强强联合。自此，我国电解铝工业开启远涉万里重洋、逐梦几内亚红土地的拓展之旅。在此背景下，作为国有大型电解铝生产基地的青铜峡铝业，于2019年初受命加入"21世纪海上丝绸之路"铝土矿开采联盟。接到命令，厂里迅速组织一队精锐干将抵达几内亚，安营扎寨，先遣部署，同年5月29日铝土矿开采项目正式开工。几内亚项目的上马，标志着青铜峡铝业彻底打破"无米之炊"困局。

如今，一艘艘巨轮满载着铝土矿石源源不断驶向中国，实现了对国内铝土资源的有效补充。此举不但解决了我国铝工业发展对资源需求的瓶颈，也为几内亚经济发展注入了极大活力。

在跨境出海开采铝土矿的同时，青铜峡铝业着眼高质量发展，以绿色、清洁、低碳为目标，结合"双碳双控"和"阶梯电价"政策，将安全环保、指标提升、降本增效、节能减排和"JYKJ""SDSJ"两大管理体系有机结合，坚持科技降本、智能增效原则，强化以科技创新、智能制造为支撑的技术升级思路，开展"揭榜攻关"活动，着力加快数字化创新步伐，针对当前困扰技术指标、生产成本的难点痛点问题，有的放矢地加快"机械化、自动化、信息化、智能化、集成化"建设，加快"5G通信、人工智能、大数据"等现代信息技术应用,先后完成了电解系统槽控箱智能化改造、200千安压壳气缸节能改造和多功能天车打壳机构四连杆、捞渣铲、母线提升机等重点项目改造,以创新科技纾难解困,稳步推进企业高质量发展。

↑ 青铜峡铝业国家级创新工作室技术攻关项目

2019年至2020年,针对生产实际情况,青铜峡铝业详细梳理阳极、供电、动力等影响电解稳定的过程因素,积极纳入创新元素,把"JYKJ""SDSJ"管理工具融入安全生产全过程,强化对标管理,将产量计划、技术指标、质量指标、过程费用四大类148项指标按月、按天细化、量化到每个车间,细化分解到每个班组,层层落实目标责任,实现分公司、车间、班组、员工四级管控,做到指标全覆盖,对影响成本、电耗、质量、产量等关键指标做到精准掌控,分子比、两水平更趋合理,电耗、电流效率、阳极毛耗、氟化盐单耗等指标稳步向好。在此基础上,青铜峡铝业将高质量转型发展与"绿水青山就是金山银山"的理念深入融合,聚焦"清洁、绿色、低碳"发展方向,坚定"绿电铝生态集成发展战略",加快绿电替代、新能源、综合智慧能源、新兴产业开发布局,2022年实现项目多点开花,完成电解铝产量43万吨,焙烧块产量31.84万吨,实现利润总额3.09亿元,均超额完成计划任务。与此同时,2022年以来,青铜峡铝业积极参与宁夏建设黄河流域生态保护和高质量发展先行区,与自治区签订战略合作协议并推动实施国家电投"宁夏方案",项目建成后,将对同心县企业发展、产业链延伸发挥积极示范带动作用。

截至2022年底,伴随三代电解铝工业人汗水浇灌和不懈探索,我国电解铝历经近六十年发展,铝产量已连续二十一年雄居世界第一,电解铝技术也以专利申请量全球占比50.2%,位居世界第一。如今,可以说,在全球范围内,有电解铝增长的国家和地区,就有中国身影。

2022年5月10日,国内首个电解铝厂分布式光伏项目——青铜

↑ 青铜峡铝业屋顶分布式光伏发电项目

峡铝业23兆瓦分布式光伏项目全容量并网发电。该项目所发电量全部供青铜峡铝业43万吨电解铝项目消纳。这标志着青铜峡铝业这个有着近六十年发展历史的电解铝基地，走上清洁、绿色、低碳的高质量发展之路。

2022年5月，在23兆瓦分布式光伏项目全容量并网发电之际，青铜峡铝业再传捷报：青铜峡"青鑫"品牌入驻国家电力投资集团品牌商店，与"国和一号""氢腾""御风"等十一个品牌一起，组成品牌集群，展现了青铜峡铝业产业转型升级的卓越与担当。

商标图案以汉字"青鑫"、字母为主创元素，由字母"C"与马组成"QX"，寓意着青鑫碳素是驰骋碳素行业的一匹骏马，"青鑫"品牌已受到国内外各大型电解铝企业认可。通过不断坚持国际化发展战略，"青鑫"这匹骏马已走进二十七个国家和地区、四十一家铝企业，产品遍布全球六大洲。至此，青铜峡铝业已成为名副其实的"国之大器""民族脊梁"。

提起电解铝品牌，就不得不提"QTX"商标。自1989年首次申请，历经数次续展，知名度及影响力不断扩大，1995年9月在伦敦金属交易会所注册；连续八次被评为"宁夏著名商标"；2009年4月被国家工商行政管理总局认定为"中国驰名商标"。

在"青鑫"和"QTX"的商标辉映下，回眸这些"国货之光"，自豪感油然而生。在这个特殊的时间，仔细盘点青铜峡铝业品牌集群，惊叹于产业工人巨大的创造力。他们用智慧和力量创造了属于自己的荣光。

如今，走进老厂生产区，"车在画中走，人在绿中行"。火红的向日葵、苍翠的国槐、油绿的草坪环绕着窗明几净的生产车间，满眼生态气韵。劳动被赋予一种诗意之美。

↑ 青铜峡铝业被宁夏回族自治区评为环境信用"绿标企业"

而今，工厂生活区也再现当年的盛况，厂大门口、家属院、菜市场到处是人，熙熙攘攘，热闹非凡。马路两边，家属院内，参差错落着各种油松、槐树、柳树。山顶公园里的花草树木长成绿色的山海，成团的花香往外涌动。绿树红花间，喜鹊、麻雀、蝴蝶、蜜蜂飞起落下、嘤嘤嗡嗡。我在厂里东走走、西望望，时而被热闹的人群吸引，时而被花草树木羁绊，一天时光一晃而过。

一如我刚参加工作时的20世纪90年代初，厂里接连不停地涨工资、没完没了地发放福利，家家户户煤棚都码放着米、面、油、肉、时令水果。每个工人每月发五百元的餐券，可以到职工大食堂打饭菜、买馒头饼子，往往一个人的餐券，全家人都吃不完。食堂从早到晚弥漫的饭菜香味，溢满大半个厂。

厂里效益好了，涨工资、发福利还不够，隔三岔五还要举办体育比赛、文艺会演，跟兄弟单位联谊。逢年过节更是倾厂而动，放烟花，闹社火，引得周边的人都来观赏。上下班路上，机器轰鸣声中，各式各样的小轿车络绎不绝、竞相比阔……大厂风范，声势浩荡。

老厂复兴了。

家属院里的万家灯火再度点亮星空。

已经奔五的我们，节假日又像年轻时那样，买一些休闲食品到山顶公园的亭子里坐着谈闲。说着"活过来"并"好下去"的工厂，大家是欣慰的。我们的孩子、铝三代大学毕业回到厂里也有了好前程："国际标准，高点定位"，再过些年，厂里就成为世界一流的现代化绿色电解铝基地了，是一条通向未来的大厂。我们边聊边望着工厂南边的"五村"，欣慰之余，我想起那些夜以继日、劳累过度，倒在岗位上的工友，不禁喃喃地说："士民他们要在，该有多好。"杨勇说："明年清明节，咱们把如今厂里好起来的情况写封信烧给他们，让他们也高兴高兴。"

又进入七月流火的季节。清晨，站在厂大门向东望去，那座六十年里受到三代三线产业工人庄重注视的明长城古烽燧，还是那样肃穆而沧桑地凝望着工厂，无言地祝福它迎来世纪复兴。它将载着一串串劳动者的名字，汇入中国工业历史长河中，向永不止息的未来滚滚而去。

留住中国工业史上的一束光

每一位背井离乡投身三线建设的人，都有一个悲欣交集的人生。作为一名三线子弟、一名三线二代产业工人，我所在的青铜峡铝厂半个多世纪以来，我的父辈、兄弟、师傅、工友，他们的光荣和泪水、彷徨与挣扎，始终在我心里。尤为让我动容的是那些埋骨戈壁荒漠的无名劳动者——在我的心目中，三线建设者们付出的巨大牺牲，不亚于任何一场伟大的战役，很多人没有来得及享受自己的劳动成果就长眠他乡。

20世纪60年代中期，青铜峡铝厂建成投产后，与其他七个铝厂一起构筑起全国瞩目的八大铝厂格局，为中国跻身世界铝业强国立下显赫功勋，我的父辈也实实在在地尝到作为一名国家工人的荣耀。那时，厂里不光有自己的子弟学校、职工医院、食堂、电影院、图书馆、商店、殡仪馆，还有一年四季领取不尽的福利。生老病死厂里全包了，不用出工厂，就可以富足地度过一生。平日里，厂里到处晃动着吃饱喝足后心满意足的笑脸。那时，总觉得工厂会一直这样好下去，我们能安心地靠着它过上一辈子。

然而，时代变革的步伐从未停歇。我国工业历史车轮滚动到2012年，电解铝产能由20世纪70年代末的36万吨飙升到2700万吨，翻了75倍，连续十一年居世界第一，电解铝产能过剩35%，行业亏损93%。触目惊心的数据背后，蕴藏着电解铝厂深重的苦难，无序扩张引发的产业危机，一度让电解铝行业哀鸿遍野。作为一座曾经无比璀璨的三线铝工业基地，我们的工厂在改制、转型、重组的切肤之痛中，激荡沉浮，飘摇不定，老三线人终成时代弃儿。昔日嘹亮的劳动号子仍响在耳畔，史诗般气吞山河的三线建设转瞬已远去，工人阶级的优越感被挤兑、稀释，直至荡然无存。

半个多世纪过去，厂里最早一批老三线人都年逾古稀，很多已长眠工厂脚下，我们第二代也离世不少，有的直接倒在工作岗位上。第一次到工厂南面三公里处的厂公墓（就是本书中的"五村"），当我看到用黑漆潦草涂写着的"青铜峡铝厂公墓"门牌的一瞬，心一颤，眼泪一下子就出来了。原本空旷的墓园，已隆起密密麻麻的坟头，我含泪转了一圈回去，很久无法释怀。再过些年，我们都将长眠于工厂脚下，所有的过往都将风流云散，不留痕迹。一想到这儿，我就惶恐不已，一次次从睡梦中惊醒，一身冷汗。

我无法把时光倒回去，却又一刻也放不下它。我只有在一个时代落幕之际，记下他们在这片热土上的奋斗足迹和欢笑歌哭，留住中国工业史上的一束光。

进入动情的抒写中，我把心里的忧患暂搁一边，让文字把我带入属于我们的那个时代：二十出头的男女青年，在工人俱乐部打乒乓球，球案的两端，两个初遇的年轻人握着球拍发球、防守、扣杀，柔韧挺拔的身姿随着起落的白色乒乓球跑跳、挥臂、转身，小伙子结实有力的手臂、宽阔壮实的肩膀，姑娘纤细柔软的腰身、汗水蒸腾着的粉嫩面颊，在活力四射的运动中展露无遗，一场球没有打下来，两个年轻人已情愫暗生……

写到这里，总有那么一二刻，文字会带我穿越回去。彼时，工厂红火着，父母尚在壮年，我的兄弟和工友一个都没有少，我们上班一起跟师傅学技术、下班成群搭伙去爬山——我们眼里只有明天，衰老和死亡都与我们无关。而我执笔的酣畅正是在于能够这样紧贴文字穿越回去，与文字一起定格在那个黄金时代里。

一次次在文字中陷溺，又一次次被现实拉回，成为我的日常。但我毕竟不再惶恐，工厂的外表和内里，那些人，那些事，那些渗透在我生命内里的深情，逐渐重现在我的文字里，并且会越来越清晰。

是的，我不是怀旧，我是要记得。

李振娟

2023年2月18日